Além do instinto

Barbara Abel

Além do instinto

Tradução: Érika Nogueira

GLOBOLIVROS

Copyright © 2024 by Editora GLOBO S.A. para a presente edição
Publicado originalmente sob o título *Après la Fin* ©2013 by Fleuve Noir,
uma divisão da Univers Poche, Paris

Todos os direitos reservados. Nenhuma parte desta edição pode ser utilizada ou reproduzida — em qualquer meio ou forma, seja mecânico ou eletrônico, fotocópia, gravação etc. — nem apropriada ou estocada em sistema de banco de dados sem a expressa autorização da editora.

Texto fixado conforme as regras do Acordo Ortográfico da Língua Portuguesa
(Decreto Legislativo nº 54, de 1995)

Editora responsável: Amanda Orlando
Assistente editorial: Isis Batista
Preparação: Laize de Oliveira
Revisão: Theo Cavalcanti
Diagramação: Carolinne de Oliveira
Capa: Miriam Lerner | Equatorium Design
Imagens de capa: Freepik.com; Depositphotos/©seb_ra; Depositphotos/©jamenp

1ª edição, 2024

CIP-BRASIL. CATALOGAÇÃO NA PUBLICAÇÃO
SINDICATO NACIONAL DOS EDITORES DE LIVROS, RJ

A121a

Abel, Barbara
    Além do instinto / Barbara Abel ; [tradução Erika Nogueira Vieira]. — 1ª ed. — Rio de Janeiro: Globo Livros, 2024.
    288 p.; 23 cm.

    Tradução de: Après la fin
    ISBN: 978-65-5987-150-6

    1. Romance belga. I. Vieira, Erika Nogueira. II. Título.

24-88280
    CDD: 848.9933
    CDU: 82-31(493)

Meri Gleice Rodrigues de Souza — Bibliotecária — CRB-7/6439

Direitos exclusivos de edição em língua portuguesa para o Brasil
adquiridos por Editora Globo S.A.
Rua Marquês de Pombal, 25 — 20230-240 — Rio de Janeiro — RJ
www.globolivros.com.br

Por trás das fachadas de respeitabilidade, jardins secretos se estendem dos dois lados de uma cerca viva, escondendo debaixo dos detritos das nossas vidas atormentadas o cadáver de um passado que procuramos esquecer.

Uma segunda-feira à noite como tantas outras. Na delegacia central de um subúrbio, não muito longe de Paris, Didier Parmentier, o policial de plantão, folheia o jornal. A noite está calma, apenas uma queixa por barulho noturno — ainda que não sejam nem dez horas —, uma ocorrência de perda de carteira e um começo de briga em um bistrô das redondezas. Mais uma longa noite se anunciando, com o crepitar da estação de rádio e o vaivém dos colegas de patrulha como únicas companhias. Tudo bem, Didier já estava esperando. Ele fecha o jornal e liga o iPad, no qual começa uma partida de paciência como aquecimento. Depois, ele passa ao que interessa: Tetris, Max Awesome e Angry Birds Friends. Sem dúvida vai entrar no Facebook para ver as novidades e conversar no chat com um conhecido virtual ou um amigo real.

O toque do telefone o sobressalta. Ele desvia o olhar do tablet na hora e alcança o aparelho.

— Delegacia de polícia, pois não?

Do outro lado da linha, uma voz de mulher, ou melhor, um murmúrio, entre o ofegar e o sussurrar. O tom oprimido, a fluência espasmódica.

— Por favor, venha rápido! Ouvi um barulho lá embaixo e… — começa ela no segundo em que Didier termina de falar.

Ela para, o tormento à espreita, como se escutasse uma ameaça. A voz, de fato, soa em pânico. Um murmúrio sufocado de angústia. Um soluço de terror.

Parece querer soar o mais discreta possível, com medo de ser notada. E, por trás do tom rígido do pavor, há uma respiração: curta, densa, descontrolada.

Didier percebe a urgência da necessidade de ser ouvida primeiro, depois compreendida e, por fim, tranquilizada.

— Estou ouvindo, senhora. Do que se trata?

— Vocês têm que vir, agora, neste minuto! Ouvi barulho lá embaixo, alguém entrou na minha casa e... tenho quase certeza de que é minha vizinha...

— Sua vizinha? Você tem problemas com a vizinhança?

— Por favor, não me deixe sozinha! Ela... Ela entrou pelo jardim, eu acho... Pela porta francesa... Ela me odeia! Ela já me ameaçou várias vezes... Acho que ela quer se livrar de mim!

— Fique tranquila, senhora, estamos indo imediatamente. Me passe seu nome e endereço.

A voz fornece todas as indicações e quase entra em pânico quando Didier pede que soletre seu sobrenome. O policial sugere que ela se acalme, tenta tranquilizá-la, promete que uma patrulha chegará rapidamente ao local.

— Venham logo, eu imploro! E, se eu não abrir a porta para vocês, podem arrombar! — acrescenta ela baixinho.

Didier está prestes a sugerir que ela fique na linha até que seus colegas cheguem quando a ligação cai de repente. Então, sem perder um minuto sequer, ele passa por rádio todas as informações necessárias para que eles entrem em ação o mais rápido possível.

— Motivo da chamada? — pergunta seu colega na linha.

— Problemas com a vizinha. Parece sério.

Algumas semanas antes

1

PELA TERCEIRA VEZ NAQUELA MANHÃ, Tiphaine entrou, sem dedos e sem bater, no quarto de Milo. Ela se postou na frente da cama dele e falou com uma voz irritada para o travesseiro debaixo do qual estava a cabeça do adolescente.

— É quase meio-dia! Você vai se levantar, almoçar e estudar para a prova agora!

O silêncio e a imobilidade que se seguiram à sua ordem lhe arrancaram um suspiro exasperado.

— Neste minuto! — especificou ela, secamente.

Do outro lado da cama, um grunhido irritado escapou de debaixo do edredom. Perplexa, Tiphaine levantou o travesseiro e descobriu, onde imaginava que veria uma cabeça, dois pés. Ela olhou para o alto e se voltou para o outro lado da cama.

— Está escutando, Milo?

— Hummm...

— Escuta aqui, se você repetir mais uma vez...

— Tá bom, já vou levantar...

Surpresa por não ter mais que brigar, Tiphaine hesitou e se sentou de lado na beirada da cama. Depois de alguns instantes, uma cabeça com cabelos desgrenhados finalmente emergiu do edredom e olhou para ela com olhos cheios de sono.

— O que você está fazendo? — resmungou Milo com uma voz pastosa.

— Estou esperando.
— Esperando o quê?
— Você se levantar.

A cabeça congelou um breve momento, como se os neurônios dentro dela estivessem fazendo força para se conectar.

— Já vou levantar, eu te disse.
— Sim, você disse. Agora eu quero que você faça isso.

A ordem de Tiphaine foi recebida por mais um silêncio.

— Mas como você enche o saco... — ele gemeu, voltando a mergulhar debaixo do edredom.

— Olha como fala comigo, Milo!

Ela suspirou. O confronto direto os levaria para uma ruptura violenta, e ela estava sem coragem de começar a enésima discussão com o adolescente. Quinze anos. A idade da revolta e dos aborrecimentos. Por outro lado, ela não o deixaria ficar mais tempo na cama de jeito nenhum: a época de provas começaria em dois dias, no primeiro horário, e estava claro que as prioridades do rapaz não eram as mesmas que as dela.

Tiphaine se levantou, repesou os prós e os contras da decisão que se formava em sua mente e, por fim, se apoderou do edredom, que ela puxou de uma só vez em sua direção. Privado brutalmente do calor aconchegante da coberta, o adolescente se ergueu, gritando:

— Ei! Qual é o seu problema?
— De pé! — ela mandou enquanto já estava saindo do quarto, levando o edredom.

Ela apertou o passo no corredor, percebendo atrás de si os ruídos de um corpo se levantando e cambaleando atrás dela.

— Me devolve! — rugiu Milo.
— Vem pegar — respondeu ela sem se virar.

Ela acelerou, mas pressentiu Milo atrás de si, agarrando o edredom. No instante seguinte, sentiu que retrocedia ao mesmo tempo em que o jovem puxava a coberta com força para junto de si. Perdendo o equilíbrio, não teve escolha a não ser soltar o edredom. Milo agarrou-o furioso e depois voltou um olhar de raiva para ela.

— Nunca mais faça isso de novo — ele rugiu sem se conter.

— Abaixe o tom, Milo! — ela replicou, tentando retomar o controle da situação.

— Você não é a minha mãe!

Milo já estava dando meia-volta na direção de seu quarto.

— Não, mas sou sua tutora legal. E, até você ser maior de idade, eu... — Interrompida pela batida da porta, Tiphaine deixou a frase em suspenso. — ... eu sou responsável por você — terminou ela suspirando.

Responsável, ela de fato era. Por um monte de coisas. E até mais. Muito mais do que ela conseguia se encarregar. Por muito mais do que Milo seria capaz um dia de perdoá-la.

Já se estendia por oito anos. Oito anos de reclusão nos destroços de sua culpa. Pior que uma prisão. O segredo, o remorso, a mentira, sentimentos com os quais aprendera a conviver e que, bem ou mal, se via obrigada a administrar. Por hábito, como dizem. E por instinto de sobrevivência também. Um instinto que todos os dias guiava seus pensamentos para não afundar completamente na loucura. E principalmente para salvar o que ainda podia ser salvo. Ou seja, Milo.

Fazia oito anos que o menino era o único motivo que a fazia se levantar de manhã. Sem ele, ela teria dado cabo à vida havia muito tempo. Mas ela havia feito escolhas insensatas, cometido atos terríveis, que tinha de assumir apesar de todos os obstáculos. Apesar de Milo e de si mesma. Porque nada tinha acontecido como ela havia planejado em sua pobre mente desnorteada por aquela dor que nunca estancara, apesar do tempo que tinha passado. E cada vez que Milo, em seus momentos de fúria, cujas frequência e intensidade a idade difícil que é a adolescência amplificava, a lembrava da ausência de laços de sangue que os separava, Tiphaine tinha que resistir com todas as suas forças contra a vontade de desistir da luta.

Você não é a minha mãe!

Mas ela havia feito tudo para ser. Absolutamente tudo.

Até mesmo o pior.

2

Foi naquele mesmo dia, no início da tarde, enquanto Milo tomava um café da manhã rápido, que Tiphaine viu suas novas vizinhas pela primeira vez. O caminhão de mudança que manobrava na altura da casa geminada chamou sua atenção, e, deixando o adolescente diante de sua tigela de cereais, ela se postou na janela da sala de jantar para observar o vaivém.

Ela localizou sem dificuldade as duas únicas mulheres entre os funcionários. Uma deveria ter mais de quarenta anos, apesar dos esforços óbvios para parecer mais jovem; a outra não deveria ter mais de quinze, apesar dos esforços óbvios para parecer mais velha. As duas usavam camiseta e calça jeans, embora a da garota fosse claramente mais baixa e mais justa que a da mulher. Quanto à semelhança das duas, ela não deixava dúvidas sobre o vínculo de parentesco: mãe e filha trabalhavam juntas, erguendo e levando as caixas que conseguiam. Instintivamente, Tiphaine procurou a presença de um homem que não estivesse usando macacão com a marca da empresa de mudanças.

Ela não o encontrou.

— Mas que corpão!

Tiphaine se sobressaltou e deu de cara com Milo logo atrás de si.

— O que você está fazendo aqui? — perguntou ela, se afastando da janela.

— Estou fazendo a mesma coisa que você: espiando.

— Terminou de comer?

Milo assentiu com a cabeça.

— Então, ao trabalho!

O rapaz deu de ombros e, com um andar desleixado, subiu a escada que levava ao andar de cima. Tiphaine esperou que ele deixasse o cômodo para retornar ao seu posto de observação.

A garota era bonitinha, de fato. Tinha a desenvoltura das adolescentes que acolhem a metamorfose de seu corpo sem esconder o alívio que o fim de uma infância interminável lhes dá. As que descobrem com alegria todas as vantagens de suas formas em desenvolvimento. As que sabem instintivamente que a vida real está por fim começando.

Filho de peixe, peixinho é. Então, a mãe também era bonita. Alta, franzina, ela exibia com elegância os trunfos de suas origens norte-africanas: pele negra, cabelos longos, densos e escuros, olhos negros intensos. Ela tinha a desenvoltura de uma mulher madura perfeitamente consciente de que ainda estava na flor da idade. Ia e vinha do caminhão para a casa sem perder o ritmo, informando os carregadores sobre os diferentes cômodos onde as caixas e os móveis deveriam ser colocados e incentivando a filha no trabalho. Ela parecia simpática. Foi a primeira impressão que causou em Tiphaine.

A chegada de novos vizinhos não a surpreendeu. A senhora Coustenoble, dona da casa ao lado daquela em que Tiphaine, Sylvain e Milo moravam já havia sete anos, tinha morrido cinco meses antes, e os herdeiros logo expressaram o desejo de colocar a propriedade para alugar. Tiphaine conhecia aquela casa como a palma da mão, já que morara lá por muitos anos, até a tragédia que tinha destruído a sua vida. Os "acontecimentos", como Sylvain e ela tinham o hábito de se referir àquele período tumultuado de sua existência, o qual, por um acordo perfeitamente claro, decidiram nunca mais mencionar.

A senhora Coustenoble era, portanto, a antiga proprietária. Após os "acontecimentos", eles ficaram com a guarda de Milo, filho de seus vizinhos de parede, David e Laetitia. Seus velhos amigos. Com os quais tinham dividido tudo: happy hours nas sextas-feiras à noite, churrascos, risadas e segredos.

E depois o horror.

Milo tinha sete anos quando Tiphaine e Sylvain se tornaram seus tutores legais. Como tal, tiveram o dever de fazer um inventário completo dos bens do menino, entre os quais a casa, que, como tutores, cabia a eles administrar. Alguns meses depois, eles tomaram a decisão de se instalar lá. Essa era, aos olhos deles, a melhor solução: sair da casa em que viveram o drama mais pavoroso por que pais podem passar era para eles uma questão de sobrevivência. Aquela casa que tinha visto seu filhinho nascer, o amor de sua vida, a própria expressão da felicidade. Maxime. A lembrança de um olhar, de um sorriso, de um cheiro. Uma voz também, cujo eco ressoava para sempre entre aquelas paredes delatoras, que garantiam que eles não esquecessem. Nunca. E depois a dor intolerável que beirava a loucura.

Maxime.

Um anjo que não teve tempo de abrir as asas.

E que havia caído.

Eles, portanto, notificaram a senhora Coustenoble, a qual, em vez de mais uma vez tomar todas as providências para conseguir novos inquilinos confiáveis, decidiu se mudar para lá ela mesma e ali terminar seus dias. Um projeto que ela levou a cabo com êxito.

No entanto, os herdeiros tiveram de fazer algumas reformas, já que a senhora Coustenoble sempre recusara as propostas de melhorias que Sylvain, que era arquiteto, lhe apresentara. Durante um bom mês, operários qualificados tomaram conta do lugar, depois Tiphaine ajudou com a bateria de visitas. Havia quinze dias que nada acontecia, o que a fez acreditar que eles logo conheceriam seus novos vizinhos.

O mistério que os cercava tinha sido uma verdadeira fonte de angústia para ela. Para começar, porque, pela primeira vez desde os "acontecimentos", uma nova família iria morar naquela casa. Iria tomar o lugar, se apropriar dele, relegando o passado dos antigos inquilinos ao esquecimento. E, apesar do sofrimento que ela sentia todo santo dia durante oito longos anos, o esquecimento ainda era o que Tiphaine mais temia.

E, além do mais, quem seriam elas, aquelas pessoas que iriam viver ao lado dela? Um casal de aposentados que praguejaria toda vez que ela e Sylvain fizessem um churrasco no jardim se o vento soprasse a fumaça por sobre a cerca viva que separava as casas? Ou, pior ainda, um casal recém-casado, como o que ela formara com Sylvain quando se mudaram para aquela casa dezessete anos antes? Aquela possibilidade a aterrorizava: a ameaça de ver a chegada de dois jovens loucamente apaixonados que veriam naquela casa o ninho ideal para constituir uma família. Ouvir o choro de um bebê ou o riso de uma criança escapando do jardim estaria além de suas forças. Enquanto a senhora Coustenoble estava viva, Tiphaine estava protegida daquela possibilidade intolerável. Mas depois da morte da idosa...

Perdida em seus pensamentos, Tiphaine esboçou um breve sorriso: então lá estavam eles, seus famosos novos vizinhos. Ou melhor, suas novas vizinhas, no caso de a ausência do homem não se dever a uma profissão exigente ou a uma doença incapacitante. Seja como for, o pior não aconteceu: nenhum jovem casal apaixonado, nenhuma criança pequena radiante cantando na varanda. O insuportável quadro de felicidade não cruzaria a cerca para espalhar seu odor nauseante debaixo de suas narinas. A cereja do bolo, a presença daquela linda jovem encantadora, lhe parecia um bom presságio. Milo notou imediatamente a adolescente, e sua reação espontânea, ainda que nada sutil, traduzira certo interesse por seus pares, ele que em geral era mais para retraído e solitário, pouco inclinado a fazer contato com pessoas jovens de sua idade.

Sim, de fato, a chegada daquelas duas mulheres havia sido uma boa surpresa. Em todo caso, dos males o menor. E, para Tiphaine, naquele momento era tudo o que ela podia esperar da vida.

3

Correu tudo maravilhosamente bem com a mudança, e, às quatro horas da tarde, Nora assinou o recibo da fatura e deu uma gorjeta merecida para os carregadores. Por fim, ela entrou na casa e fechou a porta atrás de si. Então, aproveitou para respirar por alguns momentos, depois foi de um cômodo para outro enquanto olhava para as caixas e os móveis em cada um. Ainda havia muito a ser feito, só que a parte mais difícil já tinha ficado para trás: Alexis, seu ex-marido, mantivera sua palavra e não tinha aparecido durante a mudança. Ela temera que ele impusesse sua presença em dado momento sob o falso pretexto de querer ajudá-la — o cúmulo! — ou para conferir se ela só havia levado os móveis que lhe pertenciam por direito...

Mas, da antiga casa dos dois, Nora só tinha levado pouquíssimas coisas: um aparador, um sofá-cama, duas estantes, uma poltrona, além de seus pertences pessoais. Ela não tinha exagerado. Era ela quem tinha ido embora e não se sentira no direito de esvaziar a casa.

As últimas semanas tinham sido difíceis. Um rompimento sempre é complicado, sobretudo após dezoito anos de vida comum. Mas ela havia tomado sua decisão, e primeiro os arrependimentos, depois os discursos e, finalmente, as ameaças de Alexis não tinham mudado nada. Ela não o amava mais. As rotinas e as repetidas discussões haviam desgastado seu amor.

Clássico.

Só que Alexis não largou o osso, convencido de poder recuperar a cumplicidade de antigamente. Ela não tivera coragem de acreditar nem sequer de fingir, ela que, no entanto, conhecia o jogo. O do casal unido que os anos não conseguem separar, da esposa compreensiva sobre as inúmeras ausências do marido — sempre por motivo profissional, mas mesmo assim! — e que se adapta perfeitamente ao papel de mãe e dona de casa. Ela e Alexis haviam se afastado ao longo dos anos, ele absorto em seu trabalho, ela em outras atividades das quais ele nada sabia. O mal-entendido se instalara e, com ele, as brigas sobre o essencial e o irrisório. Embora não lançasse mão disso com muita frequência, ele tentara controlar a agenda da esposa, as pessoas com quem ela se relacionava, gostando ou não do que ela fazia com seus dias... Sua desconfiança era doentia: para ele, neste mundo perigoso, o drama pairava em cada esquina. Seu trabalho provavelmente tinha muito a ver com isso.

Nora, que era de uma natureza mais aberta, tinha terminado por se cansar das constantes advertências de Alexis. Toda vez que ela encontrava alguém, fosse o pai ou a mãe de um amigo dos filhos, uma colega de sofrimento da academia ou um velho conhecido que fazia muito tempo que não via, ela tinha que suportar a suspeita quase paranoica do marido. Fulano parecia mal-intencionado para ele, outro estava apenas querendo sexo, um terceiro era de uma estupidez perigosa... As pessoas eram maliciosas. Ah, não todas... Mas a maioria.

Exausta, Nora já não contava muito de sua vida para evitar os comentários e outras ideias desagradáveis de Alexis.

A isso tudo se somou uma violência contida, uma brusquidão latente que Alexis dominava à perfeição, mas da qual Nora aprendera a desconfiar ao longo dos anos. Ele nunca tinha encostado a mão nela, mas em certos pontos de suas discussões mais virulentas, quando ela sentia que ele estava prestes a estourar, ela sentiu medo. Um medo visceral de quem detecta a ameaça. O perigo.

Alexis, que era um homem mais para pequeno, era alguns centímetros mais baixo que a esposa, o que ele compensava com uma mente brilhante e uma personalidade forte. Fisionomia definida e angulosa, assim como um temperamento dominador e sinuoso. Uma mão de ferro numa luva de pelica. Entre o poder do corpo e o da reflexão, Alexis havia feito sua escolha, tornando as palavras uma arma, às vezes muito mais temível do que os golpes. Ele sabia lidar com a ferocidade da palavra como outros manejam a do punho, e as feridas que infligia na alma, às vezes, podiam ser mais dolorosas do que um ataque físico. Mas, quando a linguagem perdeu o poder de acalmar certos instintos aguerridos, Alexis tinha algo na manga. No início da união dos dois, Nora o vira corrigir um homem inconveniente que tivera o mau gosto de insistir depois de algumas reprimendas bem dadas. O resultado foi desastroso para o importuno, que era bem mais alto que Alexis. Nora guardara uma lembrança ambígua disso, ao mesmo tempo admirada com aquela força viril que, ainda na época, a balançava e desconcertada por uma disposição para a violência a qual não suspeitava que existisse.

Ao longo dos anos, a admiração se esgotou. Tudo o que restava era uma desconfiança que acabara pervertendo o amor que ela sentia por ele. Logo, os dois não compartilhavam muito além do cotidiano soturno de labuta e das obrigações familiares. A vida de casal se transformara em uma espécie de coabitação insípida a que Nora decidira pôr um fim.

Ao sentir a situação fugir de seu controle, Alexis lançou mão de suas últimas armas.

— E as crianças? Você pensou nas crianças?

Nora encarara o marido sem esconder sua dor. É claro que tinha pensado nas crianças! Aliás, era só nelas que ela pensava havia alguns anos: se não tinha ido embora antes, era só porque a ideia de machucá-las, de perturbar a vida delas e de só vê-las a cada duas semanas era inconcebível para Nora. Mais ainda do que a de compartilhar a vida com um homem que ela não amava mais.

— Eles já estão grandes — ela respondeu simplesmente. — Têm idade suficiente para entender.

— Ah, é? Eles têm idade suficiente para sofrer também? — contestara ele no tom de uma pessoa de quem o sofrimento já não guarda segredos.

Nora ficou em silêncio, seu coração devastado pelo tormento que infligia à sua família. Por muito tempo, e sem uma sombra de hesitação, ela sacrificou a própria felicidade pela de seus filhos. Não importa que sua vida parecesse uma estrada, sem curvas, sem aspereza, sem relevo; um caminho já traçado para um horizonte claro, no qual era impossível se perder. Não tinha sido exatamente aquilo que a seduzira naquele jovem advogado que lhe prometera um futuro livre de qualquer obstáculo? Segura... Isso é o que ele havia garantido a ela, não era?!

Mas de que exatamente?

De surpresas, de acidentes? Da vida?

Necessidade de ar. De mudança. De um novo começo. Sede de encontros. De aventura. Outra vida. Uma segunda chance.

— Como você vai ganhar a vida? — lançara ele ao ficar sem argumentos. — Você não tem renda nenhuma! E se estiver contando só com a pensão alimentícia...

— Eu vou trabalhar!

— Na sua idade?

A resposta, embora cruel, não foi desprovida de certo realismo.

— Tudo bem, eu fico — retrucou ela no ato. — Mas só por causa do seu dinheiro!

Alexis tinha recebido a flechada no coração, e seu veneno terminara de destruí-lo. Era impossível para ele conceber que o dinheiro que tinha era o único atrativo que Nora lhe conferia. E, se esse fosse realmente o caso, então que ela se mandasse mesmo. Que fosse embora antes de acabar com o pouco de estima que ainda os unia.

Nora, então, foi embora. Aos quarenta e quatro anos, ela começou a procurar emprego depois de dezoito anos sem trabalhar fora. Formação? Sim, ela estudara letras, o que não a levara muito longe quando, ao sair da faculdade, candidatou-se a uma vaga de professora. Nos pequenos trabalhos para colocar comida na mesa, sempre temporários, ela não encontrou nada que lhe agradasse. Então, entre os vinte e quatro e os vinte e seis anos, em vez de esperar que aparecesse uma vaga, tentou uma carreira literária, que acabou em fracasso. Depois conheceu Alexis.

Após ler seu currículo, o funcionário do Sistema Nacional de Emprego não conseguiu conter um sorriso que revelava seu pessimismo.

— Vamos ver o que podemos fazer.

Ele não podia fazer muita coisa, Nora entendeu na hora. Então fez a si mesma a única pergunta que importava: o que é que ela mesma podia fazer? A resposta brilhava na dificuldade de sua situação: cuidar de crianças.

Ela imediatamente marcou um horário para conversar com os responsáveis por dois jardins de infância da cidade para lhes explicar sua situação e apresentar suas habilidades e motivação. O diretor do primeiro, que era o que seu filho havia frequentado quando pequeno, lhe deu poucas esperanças. Já a diretora do segundo informou que estava mesmo procurando uma professora assistente para o jardim dois, mas que sua falta de formação era um empecilho para qualquer possibilidade de contratação.

— Falta de formação? — sufocou Nora. — Isso é só o que eu fiz nos últimos treze anos!

— Você cuidou dos seus filhos, senhora. Não dá para chamar isso de formação, mesmo que eu não duvide nem por um segundo das suas aptidões.

— Vamos fazer um período de teste!

— O problema não é esse... — suspirou a diretora.

A conversa foi dura, mas, quando saiu da sala, Nora tinha conseguido pelo menos a promessa de que a diretora se debruçaria sobre sua candidatura com seriedade e que lhe daria uma resposta em até quinze dias. Uma resposta que, se ela mantivesse sua palavra, não demoraria a chegar.

Conseguir aquele emprego tinha se tornado uma obsessão, Nora pensava nele dia e noite. Que vitória, se desse certo! Primeiro para ela, mas também em relação a Alexis, o qual, ela sentia, estava esperando pacientemente que ela estivesse na sarjeta para, então, implorar que ele a aceitasse de volta. Ela não tinha medo da penúria propriamente dita, das economias de ninharias e dos fins de mês difíceis. O que mais a preocupava era a diferença de estilo de vida que teria de impor aos filhos em comparação ao conforto que, sem dúvida, não lhes faltaria nunca na casa de Alexis. A pensão alimentícia mal lhe permitia pagar o aluguel: contra toda a lógica, ela fizera questão de encontrar um lugar espaçoso o suficiente para que todos tivessem seu cantinho. Estava fora de cogitação que seus filhos vivessem no conforto de uma casa de trezentos e cinquenta metros quadrados em uma semana e que, na seguinte, fossem recebidos em um apartamento minúsculo. Aquela "pequena" casa naquele bairro residencial não era nada parecida com o que eles haviam conhecido até então, mas era pelo menos agradável, bem iluminada e acolhedora. E acessível. E ela pretendia torná-la um pequeno ninho aconchegante para compensar sua falta de recursos.

A imagem do "pequeno ninho aconchegante" se apagou diante das pilhas de caixas e dos móveis espalhados por todos os cômodos da casa. Voltando à realidade, ela consultou o relógio: tinha duas horas até Alexis trazer o filho deles. Duas horas para tornar o quarto um cantinho acolhedor para ele. Sem perder mais tempo, Nora seguiu para o hall de entrada.

— Inès?

— Estou aqui em cima!

Ela subiu os degraus até o segundo andar, então seguiu para o fim do corredor, onde havia uma porta, que ela empurrou. Um belo cômodo ensolarado apareceu, no qual as caixas esperavam para serem abertas.

— Mãe? — soou a voz de Inès do outro lado do corredor.

— Estou aqui, querida.

No instante seguinte, Nora se deu conta de que a filha estava logo atrás dela. Ela se virou ao mesmo tempo em que recuou para deixar passar a adolescente, que logo entrou no quarto.

— Você acha que ele vai ficar bem aqui? — perguntou Nora, mordendo o interior das bochechas.

— Está de brincadeira? Esse quarto é demais. E, depois, olha só...

A jovem foi em direção à janela, que ela abriu completamente.

— Tem uma vista incrível para o jardim e fica bem em cima da varanda!

4

Sylvain voltou por volta das seis horas da tarde. Colocou as chaves, a carteira e um trabalho grande a ser finalizado na segunda-feira seguinte na mesa da sala de jantar, depois foi para a varanda. No jardim, ele encontrou Tiphaine agachada na frente de seus canteiros, colocando terra em torno do pé de um arbusto jovem. Assim que o viu, ela se levantou e se juntou a ele.

— Tem novidade — declarou em voz baixa assim que chegou perto dele.

— Por que você está cochichando?

Como resposta, Tiphaine fez um gesto tímido com a cabeça em direção à cerca viva que separava o jardim da casa vizinha. Sylvain ergueu as sobrancelhas, mostrando tanto surpresa como curiosidade.

— E? — perguntou ele, por sua vez, baixando a voz.

— Uma mãe e a filha. Aparentemente nenhum homem, deve ser divorciada ou viúva. Da minha idade. À primeira vista, bem simpática.

— E a garota?

— Uma adolescente. Padrão. Bonitinha.

— Você falou com elas?

— Não.

Eles se olharam em silêncio. Desde a morte da senhora Coustenoble, eles nunca haviam mencionado a ocupação futura da casa vizinha, mas os dois sabiam perfeitamente o que aquela mudança significava na vida deles.

Sylvain assentiu várias vezes com a cabeça sem tirar os olhos de Tiphaine. Ele estava prestes a acrescentar algo, depois pareceu mudar de ideia.

— Cadê o Milo? — perguntou por fim.

— No quarto dele. Ele deveria estar estudando, mas talvez seja bom você dar uma olhada.

— Estou indo.

Ele olhou uma última vez para a cerca viva antes de dar meia-volta em direção à casa. Sozinha, Tiphaine voltou para a árvore que acabara de plantar, incorporou ao solo um adubo que ela mesma tinha preparado, depois comprimiu metodicamente a mistura que obtivera ao redor do pé.

Tiphaine era horticultora de profissão, mas as plantas eram para ela mais do que um simples trabalho. Apaixonada, passava a maior parte do seu tempo com as mãos na terra semeando, plantando, regando, capinando, plantando estacas, enxertando, podando ou colhendo. As plantas, as flores, as árvores e os arbustos não tinham segredos para ela; sabia tudo sobre cada variedade, suas florações, suas produções, mas também suas propriedades, seus benefícios ou seus perigos. Além da indiscutível habilidade manual, ela também tinha qualidades de observação, bons conhecimentos científicos e um senso artístico precioso.

O contato com a terra era vital para ela, até mesmo terapêutico.

Absorta em seu trabalho, Tiphaine não ouviu de imediato o farfalhar das folhas a alguns metros, bem atrás da cerca viva, no jardim vizinho. Poucos segundos depois, um movimento indistinto, além da folhagem, chamou sua atenção. Intrigada, ela virou o rosto e escrutou sem se mexer o lugar que acabara de se agitar. Logo avistou uma pequena silhueta, depois um rosto e olhos que a observavam em silêncio. Devagar, Tiphaine se ergueu, seguiu em direção à cerca viva, do outro lado da qual descobriu, para sua grande surpresa, um garotinho de mais ou menos sete, oito anos, imóvel. Era óbvio que ele estava relutante em fugir correndo.

— Muito bem... e quem é você? — ela perguntou através da folhagem.

— Maxime.

O choque foi instantâneo. Fulminante. Impiedoso. Tiphaine sentiu que perdia o chão, ou eram as pernas dela que, desprovidas de repente de toda substância vital, pareciam se desmaterializar? Numa fração de segundo, sentiu os batimentos cardíacos passarem de um ritmo normal para marteladas ininterruptas, e tudo começou a girar em torno dela. Estendeu o braço para se agarrar ao nada, ao vazio, sentiu que caía para trás, tentou desesperadamente recuperar o equilíbrio contrabalançando o peso do corpo para a frente. Além do tumulto que a assolava, ela distinguiu o olhar curioso da criança pousado sobre ela e, logo depois, foi uma voz feminina que quebrou o silêncio de sua confusão.

— Nassim?

No jardim geminado, vinda da varanda, sua nova vizinha seguia em direção ao menino.

— Nassim, mas o que é que você estava fazendo?

Então, ao notar Tiphaine do outro lado da cerca viva:

— Ah, desculpe, eu não tinha te visto.

— Olá — conseguiu articular Tiphaine, sem fôlego.

Para superar o obstáculo da cerca viva que as separava, a mulher se aproximou ainda mais e ficou na ponta dos pés.

— Sou Nora, sua nova vizinha, muito prazer. E este aqui é o Nassim, meu filho. Você disse "oi", Nassim?

— Olá...

Tiphaine engoliu em seco.

— Olá, Nassim — ela gaguejou, se recuperando aos poucos.

Um silêncio cheio de cortesia constrangedora pairou por alguns segundos, mas Nora logo o rompeu.

— Acabamos de nos mudar, hoje mesmo. Espero que o vaivém dos carregadores não tenha incomodado...

— De jeito nenhum... — assegurou Tiphaine.

Depois ela acrescentou:

— Eu sou a Tiphaine.

— Muito prazer.

Um novo silêncio, mais longo, desta vez instalou um constrangimento palpável.

— Qual é a idade do seu garotinho? — perguntou de repente Tiphaine em um tom de curiosidade educada.

— Oito anos — respondeu Nora com um orgulho próprio dos pais, como se a idade de seus rebentos fosse uma fonte de orgulho. — E você? Tem filhos?

Tiphaine assentiu.

— Tenho um filho de quinze anos. O Milo.

— Ah! — exclamou Nora. — A minha filha tem treze anos.

— Como ela se chama? — perguntou Tiphaine, pensando com seus botões que a adolescente parecia mais velha do que realmente era.

— Inès.

— É um nome lindo.

— Obrigada.

Depois dos elogios e das cortesias de boa vizinhança, as duas mulheres rapidamente ficaram sem assunto e, mais uma vez, se fez o silêncio.

— Bem — suspirou Nora. — Estou muito feliz de ter te conhecido. Uma boa noite para você.

— Para você também...

Nora deu meia-volta, levando o garotinho consigo. Tiphaine viu os dois se afastarem enquanto em seu coração ainda ecoava o choque que tinha sentido quando achou que ouvira a criança dizer o nome de Maxime. E, mesmo que Nassim não tivesse exatamente a mesma idade de Maxime no momento de sua morte, a presença dele a transtornava.

Pouco antes de eles chegarem à varanda, ela os chamou, erguendo a voz.

— Desculpe...

Nora se virou.

— Sim?

— Onde é o quarto do Nassim?

— Oi?

Tiphaine mordeu o lábio. A pergunta era de fato estranha, e ela se arrependeu imediatamente de tê-la feito.

— Ah, sim... Desculpe te perguntar isso, mas é que... as nossas casas são geminadas, e como dividimos uma parede...

— Ah!

Nora apontou para a janela do segundo andar que estava bem acima dela.

— É esse aqui.

Tiphaine fechou os olhos. O que ela temia havia alguns instantes, desde que se inteirara da existência de Nassim, se tornara realidade: ele estava ocupando o antigo quarto de Maxime. Outro garotinho iria brincar, dormir, rir e chorar, resumindo, iria viver naquele quarto.

Um torno gelado oprimiu seu peito, e, por alguns segundos, ela sentiu dificuldade de respirar.

Quando abriu os olhos novamente, Nora havia voltado para perto dela e a olhava perplexa. Esta, supondo que a parede do quarto fosse a mesma da do quarto da vizinha, se enganou quanto ao porquê da pergunta.

— Tem problemas de insonorização? — ela quis saber, sem esconder seu constrangimento.

— Não! — exclamou Tiphaine, surpresa com a interpretação de Nora. — Não foi isso que eu quis dizer...

Mas que idiota! Tinha sido mais forte do que ela fazer aquela última pergunta! E como se livrar dessa confusão? Se ela concordasse com Nora, ou seja, admitir estar preocupada com uma possível barulheira por parte do menino, sua pergunta beiraria a grosseria. Por outro lado, não se imaginava respondendo num tom brincalhão: "Eu te perguntei isso porque há oito anos a gente morava na sua casa, eu e meu marido, e esse quarto era justamente o do nosso garotinho, que morreu ao cair da janela. Sim, exato, o mesmo do seu filho. Bem-vinda à sua nova casa!".

— Pode ficar tranquila — respondeu Nora. — Nassim é muito comportado e vou cuidar pessoalmente para que ele não incomode.

— Desculpe, você não me entendeu bem, eu...

"Eu" o quê? Que explicação dar para aquela pergunta que não fosse nem grosseira nem descabida? Depois de alguns segundos durante os quais ela procurou desesperadamente alguma coisa para dizer, Tiphaine suspirou como se jogasse a toalha.

— Eu sinto muito... Minha pergunta foi absurda e inoportuna. Deixa pra lá — acrescentou com seu sorriso mais caloroso.

— Está tudo bem, eu entendo o receio...

— De jeito nenhum! Eu adoro crianças e nunca pensei que Nassim pudesse me incomodar...

— Não se preocupe, eu sei como é...

— É culpa minha...
— Não, não, eu entendo perfeitamente...

Elas pararam ao mesmo tempo naquele sobrepujamento de desculpas e compreensão. Depois caíram na gargalhada, uma, calorosamente, a outra, lamentavelmente.

Foi assim que Tiphaine e Nora se conheceram: em meio a um mal-entendido, cada uma de um lado de uma cerca viva.

5

Quando voltou para casa, Tiphaine correu para o banheiro. Refém impotente das inconstantes ondas de náusea que não se decidiam a emergir de uma vez apesar dos dois dedos que enfiou no fundo da garganta, ela não conseguia se livrar de uma sensação de enjoo. Tiphaine tossiu, arrotou, escarrou sem que a repugnância a deixasse, tentando botar sua aversão para fora por meio de cusparadas. Sem sucesso. Aquele menino ia, então, morar ao lado dela, na casa onde Maxime havia nascido, vivido e morrido, entre aquelas paredes, que eram testemunhas de uma vida para sempre extinta... Aquele menino vivinho da silva vinha ficar com o quarto de seu filho, com sua memória... Com seu lugar.

— Tiphaine?

Alertado pelos barulhos que vinham do banheiro, Sylvain ficou preocupado.

— Tiphaine! Está tudo bem?

Como resposta, Tiphaine saiu do banheiro limpando a boca com as costas da mão. Ela estava pálida, até lívida, e lançou para Sylvain um olhar em que a dor disputava espaço com o desespero.

— Mas o que está acontecendo? — ele se irritou, sentindo algo entre preocupação e raiva.

Tiphaine balançou a cabeça, tomada por uma ânsia de vômito.

— Ela tem um filho... — gemeu.

— Do que você está falando?

— A nova vizinha... Ela tem um filho... Oito anos. O nome dele é Nassim, mas de início pensei...

Ela se calou, incapaz de pronunciar o nome de Maxime. Já não era necessário. Sylvain assentiu.

— Você viu ele?

Tiphaine assentiu.

— Mas que droga, Tiphaine! — ele começou com os dentes cerrados. — Não adianta nada ficar nesse estado... Eu...

— Ele vai ficar no quarto dele — ela o interrompeu, destruída.

— Não é mais o quarto dele!

— Para mim, sempre vai ser o quarto dele...

— Não! Já faz oito anos que não é o quarto dele. Você está me ouvindo?

— Oito anos! — repetiu Tiphaine como se tivesse acabado de se dar conta do tempo que tinha passado.

Então, ela acrescentou com a voz aflita:

— Esse menino nasceu no ano em que o nosso morreu.

Sylvain olhou para ela sem dizer uma palavra, com o coração esmagado pelo triste espetáculo que a esposa lhe oferecia. Tiphaine não passava da sombra daquela por quem se apaixonara loucamente dezessete anos antes: a vida, a dor e a intolerável provação de ter perdido um filho a tinham carcomido pouco a pouco por dentro, roendo sua alma, seu coração e sua razão. Ela não estava louca, pelo menos não no sentido amplamente aceito; mas, desde a morte de Maxime, ela vivia em um mundo sem parapeito. E ele, Sylvain, atolado no visco do sofrimento do qual não conseguia se erguer, aos poucos ia ficando sem reação diante da angústia da esposa. Consumido pela culpa, ele se debatera todos os dias durante oito longos anos com seus próprios demônios, o suplício de suas memórias, a recorrência de seus pesadelos. E a chegada daquele garotinho na casa vizinha, pelo menos o caos que isso provocara na mente de Tiphaine, de repente lhe pareceu um obstáculo grande demais, um que eles não conseguiriam superar.

— Tiphaine, eu imploro...

Como resposta, ela se encolheu e mergulhou num soluço sem fim.

***

A chegada da criança na casa vizinha reabriu feridas cujas cicatrizes, apesar dos anos, ainda e sempre expeliam tormento e dor. Quando eles resolveram ficar com Milo depois dos "acontecimentos", ela acreditara que seria capaz de afogar seu pesar no amor que lhe daria e, ela tinha certeza, que, em troca, receberia amor. Só que nada aconteceu como ela esperara. Milo pouco a pouco foi se fechando, como se quisesse sair do mundo. Ele rejeitara suas provas de afeto e repelira qualquer gesto de ternura por parte deles. Da mesma forma, ele só lhes ofereceu um vínculo distante, que contrastava cruelmente com a adoração que ele uma vez devotara aos dois.

Tiphaine e Sylvain conheciam Milo desde sempre. Eles o viram nascer, crescer, se desenvolver todos os dias ao lado de seu próprio filho; muitas vezes ficaram com ele em casa, muitas vezes cuidaram dele, o consolaram em suas tristezas, o encorajaram em suas derrotas, o parabenizaram pelas vitórias. Eles o amavam, quase tanto quanto a Maxime, e o menino sempre tinha retribuído. Mas, desde os "acontecimentos", a atitude de Milo em relação a eles foi mudando aos poucos até ele ficar distante, quase desconfiado. Sempre que Tiphaine queria abraçá-lo, ele se esquivava. E, quando ela era mais rápida que ele e conseguia puxá-lo para junto de si, ele ficava encrespado, tão rígido quanto um poste, e esperava que aquilo acabasse.

— Temos que dar tempo a ele — recomendou Sylvain quando Tiphaine, aos prantos, lhe fazia confidências. — O menino viveu um verdadeiro trauma, é o jeito dele de dizer que não quer esquecer a mãe...

Então Tiphaine esperou, devastada pela rejeição, que ela tomava como traição.

Como um castigo.

Duas vezes por semana, todos os três iam à consulta com Justine Philippot, a terapeuta à qual David e Laetitia, os pais de Milo, tinham levado o filho logo depois da morte de Maxime para ajudá-lo a superar a terrível perda. Tiphaine contava muito com aquelas consultas para se aproximar do menino, esperando que ele colocasse pouco a pouco suas defesas de lado e se permitisse receber — e oferecer — um pouco de amor. Ela acreditou por um momento que as coisas iriam se arranjar: Milo parecia mais relaxado, menos na defensiva, e, se ele ainda era econômico com as mostras de carinho, pelo menos estava menos esquivo e mais aberto.

Mas aquela esperança logo foi destruída: sem que ela e Sylvain entendessem o porquê, o garoto se recusou um dia a ir à consulta com a doutora Philippot. Sentado em uma cadeira na cozinha, reto como um "i", ele se recusou a se levantar, vestir o casaco e entrar no carro.

Tiphaine tentou primeiro conversar, em vão: Milo repetia simplesmente que não queria ir, mas não parecia capaz de — nem disposto a — dar a menor explicação.

Mesmo sob ameaça, o menino não reagia mais.

Ela, então, tentou promessas, também sem sucesso.

Sylvain, que estava esperando no hall, acabou perdendo a paciência: entrou na cozinha batendo o pé cheio de determinação, agarrou o menino pela cintura e o levou à força para o armário, onde o fez vestir o casaco. Meia hora depois, os três estavam sentados no consultório da terapeuta.

Tiphaine e Sylvain de imediato colocaram Justine Philippot a par do incidente que acabara de ocorrer. Ela, então, se voltou para Milo e perguntou com delicadeza o motivo de sua recusa. Ele continuou calado. Depois de um bom tempo de silêncio, ela repetiu a pergunta... Mais um fracasso: Milo não abriu o bico. Em seguida, ela perguntou se ele estava com raiva; nada ainda... O horário inteiro se passou no silêncio obstinado do garotinho, apenas entrecortado pelas perguntas da terapeuta e pelos incentivos de seus tutores.

A doutora Philippot não queria fazer drama; ela tranquilizou Tiphaine e Sylvain, argumentando que o mutismo de Milo era a forma que ele tinha encontrado de expressar sua raiva, e marcou um novo horário para eles três dias depois.

Só que a mesma cena se repetiu. Milo só foi ao consultório de Justine Philippot sob pressão e não disse uma única palavra durante todo o horário.

A mesma coisa aconteceu nas consultas seguintes.

Após a quinta sessão infrutífera, a terapeuta propôs fazer uma pausa, defendendo o retorno a uma vida mais "normal". Liberar a pressão. Parar de se preocupar. Talvez Milo precisasse, simplesmente, retomar o ritmo de uma vida comum — na medida do possível —, pelo menos cotidiana, na qual, duas vezes por semana, ele não seria lembrado de que havia perdido mais da metade das pessoas que amava e que eram importantes para ele; uma existência em que ele deixaria de ser olhado como um animal curioso prestes a ser abatido.

Tiphaine recebeu isso como um tapa na cara e, quando saiu da consulta, ela se sentiu abandonada. Era como se acabassem de cortar a última corda à qual ela ainda se agarrava para não afundar no abismo do desespero.

Naquela noite, deitada na cama, olhando para o teto como se tentasse romper seu segredo, ela sussurrou para Sylvain, que ela sabia estar acordado ao seu lado:

— Ele sabe.

— Não fale besteira — ele respondeu depois de um momento.

— Eu tenho certeza, ele sabe.

Depois de alguns segundos de silêncio, Sylvain se ergueu apoiado nos cotovelos e tentou atrair o olhar de Tiphaine, ainda colado ao teto:

— É absolutamente impossível. Pode parar agora mesmo de fazer drama, está bem?

— Se ele não sabe conscientemente, então ele sente.

— Tiphaine, por favor. O Milo acabou de...

Ele parou, hesitou sobre como formular o que pensava e depois continuou:

— O Milo acabou de perder os pais. Ele está sofrendo. Está se defendendo como pode. Eu sei que é difícil para você, mas é bem mais difícil para ele. Não leve para o lado pessoal, está bem?

Por um momento, ela permaneceu sem reação, e Sylvain até duvidou de que ela tivesse ouvido o que ele acabara de lhe dizer. Depois, de repente, ela desgrudou os olhos do teto e se voltou para ele.

O que ele viu nos olhos dela não lhe agradou nada.

Desde aquele dia, Tiphaine nunca conseguiu se livrar de certa desconfiança em relação a Milo, mesmo que, com o tempo, algumas tensões tenham se apaziguado. Mas Sylvain sentia que a dor e a frustração da esposa a atormentavam um pouco mais a cada dia. E, agora que outro menino havia se mudado para a casa vizinha, iria viver e crescer diante dos olhos dos dois, ele sabia que o baú das lembranças tinha acabado de se abrir para se apoderar de sua mente.

Já Tiphaine se deu conta com angústia de que ela seria simplesmente incapaz de suportar a presença daquela criança.

***

Na casa vizinha, logo do outro lado da parede, Nora digitava um número no celular. Alguns segundos depois, pediu três pizzas, passou seu nome e seu endereço e perguntou quanto tempo levaria para o entregador chegar. Quando desligou, Inès e Nassim surgiram na cozinha.

— Acabei de pedir pizzas — anunciou Nora, com um grande sorriso nos lábios.

As duas crianças expressaram sua alegria pulando no pescoço da mãe.

— O Nassim te contou? — ela perguntou à filha. — Acabamos de conhecer a nossa nova vizinha.

— E para mim? Você pediu uma pizza de quê? — Nassim quis saber.

— Quatro queijos, como sempre.

— Mas e aí, a nova vizinha? Como ela é? — perguntou Inès, enfiando dois chicletes na boca.

— Bem simpática. Nós duas demos umas boas risadas. Pode ser legal.

Nora suspirou, sorrindo.

— Acho que vamos gostar bastante daqui.

6

À MEDIDA QUE AS CAIXAS ERAM ABERTAS, Nora organizava sua vida. Arrumar, separar, jogar fora, guardar. Encontrar um lugar para cada coisa, um sentido para cada gesto, um motivo para cada decisão. Ela mobiliou sua casa ao mesmo tempo em que mobiliava sua existência, a de uma mulher solteira que tinha, então, que se incumbir de uma rotina nem sempre fácil de administrar. Seus filhos lhe davam coragem para levar mil coisas a cabo, mas sua confiança a abandonara desde a primeira semana, quando Inès e Nassim atravessaram a porta da casa, com as mochilas nas costas, para desaparecerem no carro do pai. A porta fechou-se, então, diante da perspectiva de uma semana de solidão, durante a qual ela foi tomada por dúvidas e carências. O que ela estava fazendo ali, sozinha, naquela casa vazia? O lugar dela não era junto dos filhos, fossem quais fossem os sacrifícios? Ela tinha mesmo tentado de tudo antes de tomar aquela decisão drástica?

As relações continuavam tensas entre Alexis e ela. Ele estava zangado por ela ter ido embora, por não ter deixado nenhuma chance para os dois como casal, nenhum futuro para a família deles. E, para piorar as coisas, ela ainda não tinha conseguido um emprego. Sua situação financeira estava péssima, e, todas as manhãs, quando encontrava apenas boletos e panfletos na caixa de correio, ela precisava lutar para não se deixar tomar pelo pânico.

E então, numa terça-feira, duas semanas depois de se mudar para a casa da rua Edmond-Petit, um telefonema lhe trouxe o primeiro raio de sol no nublado daquela situação crítica.

Era a diretora do jardim de infância.

Ao reconhecer a mulher, Nora, prendendo a respiração, sentiu o coração disparar no peito. Depois das cortesias de costume, a diretora, senhora Stillet, lhe disse que a contrataria em caráter de experiência por três meses, em meio período. Nora conteve um gritinho de vitória. Ela teria preferido tempo integral, mas aquela resposta meio positiva já era uma ótima notícia. A senhora Stillet acrescentou que queria que ela começasse no início da semana seguinte, e Nora se perdeu em agradecimentos.

Por fim, boas notícias! A luz no fim do túnel. E, mesmo que ainda fosse apenas um leve clarão, Nora queria ver nele um sinal do destino para dias melhores. As crianças estavam na casa do pai, ela teria que esperar até o domingo seguinte para contar a novidade. Não que não pudesse ligar para eles, muito pelo contrário: ela telefonava para eles todas as noites para ouvir a voz dos dois, perguntar sobre o dia deles, mandar beijos. Mas não queria que Alexis soubesse daquela primeira vitória. Pelo menos, não de cara, não antes que ela começasse, de fato, a trabalhar.

A nova professora assistente logo discou o número de Mathilde, sua amiga desde sempre, no celular. Ela precisava comemorar aquilo com alguém. Mathilde atendeu no segundo toque; tentou entender, entre os risos e gritos de alegria de Nora, a razão de sua animação e, por sua vez, deu um grito de felicidade quando finalmente compreendeu.

— Você está livre hoje? — perguntou Nora. — Não quero passar a noite sozinha.

— Está bem, consigo chegar à sua casa por volta das oito horas. Assim tenho tempo de colocar a pequena para dormir. Você quer sair?

— Não necessariamente, podemos fazer uma comilançazinha aqui em casa...

— Eu levo a champagne!

A noite estava linda. Na varanda, as duas amigas aproveitaram o verão ameno que estava chegando e, com ele, os dias lindos e as noites estreladas. Pela primeira vez depois de várias semanas, Nora recobrou a confiança. Ela ainda não estava livre de preocupações, mas pelo menos tinha esperança em um futuro melhor.

— Agora, você tem que se tornar indispensável — aconselhou Mathilde. — Aposto que em três meses ela vai implorar para você trabalhar lá em tempo integral.

— É isso que eu espero!

Mathilde e Nora se conheciam desde a época da faculdade de letras. Juntas, elas haviam passado uma juventude levemente desenfreada, tinham se imaginado em um futuro encantador, compartilharam as tristezas e as alegrias próprias daquela época promissora, tinham jurado nunca se afastar. Então se perderam de vista. Mathilde tinha acabado de conhecer seu primeiro marido, que a manteve fora de Paris. A vida de casada impôs suas leis: as noites com as amigas foram rareando; a primeira gravidez terminou com o restante. Elas voltaram a se encontrar cinco anos mais tarde, por acaso. Nora, grávida de Inès, e Mathilde, divorciada, mas prestes a se casar novamente, caíram nos braços uma da outra e prometeram se reencontrar muito em breve. Mais quatro anos se passaram e, desta vez, foi por iniciativa de Mathilde que elas retomaram contato: seu segundo filho tinha acabado de nascer e ela convidou Nora para ser a madrinha. Surpresa, ela aceitou com alegria, e, desta vez, nunca mais se largaram. As duas se apresentaram às suas respectivas famílias, uma convidou a outra para ir à sua casa. Nora e Alexis logo se apaixonaram pelo luxuoso subúrbio em que seus amigos moravam. Alguns meses depois, eles também se mudaram para lá. Foi lá que Nora deu à luz Nassim.

Portanto, havia nove anos que as duas amigas se falavam por telefone e se viam regularmente. Naquele meio-tempo, Mathilde dera à luz um terceiro bebê, uma menininha chamada Justine, que estava então com quatro anos. Mesmo se desdobrando entre os filhos, o trabalho e o marido, Mathilde estivera muito presente durante o doloroso período de separação da amiga: tinha sido testemunha da lenta degringolada do casal, tinha ouvido com atenção as tristezas e fúrias de Nora e, sobretudo, tinha conseguido encontrar palavras que aliviavam e silêncios que ajudavam.

Para Mathilde, também a noite estava sendo uma salvação: fazia muito tempo que elas não compartilhavam um momento de leveza, e ver Nora se inebriar por outro motivo que não as infelicidades era um deleite.

— Bem, está certo, você é professora assistente — Mathilde deu uma risadinha, enchendo as taças. — Então, vamos ver: uma criança de três anos não para de bater nos coleguinhas. O que você faz?

— Esmago a mão dela na soleira da porta para ensinar-lhe boas maneiras — respondeu Nora em tom de desafio.

— Pedagogia de primeira! — gargalhou Mathilde. — Outra coisa: uma menininha pede para você acompanhá-la ao banheiro, só que você está sozinha no meio de um bando de crianças e não pode sair da sala de jeito nenhum.

— O seu exemplo não funciona, já que sou eu quem deveria ajudar a professora com esse tipo de problema.

— Digamos que ela teve que se ausentar por meia hora.

— Então, eu peço para a criança segurar a vontade.

Mathilde desatou a rir.

— Você está tinindo, minha cara. Vai arrasar!

— Aí sim...

— Estou com vontade de fumar um baseado!

— Você está de brincadeira?

— Não, é verdade! Faz anos que não fumo um e agora...

Nora sorriu. Ela se lembrou das noites com Mathilde na época da universidade, dos baseados que rodavam e das gargalhadas que disparavam.

— De qualquer forma, nem adianta ficar com vontade, a gente não tem erva — respondeu Nora, dando de ombros.

— Mas eu tenho — uma voz se ergueu do outro lado da cerca viva.

As duas amigas deram um pulo. Por um momento de estupefação, elas se encararam, procurando nos olhos uma da outra que atitude adotar...

Vinda da varanda ao lado, uma silhueta apareceu por entre a folhagem.

— Boa noite! — lançou Nora em um tom falsamente casual.

— Oi — respondeu Tiphaine.

— Olá! — disse Mathilde, por sua vez, com uma risadinha meio envergonhada.

— E aí? Vocês estão a fim? — perguntou Tiphaine.

Mathilde e Nora trocaram outro olhar. A hesitação logo deu lugar à animação, e, em um movimento perfeitamente sincronizado, elas concordaram com a cabeça.

— Você vem se juntar a nós? — Nora sugeriu a Tiphaine.
— Ah, não! Venham vocês à minha casa.
— Combinado.
— Não deixem a garrafa para trás! — acrescentou Tiphaine.

Alguns minutos depois, as duas amigas tocaram a campainha da casa ao lado. Tiphaine abriu a porta e se afastou para deixá-las entrar.

A casa dos Geniot era praticamente idêntica à de Nora, o que permitiu que ela se guiasse sem dificuldade até a varanda. Quando chegou lá, não pôde deixar de soltar uma exclamação de admiração, se extasiando com o brilho e o charme do jardim da vizinha. Plantas e canteiros de flores se enfileiravam em perfeita harmonia, arbustos e moitas pareciam conversar ao sabor do vento, tudo numa consonância de tons, cores e aromas encantadores. Das janelas do segundo andar de sua casa, Nora já havia tido um vislumbre da beleza do jardim vizinho, mas, agora que ele se estendia à sua frente, ela avaliava toda a sua riqueza, entre equilíbrio e fantasia.

— Mas é maravilhoso! — resumiu ela, fascinada.
— Obrigada — respondeu Tiphaine.
— Mas como é que você fez? Você tem um dom de verdade!
— É meio que a minha profissão também. Querem conhecer?

Nora e Mathilde aceitaram com entusiasmo. Tiphaine fez um tour com elas pelo jardim, dando uma explicação sobre as propriedades de cada flor e de cada planta, bem como a razão pela qual ela havia escolhido plantá-las em dado local em vez de em outro. A partir do segundo terço do jardim, um caminho levava ao fundo, dividindo o terreno em duas metades iguais, que Tiphaine transformara em horta. Ali ela plantara vários tipos de folhas, cenoura, tomate, batata e abobrinha. Quando chegaram ao fim do jardim, as três mulheres contornaram uma fileira de arbustos que disfarçava o muro dos fundos que separava o terreno. Entre os dois, Tiphaine havia instalado, em um espaço de mais ou menos um metro de largura por três metros de comprimento, um recipiente cheio de húmus no qual o lixo orgânico terminava de se decompor. A dona da casa resumiu às convidadas o processo de compostagem, assim como suas muitas vantagens: o seu papel fertilizante, sua utilização como adubo, suas ricas e múltiplas propriedades que permitem melhorar a estrutura do solo e aumentar a biodiversidade, sem esquecer a reciclagem do lixo doméstico.

Nora, cujas atividades de jardinagem consistiam em simples replantagens, ficou impressionada. E um pouco enjoada com o cheiro rançoso e nauseante que reinava no local.

— É verdade que o cheiro não é muito bom — admitiu Tiphaine. — Por isso plantei esta fileira de arbustos: eles mandam o cheiro para o outro lado e escondem a composteira do jardim. Bom! E aí? Vamos fumar aquele baseado?

As três voltaram para o outro lado dos arbustos e seguiram para o terraço, onde se acomodaram. Depois, Tiphaine começou a enrolar o tal cigarrinho. Um momento estranho durante o qual elas trocaram algumas frivolidades, como que para dar um aspecto banal à sua atividade ilícita.

— É melhor a gente ficar na varanda — explicou Tiphaine. — Meu filho está no quarto dele... Se me vir fumando um... Ele raramente desce depois das dez da noite, mas é melhor não arriscar.

— Antes a gente fumava escondido dos nossos pais, agora a gente fuma escondido dos nossos filhos — riu Nora.

— Quantos anos ele tem? — perguntou Mathilde.

— Quinze.

— Ah! Meus pêsames — ela soltou uma risada aflita.

Tiphaine acenou com a cabeça ao mesmo tempo em que soltou um suspiro profundo, e as outras duas começaram a gargalhar.

— O meu filho mais velho tem dezoito anos — acrescentou Mathilde, compadecida. — Então não estou dizendo que é o nirvana todos os dias, mas digamos que as turbulências já ficaram para trás. De qualquer modo no que diz respeito a esse...

— Posso perguntar quantos filhos você tem?

— Não precisa ser tão formal, tá? — Mathilde sugeriu, apertando os olhos para o baseado que Tiphaine terminava de enrolar. — Tenho três. Dezoito, nove e quatro anos. Dois meninos, uma menina. E nem um minuto para mim mesma.

— É o destino de todas nós... — suspirou Nora, pensativa.

Um barulho vindo de dentro da casa fez as três congelarem. Elas prenderam a respiração e esperaram, olhando uma para a outra, já prontas para esconder a prova do crime em caso de intrusão intempestiva.

— Pode ser o Sylvain — sussurrou Tiphaine olhando o relógio. — Não deve demorar muito para ele voltar...

— É o seu marido? — perguntou Nora.

— É... Ele está com muito trabalho agora. E costuma chegar tarde em casa.

— O que ele faz?

— É arquiteto. Estudos preliminares, planejamento urbano, orçamentos, maquetes... Ele é muito ocupado!

Ela disse aquilo em um tom que misturava orgulho com escárnio, mas Nora pensou ter detectado um ressentimento mal disfarçado. Instintivamente, ela, a mulher muitas vezes negligenciada por um marido cujas atividades profissionais nem sequer lhe davam tempo para ter uma amante, sentiu compaixão por Tiphaine. Nenhuma mulher pode lutar contra a paixão de uma vocação. Alexis nunca a traíra, disso tinha certeza. Mas o resultado havia sido o mesmo, assim como as consequências.

Nora teve vontade de tocar no assunto, pelo menos jogar uma isca, uma observação complacente, uma piadinha cúmplice. Mas ela se absteve, considerando sua boa dose de problemas conjugais para interferir no dos outros.

Tiphaine terminou de enrolar a mistura de tabaco e maconha e acendeu o cigarro. Depois deu uma grande tragada no baseado antes de passá-lo para Mathilde. Ela o apanhou com avidez.

— Ao seu novo emprego, minha cara — ela declarou para Nora enquanto tragava sua cota de aromas calmantes.

— Desculpe me intrometer, mas você conseguiu um novo emprego? — Tiphaine perguntou.

— Achei que estávamos sendo menos formais — retrucou Nora.

— Eu só dei um pega no baseado — adiantou Tiphaine como um pedido de desculpas. — Mas e esse trabalho novo?

— Vou começar como professora assistente do jardim de infância na escola Colibris na semana que vem.

— Ah! É a escola que meu filho frequentou quando era pequeno. Ele gostava muito de lá, exceto as camas da sesta... Eram só umas colunas de metal unidas por um tecido meio áspero. Ele detestava — Tiphaine riu.

— Talvez eu deva pedir que ele me conte tudo sobre o que pode melhorar para, quem sabe, eu me tornar indispensável...

Tiphaine congelou, lançando um olhar perplexo para Nora. Recém-chegada ao bairro, ela desconhecia absolutamente a tragédia que os havia atingido oito anos antes. Era a primeira vez que, em muito tempo, Tiphaine era, aos olhos de uma interlocutora, uma mulher como as outras, e não mais aquela mãe marcada para sempre pela infelicidade. Porque era isso o que ela havia se tornado. Quando eles passavam, as discussões esmoreciam, os olhos baixavam, os sorrisos se crispavam. Ela era aquela cuja existência caíra num inferno e nunca mais havia voltado. Aquela que observamos às escondidas e que lastimamos em silêncio. Tiphaine tinha se acostumado com isso e, para dizer a verdade, não estava nem aí. O peso de seu calvário não tinha nada a ver com a mediocridade das recriminações. Mas o ponto em que o boato dilacerava seu coração era o fato de que ela não era considerada uma vítima inocente de um destino cuja crueldade só se comparava com a injustiça. Ela era parcialmente responsável por sua desgraça. Culpada de negligência. Errada por descuido.

Condenada para sempre.

Tiphaine lançou um olhar embaraçado para Nora. Isso ainda durou alguns segundos, depois ela pareceu sair de um torpor doloroso, como quem é arrancado da magia maléfica de um feitiço.

— Podemos fazer isso — ela retrucou em tom brincalhão. — Tenho certeza de que ele tem milhares de ideias para você.

E, de repente, como se os diques de suas defesas, que tinham passado por provações tão difíceis por tanto tempo, estivessem rachando, porque era tão agradável ser uma mãe como as outras, ser recebida mais uma vez na normalidade de um momento inofensivo — e sem dúvida também por causa do baseado —, Tiphaine começou a falar do seu filho.

Do seu menino.

Do seu filho, que a ingrata idade da adolescência transformava em homem.

Aquele rapaz comprido que não passava de uma vaga lembrança do bebê rechonchudo, do garotinho carinhoso, da criança brincalhona de antes.

7

Quando Alexis levou Inès e Nassim para a casa de Nora no domingo seguinte, ele parecia mais condescendente do que de costume. Tinha feito o esforço de sair do carro e se apresentar diante da porta, junto das crianças, o que indicava se não uma intenção pacífica, pelo menos uma ânsia de estabelecer uma comunicação. A princípio surpresa, Nora logo se recuperou e lhe lançou um olhar acolhedor. Ela abraçou os filhos, os cobriu de beijos e então, com o rosto radiante de felicidade por revê-los, convidou Alexis para entrar um pouco. Ele hesitou por um instante antes de recusar a proposta com uma educação marcada pela resignação.

— Vamos, não espere eu convidar duas vezes — insistiu Nora. — Se você saiu do carro, não é para ficar na porta.

Alexis esboçou um sorriso delicado e, por fim, assentiu com a cabeça, cedendo. Nora se afastou para que ele passasse.

Uma vez lá dentro, os dois enfrentaram o constrangimento de estarem frente a frente. Era a primeira vez que voltavam a se ver desde que Nora havia se mudado. Até então, ela só o vislumbrara pelas janelas do carro, e ele nunca nem sequer lhe fizera um aceno ou dera um sorriso.

— Quer uma xícara de café?
— Rapidinho.
— Você está com pressa?
— Eu não quero incomodar você.

— Não está incomodando...

Ela o guiou até a cozinha, falou para ele se sentar e fez o café.

— Não é nada mal aqui — comentou Alexis, varrendo a sala com o olhar.

— Obrigada.

Silêncio. Daqueles que só quebram à custa de uma banalidade proferida em tom falsamente relaxado.

— Os donos são legais? — perguntou Alexis.

— Legais, eu não sei. Mas são discretos. É tudo que espero deles. Ainda dois torrões de açúcar?

— Sim. Algumas coisas não mudam.

Nora se crispou imperceptivelmente... Ela sabia de cor as pequenas reflexões de Alexis, seus comentários cáusticos de duplo sentido. Aquele não tinha sido muito maldoso, mas revelava um estado de espírito que, se não era hostil, era pelo menos amargo. Alexis era rancoroso, tinha dificuldade de perdoar aqueles que o magoavam e era raro que deixasse de expressar, assim que uma oportunidade surgia, seu rancor.

Nora não rebateu. Encheu duas xícaras de café, entregou uma para Alexis e se sentou na frente dele.

— Eu conheço esta casa! — declarou ele então, como se tivesse aguardado que ela se sentasse na frente dele para lhe fazer essa revelação.

— Ah, é?

— É. Esta aqui ou a do lado, já não sei. Elas são todas parecidas.

— E como é que você conhece?

— Eu me lembro porque, dois dias antes de o Nassim nascer, eu fui chamado à delegacia uma noite para representar um suspeito de uma história de assassinato disfarçado de ataque cardíaco. Lembra?

— Tenho uma vaga lembrança...

— Lembra, sim! Você estava grávida, o Nassim podia nascer a qualquer momento e você não gostava de ficar sozinha à noite com a Inès...

— Sim, acho que estou me lembrando agora. Mas e aí?

— Os policiais não tinham, de fato, nenhuma prova contra o cara e ele pôde sair na mesma noite. Eu o acompanhei até em casa. E era aqui. No dia seguinte, ele foi encontrado enforcado na escada.

Nora estremeceu.

— Muito obrigada pela informação — ela escarneceu sem esconder seu ressentimento.

— O mais engraçado — prosseguiu Alexis como se não tivesse ouvido o comentário de Nora — é que os policiais não tinham nada contra ele. Ele poderia ter escapado.

— E ele era culpado?

— Francamente, eu não sei... O suspeito se enforcou, todo mundo tomou isso como uma admissão de culpa e o caso logo foi encerrado. Confesso que não mexi mais com a história. E depois, pra ser honesto, quando o Nassim nasceu, tive outras coisas com que me preocupar.

Apesar de passados oito anos, Alexis se lembrava muito bem daquele caso. David Brunelle. Um histórico de delinquência infantil, uma ficha criminal marcada pelo uso de drogas, de arrombamentos, alguns com uso de violência, e assaltos à mão armada. Ele tinha passado um tempo na prisão, quatro anos ao todo, o que parecia ter feito o comportamento dele entrar na linha, tornar-se um marido afetuoso, um pai exemplar e ter uma vida regrada. Até a morte de seu oficial de condicional, Ernest Wilmot, de sessenta e cinco anos, fulminado por um ataque cardíaco depois de sair da casa dos Brunelle num fim de tarde de sábado. Na autópsia, o legista havia detectado traços não habituais de digitoxina no corpo da vítima, um poderoso cardiotônico extraído de uma planta, a dedaleira-roxa, cuja ação diurética pode também deteriorar o fluxo renal. O tipo de digitoxina encontrada na urina de Ernest Wilmot após sua morte era puro o bastante para que se chegasse à conclusão de que tinha havido ingestão direta da planta. Na revista na casa de David Brunelle, a polícia encontrou um belo vaso de dedaleira-roxa na varanda. Não precisaram de muito mais para levar o suspeito. Só que ter flores na varanda não constitui um crime em si, e Alexis Raposo, o advogado que o tribunal havia indicado, só precisou de umas duas horas para libertar o cliente.

Mas um detalhe perturbou o advogado: ele se lembrava de que David Brunelle nunca deixara de se dizer inocente. O discurso dele era confuso, os comentários, pouco coerentes, mas Alexis sabia reconhecer as entonações de sinceridade que atravessavam a voz de seu cliente. A notícia do suicídio dois dias depois o havia surpreendido e abalou suas certezas, mesmo que ele não tivesse conseguido ter a mesma convicção da polícia de ver naquele ato desesperado uma confissão de culpa.

— O que você está tentando me dizer? — explodiu, de repente, Nora, interrompendo o fio das ideias dele ao mesmo tempo. — Que eu moro na casa de um assassino?

Surpreso pela veemência da reação de Nora, Alexis a encarou com ar perplexo.

— Talvez não na de um assassino — ele retrucou, dando de ombros com impertinência. — Mas há uma boa chance de ser na de um homem que se enforcou.

Depois ele levou a xícara à boca e bebeu tudo de uma só vez. Então se levantou.

— Obrigado pelo café.

Nora o fulminou com o olhar.

— Para resumir, você só veio para me dizer isso...

— Foi você que me convidou para tomar um café.

— Da próxima vez, pode ficar no carro! — retrucou ela, por sua vez se levantando.

Ela seguiu para o hall e foi até a porta da frente, a qual abriu com raiva, indicando à visita que ela não era mais bem-vinda. Alexis, que estava bem atrás dela, parecia se arrepender do rumo que a conversa tinha tomado.

— Sinto muito — ele disse. — Eu não quis ser desagradável.

— Que pena que você foi — retrucou ela.

— Posso me redimir?

— Não, acho que não.

— Nora...

Ele tinha parado bem junto dela e a envolvia com um olhar suplicante.

— Volta para casa — concluiu ele em um sussurro.

Ela olhou para o alto, exasperada.

— Por favor, Alexis, não comece com isso de novo.

— Vou trabalhar menos, vou cuidar mais das crianças e de você também. E...

— Pode parar!

— Dê uma última chance para a gente!

— É tarde demais...

— Tarde demais para quê? — explodiu ele. — Para salvar a nossa família?

— Ah, pode parar com suas frases de efeito, a gente não está num tribunal aqui!

Ferido, Alexis se fechou na mesma hora. Suas feições endureceram e, mudando de atitude, ele a encarou com um olhar cheio de desprezo.

— Você está fazendo a maior idiotice da sua vida.

O coração de Nora ficou apertado. Ela não gostou da expressão que lia no rosto dele, como se ele estivesse lutando para conter uma descarga de violência que estava a um triz de ser expressa. Ela conhecia o temperamento explosivo dele, os diques da razão, que, quando ele se sentia incapaz de conseguir o que queria, podiam romper com uma onda de fúria. Uma pedra de angústia pesou em sua barriga, e com ela o desejo impreterível de vê-lo ir embora, de se proteger daquela brutalidade latente que exalava de todo o seu ser. Instintivamente, ela deu um passo para trás. Alexis esboçou um sorriso sinistro, entre malevolência e ironia.

— Está com medo de mim, Nora? — ele disse se aproximando dela.

Nora ficou tensa.

— Saia já da minha casa!

Alexis não se mexeu. Ele a encarou por um longo minuto sem dizer nada, movido por um rancor tenaz. Ela tinha tido o atrevimento. Ousado abandoná-lo, separá-lo de seus filhos, deixá-lo infeliz. Mergulhá-lo na mais sombria das solidões. E tudo isso para quê? Para ficar naquela casinha ridícula, sozinha a cada duas semanas, com o dinheiro que só dava para pagar as contas. O veneno da amargura se insinuava lentamente em suas veias, amplificando uma animosidade que ele dominava cada vez menos.

Nora percebeu a ameaça. Ela procurou manter a calma e dominar o medo que a tomava e paralisava seus pensamentos, sua capacidade de reflexão. Alexis não tinha mais nada a perder. E ela o conhecia suficientemente bem para antecipar suas reações.

— Vá se despedir das crianças — ela mandou no tom mais firme que conseguia. — E depois vá embora!

Alexis soltou um riso de zombaria, fuzilando-a com o olhar.

— Pode dizer por mim.

Depois saiu da casa com um passo impetuoso, foi para o carro, entrou batendo a porta e foi embora.

Sozinha no hall, Nora, tremendo, fechou a porta delicadamente.

8

Durante todo o trajeto de volta, Alexis se forçou a desacelerar. Nora o havia tirado de si. Ele tinha tentado retomar a conexão com ela e, como de costume, ela se enganara sobre suas intenções. E, ainda que ele tivesse que admitir que não havia sido o mais delicado ao lhe contar aquela história de suspeito enforcado, ela mais uma vez lhe atribuiu segundas intenções negativas. Ela achou que...

Que o quê?

Que ele queria amedrontá-la? Que ele estava procurando desestabilizá-la? Que ele queria se meter na privacidade dela, lá onde ela tinha se refugiado para escapar dele?

Para fugir dele.

Segurou o volante com ainda mais força, procurando assim um modo de se livrar de toda a hostilidade que o sufocava, do rancor, da dor, da raiva, do pesar de ter perdido a mulher que amava, apesar do pouco tempo e da atenção que ele havia lhe dado durante o tempo que passaram juntos.

Mas isso tinha sido antes! Antes de ela abandoná-lo, antes de ela mandar pelos ares tudo o que eles tinham construído ao longo de dezoito longos anos.

Por que ela não entendia que ele havia mudado?

E como fazê-la entender isso sem provocar um monte de reprovações, sem provocar mais uma ruptura? Desde que ela anunciara que estava indo embora, ele tinha a sensação de que estava agindo do modo contrário ao que deveria para recuperá-la: ou ele era desajeitado ou até, às vezes, indelicado como acabara de ser; ou formulava suas ideias de maneira ambígua. Era sempre quando estava agindo que ele se dava conta do mal-entendido que se seguiria. Como algum tipo de sortilégio. Como se estivesse enfeitiçado, como aqueles personagens de desenhos animados ou de comédias que, de uma hora para a outra, não controlam mais suas ações ou palavras.

Ele não se reconhecia mais.

Já fazia alguns dias que ele se lembrava daquela história do suspeito que se enforcara, que ela o provocava com suas lembranças. Desde a última vez que ele tinha ido buscar as crianças. Ele tivera como que um flash enquanto esperava por elas no carro. Tivera a impressão de que conhecia vagamente o bairro, de que já estivera ali antes. E então, de repente, voltara a pensar sobre aquele caso: o envenenamento por dedaleira-roxa, David Brunelle. Um pobre-diabo que parecia esmagado pelos acontecimentos. Sua ficha criminal não estava ajudando, mas, francamente, o caso não estava embasado. Os policiais o tinham levado por meras suposições, esperando que a pressão o fizesse ceder e, assim, obteriam uma confissão... Alexis o havia tirado da custódia rapidamente antes de levá-lo para casa. Dois dias depois, ele ficou sabendo do suicídio. Mas seu filho Nassim tinha nascido e suas prioridades mudaram.

Pela primeira vez, o trabalho havia ficado em segundo plano.

Assim que chegou em casa, Alexis foi ao escritório e parou diante da estante onde guardava seus arquivos. Ele localizou o ano do caso — o mesmo do nascimento de seu filho —, apanhou o fichário correspondente e foi virando as páginas. Alguns minutos depois, encontrou o que procurava: duas folhas, uma com os principais elementos, a outra com o contato do suspeito e outras informações a seu respeito.

Rua Edmond-Petit, 28.

Ah, não. Era a casa vizinha à de Nora, que, por sua vez, morava no número 26.

Ele havia perdido mais uma oportunidade de ficar calado.

E, para um advogado, isso não era uma coisa sem importância.

9

INICIALIZANDO O WINDOWS. GOOGLE. FACEBOOK. Quatro notificações, uma mensagem, nenhum pedido de amizade. Mensagem para começar. Arthur. Para mudar. *Oi, Milo, perdi o dever de inglês, kkk, você pode escanear pra mim?*

Kkk... Por que estava rindo alto? O que tinha de engraçado naquilo?

Milo foi olhar as notificações. Dois convites para jogos, uma curtida do Arthur, um comentário do Arthur. Milo clicou. Debaixo de uma foto engraçada que mostrava um cachorro, de porte altivo e olhar soberbo, batizado de Clint Eastwoof, ao lado de um gato preto, com o focinho amassado e os olhos um pouco afastados demais, respondendo ao nome de Samuel L. Catson, Arthur havia comentado: KKK, *muito bom, e eles ainda se parecem com os atores. Não esquece o dever de casa de inglês. kkk.*

Milo absteve-se de clicar em "Curtir" para não revelar que havia entrado no Facebook, depois suspirou pensando que Arthur já deveria saber que ele tinha lido sua mensagem.

Ele clicou em "Curtir". Girou um pouco na cadeira da escrivaninha, avistou a mochila do outro lado do quarto e se levantou para ir buscá-la.

Quando passava na frente da janela, um movimento no jardim vizinho chamou sua atenção. Ele espiou pela cortina, estancou como se a imagem que acabara de captar tivesse por fim chegado ao seu cérebro e recuou devagar.

Com vista para os dois jardins, Milo conseguia ver bem claramente o que acontecia nos dois lados da cerca viva. Lá embaixo, atravessando o gramado vizinho, Inès ia até uma espreguiçadeira, na qual se acomodou com a clara intenção de tomar um banho de sol. Estava de biquíni e segurava o que parecia ser um BlackBerry, cujo fio do fone ia até seus ouvidos. Ela estava de costas para ele. Instintivamente, Milo se aproximou da janela e aproveitou o espetáculo. Era bonita. Seu cabelo preto estava preso em um rabo de cavalo baixo, sua pele era negra e ela tinha pernas compridas e belos quadris quase desenvolvidos.

Milo engoliu em seco.

Ele a observou por alguns segundos, depois, como não estava acontecendo mais nada — a jovem estava, então, deitada e não se mexia —, ele voltou para a escrivaninha, se acomodou, conferiu sua página no Facebook, se lembrou do dever de inglês, se levantou e voltou a procurar sua mochila.

Mais uma vez na frente do computador, ele pensou por um instante. Então, com um passo rápido, saiu do quarto, desceu as escadas até o hall antes de chegar à porta da frente. Do lado de fora, ele deu alguns passos até a porta vizinha e leu os nomes na campainha. Nora Amrani, Inès e Nassim Raposo.

Inès Raposo.

Caminho contrário, degraus galgados de quatro em quatro, de volta ao computador. Ele digitou o nome de Inès na busca do Facebook, olhou as primeiras quatro sugestões e escolheu a segunda. Era ela: o rosto alegre da adolescente sorria para ele com um olhar travesso. Então ele arrastou o mouse até o botão "Adicionar". A seta virou uma mão... Ele hesitou, não muito tempo. E clicou.

Pronto. Ele tinha jogado a isca. Ou melhor, o pedido. As apresentações do terceiro milênio. A virtualidade de fazer um contato sem o risco de ser rejeitado. Sem gaguejar. E sem ficar vermelho. O único inconveniente era que teria que esperar.

De repente, sem ter o que fazer, ele se levantou e voltou para a janela. Em sua espreguiçadeira, a adolescente olhava seu BlackBerry. O rapaz entendeu tarde demais que ela tinha acabado de receber seu pedido de amizade, cuja notificação devia ter feito tocar um sinal de alerta: subitamente, ela voltou o rosto para a janela de Milo e o surpreendeu olhando para ela. E, mesmo já sendo tarde demais para disfarçar sua presença, Milo não pensou em nada melhor para fazer do que se esconder correndo atrás das cortinas.

Que idiota! Como ele não estaria parecendo agora? E como virar o jogo?

Em seu desconforto, porém, uma ideia o fez sorrir. Sua foto de perfil mostrava uma imagem do herói de *Assassin's Creed* e, se Inès o identificara — o que ela havia feito ao olhar para a janela do quarto — é porque sabia o nome dele. E como ela poderia sabê-lo sem ter perguntado? Então quer dizer que tinha ficado de olho nele...

Imóvel atrás da cortina fina, o jovem hesitava sobre que atitude tomar quando, em sua página no Facebook, a chegada de uma nova notificação chamou sua atenção. Ele voltou para a escrivaninha na hora e, com um clique, descobriu que Inès tinha acabado de aceitar seu pedido.

Milo esboçou um sorriu satisfeito.

Alguns segundos depois, ele recebeu uma nova mensagem. Seu coração começou a bater um pouco mais rápido. É claro que ela não havia perdido tempo em entrar em contato com ele. Milo sabia que, ao abrir a mensagem, Inès seria notificada na hora e se obrigou a esperar um tempo para não revelar sua impaciência. Depois de dez minutos, que pareceram uma hora, ele abriu sua caixa de mensagens.

Arthur o repreendia sobre a questão do dever de inglês.

10

As apresentações oficiais se deram rapidamente. No mesmo dia, Nora teve a ideia de convidar os vizinhos e perguntou o que a filha achava; Inès aprovou. Nora ainda teve a oportunidade, um pouco depois naquela tarde, de cruzar com Tiphaine na calçada quando estava saindo de casa. Ela a parou na hora e a convidou para o jantar na sexta-feira à noite em sua casa. Para se conhecerem melhor.

Pega de surpresa, Tiphaine tentou esconder seu espanto fingindo tentar se lembrar se ela e Sylvain tinham algum compromisso. Na verdade, ela nem precisava pensar: fazia muito tempo que sua vida social estava tão devastada quanto sua vida conjugal.

— Sim, sim... — ela acabou declarando. — Nós não temos nenhum plano, pelo menos não que eu saiba... Vou falar com o Sylvain e confirmo, tudo bem?

— Não precisamos de tanta formalidade uma com a outra, certo?

— Sim, claro...

Tiphaine deu uma risadinha que tencionava ser descontraída, mas que, na verdade, revelava sua falta de jeito. Ela tinha dificuldade de ser informal com as pessoas, pelo menos as que ela não conhecia bem, fossem da sua idade ou mais novas. Por oito anos, a vida tinha perdido toda a leveza: uma espécie de barreira se instalara entre ela e os outros, uma barreira que ela já não tentava demover.

Ela prometeu à vizinha que ligaria para ela na mesma noite, assim que Sylvain voltasse. Nora aproveitou para lhe dar o número de seu celular antes de salvar o de Tiphaine no seu próprio telefone. Depois, elas se despediram e Tiphaine voltou para casa.

Assim que a porta se fechou, o convite de Nora lhe soou como um alarme: a ideia de voltar para sua antiga casa fazia seu estômago revirar mesmo que, ela sabia, não restasse ali nenhum traço da vida deles de antigamente. Talvez fosse isso o que ela mais temia, ser confrontada com o poder impiedoso do tempo que passa, indiferente à sua aflição... Mesmo antes de falar com Sylvain a respeito, ela sabia que seria incapaz de voltar a botar os pés naquela casa.

Encontrar uma desculpa. Manter as aparências. Sustentar aquele fio precário que a ligava a uma falsa normalidade, a imagem dela que Nora lhe refletia e de que ela tanto gostava, a de uma simples vizinha, de uma mulher anônima, de uma eventual amiga...

Quando Sylvain voltou, no fim do dia, o convite de Nora havia tomado proporções gigantescas na mente de Tiphaine. Ele sentiu de imediato que alguma coisa estava errada — ele a conhecia tão bem! — e a forçou a conversar. Tiphaine resistiu por algum tempo, falando "está tudo certo, estou dizendo!" até confessar, como se anunciasse uma verdadeira catástrofe.

— Nora, a nossa nova vizinha, nos convidou para ir à casa dela na sexta-feira à noite.

Sylvain a fitou por um tempo, esperando o que mais ela iria dizer. Mas Tiphaine ficou em silêncio, lançando para o marido um olhar acabrunhado, no qual todos os seus temores podiam ser detectados. Durante a hora seguinte, ele mobilizou toda a sua criatividade para encontrar palavras certas, imagens tranquilizadoras, argumentos comoventes. Ele evocou a chance de seguir em frente, de espantar os fantasmas sem renegar o passado, de virar a página sem esquecer Maxime. Simplesmente dar a si mesma a oportunidade de recomeçar a viver. Não como antes, não como se nada tivesse acontecido, mas encontrando uma forma de superar a angústia e deixar a dor para trás. Em seguida, ele prometeu que, se ao longo da noite ela se sentisse mal demais, ou se as lembranças viessem à tona com muita violência, ele arrumaria uma desculpa para eles voltarem para casa.

Tiphaine acabou por aceitar.

Quando Milo ficou sabendo que tinha a oportunidade de passar a noite de sexta-feira na casa de sua linda vizinha — Tiphaine e Sylvain perguntaram se o filho queria ir ou não com eles —, ele controlou sua euforia dando de ombros, blasé.

— Não sei mesmo... Tá... Pode ser que talvez...

— Você tem que dizer se vai ou não, Milo — insistiu Tiphaine. — A Nora precisa saber quantas pessoas vão jantar.

É claro que ele iria! Ele não perderia aquela noite por nada no mundo. Mas a perspectiva da angústia de se ver cara a cara com Inès uma noite inteira, de repente, o paralisou. O que ele poderia dizer a ela? Ela não iria zombar dele depois da sua reação idiota de se esconder atrás da cortina? O que ela achava dele? Como ficar no nível de uma garota como aquela? Que roupa ele iria usar?

E, ainda que o convite correspondesse ao seu desejo mais extasiado, o adolescente fingiu aceitar sem entusiasmo.

Assim, o caso foi resolvido. Tiphaine, um pouco aliviada pelas palavras tranquilizadoras de Sylvain, procurou o número de Nora em seus contatos e fez a ligação. E, quando a vizinha atendeu, foi com uma voz quase jovial que ela confirmou que eles iriam na sexta-feira à noite. Combinaram o horário, oito da noite, o que precisavam levar, uma garrafa de vinho, e o clima da noite, sem cerimônias, somos só nós.

Naquela sexta-feira, enquanto os três esperavam diante da porta de Nora depois de tocar a campainha, Sylvain rezava para que tudo corresse bem, Tiphaine tentava dominar a angústia que lhe dava um nó nas tripas e Milo morria de medo.

Os Geniot logo entenderam que "sem cerimônias, somos só nós" não significava a mesma coisa para todo mundo. Na verdade, Nora tinha se dedicado bastante, fosse pelo cardápio, pela louça ou mesmo pela roupa: ela estava resplandecente. Suas origens marroquinas realçavam o seu estilo, que tinha um classicismo europeu, por outro lado. Ela recebeu as visitas com um sorriso radiante e os convidou a entrar como se eles fossem bons amigos que ela não via tinha muito tempo. Tudo com sinceridade e naturalidade.

Quando entrou na casa, Tiphaine respirou bem fundo, como se quisesse tomar coragem. O que a impressionou de imediato foi constatar que, de fato, nada restava da vida deles de antigamente. Os cômodos eram, obviamente, do mesmo tamanho e tinham a mesma disposição — a sala de estar na frente, a sala de jantar nos fundos, a cozinha do lado. Mas tudo tinha acabado de ser reformado: a pintura, o piso do hall de entrada, os tacos da sala... A isso se somavam os móveis e o estilo de decoração de Nora. Tiphaine teve, por um instante, a sensação de entrar pela primeira vez naquele lugar. O que ela temia — uma avalanche de lembranças, cada uma mais dolorosa do que a outra — não aconteceu.

Pouco a pouco, ela foi se acalmando.

Nora os convidou a se sentar no sofá e em seguida perguntou o que eles queriam beber. Tiphaine ouviu a lista de bebidas disponíveis, Sylvain soltou uma piadinha que fez todo mundo rir, Milo deu de ombros. Nora, então, se deu conta do constrangimento do rapaz e imediatamente enfiou a cabeça no hall.

— Inès! Nassim! As visitas estão aqui!

Depois de descer as escadas, Nassim foi o primeiro a aparecer. Ele se escondeu atrás da mãe, tímido, com um olhar curioso e um sorriso de canto de boca. Nora o apresentou — sobretudo a Sylvain, uma vez que Tiphaine já o conhecia — antes de incentivá-lo a cumprimentar as visitas, e a criança obedeceu de bom grado. Tiphaine e Sylvain, então, elogiaram a boa educação e a graça do menino, o que estragou um pouco a entrada de Inès.

Mas não para todos...

Milo foi o primeiro a vê-la aparecer. O coração dele começou a pular levemente no peito, aceleração que logo reprimiu, causada pela chegada da jovem. Se ele se deixasse impressionar, estaria perdido. Inès juntou-se ao grupo, seus olhares se cruzaram, e Milo pensou ter notado um lampejo provocador partindo da adolescente.

— Oi, Connor Kenway — lançou ela.

Connor Kenway! Ela conhecia *Assassin's Creed*, o que, para uma garota, era uma bela qualidade. Milo ficou bobo de surpresa. E ele? O que sabia dos gostos dela?

— Olá! — ele se contentou em responder.

— Ah, e esta aqui é a Inès, a minha filha — interveio Nora, colocando-a na frente de si.

Inès cumprimentou Tiphaine com um beijo, depois Sylvain, e se viu diante de Milo.

— Vamos para o meu quarto?

Ela havia feito a pergunta com tanta naturalidade, que Milo achou que fosse desmaiar. Sentiu o queixo cair, os olhos se arregalarem sem que conseguisse se controlar, e fez a última coisa que deveria: voltou o rosto para Tiphaine e Sylvain como se buscasse a aprovação deles.

Naquele exato segundo, Milo sentiu uma vontade implacável de que o chão o engolisse.

— Sim, vá com o Milo para o seu quarto — concordou Nora. — Eu te aviso quando estiver pronto.

Então, Inès deu meia-volta e Milo foi obrigado a segui-la.

Depois foi a vez de Nassim sair da sala. Ficaram apenas os adultos. Nora serviu os aperitivos e puxou assunto, primeiro sobre o bairro, já que era o que eles tinham em comum.

À medida que a conversa avançava, Tiphaine e Sylvain ficaram sabendo que fazia pouco tempo que ela se separara e que as relações com o ex-marido continuavam tensas. Que sua vida acabara de passar por uma bela mudança, mas que ela não se arrependia de nada. Sem entrar direto em confidências, ela explicou por alto sua situação.

Durante os aperitivos, tudo correu às mil maravilhas, assim como ao longo da refeição e da noite como um todo. Tiphaine relaxou completamente quando eles se sentaram para comer e, durante o jantar, se permitiu sorrir e conversar. Sylvain também estava à vontade. Ele falou um pouco sobre si mesmo, mas sem se alongar, contou algumas anedotas sobre seu trabalho, depois os três comentaram a situação política na França e descobriram que concordavam sobre quase tudo.

Por sua vez, como os adultos, os adolescentes foram se conhecendo. Não com os mesmos códigos, mas a noite foi, também para eles, bastante agradável. Eles jogaram PlayStation, ouviram música e fumaram cigarros na janela do quarto de Inès enquanto comparavam seus interesses.

Tiphaine receou por um momento que Milo contasse a Inès sobre a situação familiar deles. O fato de ele não ser filho dos dois, pelo menos biológico. Ela receava que ele contasse as circunstâncias atrozes dos "acontecimentos". O fato de Nora não saber nada sobre eles era positivo, quase necessário, e a perspectiva de um dia encontrar no olhar da vizinha aquele lampejo ao mesmo tempo compassivo e acusatório era doloroso para ela. Ela observou a atitude de Inès por um tempo quando os dois jovens se juntaram a eles à mesa, mas não viu nada de particular nela. Quando, depois da refeição, os dois voltaram para o andar de cima, ela ficou mais segura, dizendo a si mesma que Milo nunca contaria uma história tão íntima para uma garota logo no primeiro contato. Ele também estava ávido por normalidade.

Além do mais, será que era mesmo um primeiro contato? O que estava acontecendo lá em cima? Tudo bem deixá-los sozinhos por tanto tempo?

— Você está ciente de que o meu filho e a sua filha estão sozinhos num quarto, sem ninguém vigiando? — declarou ela para Nora em um tom malicioso.

— Minha filha deve se preocupar? — respondeu Nora, imitando a entonação de Tiphaine.

— Levando em conta a carinha da sua filha, eu diria que é o Milo quem está em perigo — Sylvain interveio.

Nora abriu um sorriso confuso, como se o elogio tivesse sido para ela mesma.

— De qualquer modo, eles estão na idade das primeiras emoções — acrescentou ele com fatalismo. — Podemos vigiar à vontade, se alguma coisa tiver que acontecer entre eles, nada nem ninguém vai poder impedir.

— Não vamos passar o carro na frente dos bois — defendeu Nora. — Eles só se conhecem há algumas horas e já estamos botando os dois no altar.

— Às vezes, há coisas que estão na cara... — Sylvain murmurou pensativo.

Tiphaine voltou para o marido um olhar chocado.

— Mas o que é isso!

Sylvain não mordeu a isca. Ele parecia afundado em um labirinto de pensamentos, e, por alguns segundos, todos ficaram em silêncio em volta da mesa. Sem saber bem o porquê, a reflexão de Sylvain perturbara Tiphaine, deixando-a com a sensação desagradável de não entender o verdadeiro significado do que ele acabara de dizer.

— Um cafezinho? — Nora ofereceu enquanto começava a recolher os pratos.

Tiphaine e Sylvain aceitaram juntos, e Nora desapareceu na cozinha. Tiphaine aproveitou o fato de estar sozinha com Sylvain para chamar sua atenção.

— Foi meio pesado isso!

— O que foi? Ela é linda mesmo!

— Eles ainda são crianças... Ela só tem treze anos!

— Mas como você é ingênua — retrucou Sylvain, dando de ombros.

Nora voltou a aparecer e eles se calaram. Sylvain aproveitou a oportunidade para se levantar e recolher o que restava na mesa, o que obrigou Tiphaine a fazer o mesmo para não parecer rude.

— Podem deixar, eu faço tudo isso depois — disse Nora, mas Tiphaine e Sylvain continuaram arrumando mesmo assim.

A noite estava chegando ao fim. Eles beberam o café, então Nora lhes ofereceu uma dose de digestivo, que eles recusaram educadamente. Tiphaine estava ansiosa para ir para casa e fez Sylvain perceber. Ele registrou a informação, esticou a conversa por mais alguns instantes, depois fez sinal de que era hora de ir embora. Era hora de reunir as tropas (Milo demorou uns bons cinco minutos para descer); todos trocaram beijos de despedida no hall de entrada, prometendo voltar a fazer o programa em breve.

Já em casa, os Geniot se prepararam para ir para a cama. Tiphaine se trancou no banheiro, e Milo, no quarto. Sylvain andou em círculos por alguns minutos na sala e depois subiu e bateu na porta do quarto do garoto. Lá dentro, o adolescente soltou um resmungo que Sylvain não soube interpretar. Na dúvida, ele entreabriu a porta e enfiou a cabeça pelo vão.

— Oi... eu só queria saber... Você se divertiu hoje à noite?

— Hum... Sim...

Milo estava sentado na frente de seu computador e, obviamente, Sylvain estava incomodando.

— Tudo bem... Vou te deixar só, então. Desliga daqui a quinze minutos, tá?

— Tá bom.

— Então... Tchau!
— Tchau.
Depois, pouco antes de Sylvain fechar a porta...
— E você? — perguntou Milo, como se tivesse se arrependido de não ser acolhedor. — Você se divertiu hoje à noite?
— Hum... Sim...
Os dois se encararam por um tempinho e em seus olhares havia um brilho de cumplicidade.

11

Assim que a porta se fechou, Milo relaxou na cadeira. Era verdade que ele havia se divertido naquela noite. Por incrível que parecesse. Ele estava esperando uma provação muito mais perigosa, mas Inès era mesmo uma garota legal. E bonita, ele tinha que admitir. Depois da primeira meia hora, durante a qual os dois se observaram um pouco mais reservados, eles logo acharam um terreno comum. Primeiro, o Facebook e o modo como eles abordavam o uso daquela rede extensa que sufocava de pronto qualquer sensação de solidão. E, ainda que o vocabulário não tivesse o mesmo apelo para os dois — Inès estimou ter um número bem razoável de contatos, apenas cento e setenta e três, quando Milo exibiu com orgulho e certa vaidade seus trinta e dois amigos —, eles concordavam a respeito da necessidade de nunca deixar a vida real ficar em segundo plano em relação à que se desenrolava diante da tela do computador. Mencionaram alguns burburinhos, alguns que tinham marcado ou que os tinham feito dar risada, e descobriram que os dois tinham praticamente as mesmas referências.

Milo era alto para sua idade. Ele era um adolescente que havia crescido de forma tirânica, sem ordem ou lógica. Curiosamente, suas feições conservavam uma certa regularidade, e a onda de hormônios quase poupara seu rosto: apenas algumas espinhas, se você prestasse atenção. Ele prenunciava um charme inevitável, mesmo que ainda fosse levar algum tempo para se manifestar. A penugem fina no buço impressionara Inès: Milo tinha quinze anos, e, quando ela contasse às amigas que passara uma noite no seu quarto com um rapaz daquela idade (informação que ela soltaria assim, como quem menciona um detalhe), elas ficariam passadas de ciúmes.

Léa e Emma. Suas duas cúmplices, inseparáveis desde o maternal. O trio infernal. Anjinhas quando separadas, demônios assim que se reuniam. Até Nora, às vezes, desaprovava o comportamento delas. Inès comentou sobre elas com Milo, com aquela confiança que brilha no olhar de quem sabe que não está sozinha.

— E você? Você tem amigos? — perguntou ela quando terminou de contar algumas histórias que podiam resumir a relação que tivera desde sempre com suas duas parceiras.

Milo tinha poucos amigos. Arthur poderia corresponder mais ou menos àquilo que chamamos de camarada, ainda que a única coisa que eles realmente tivessem em comum fosse o fato de serem deixados de lado por seus colegas de classe. Isso, Milo meio que procurava, mas Arthur, não. Arthur era pesado, literal e figurativamente. Sua presença pesava muito quando em grupo, e era sistematicamente excluído deles, o que o fazia sofrer apesar de seu temperamento expansivo e jovial. Milo e ele eram do mesmo colégio, mas não da mesma turma, embora tivessem algumas matérias em comum, inclusive inglês. Arthur colava em Milo durante todos os intervalos e também no refeitório, e o enchia com suas piadas com desfechos sempre duvidosos e raramente engraçados. De vez em quando, Milo descarregava sobre o garoto uma chuva de ressentimentos, atolando-o em xingamentos antes de mandá-lo passear em outro lugar. Arthur ia procurar outro companheiro de desventura até a noite em que as pazes se davam no Facebook. Milo não fazia nada, tanto por desinteresse como por necessidade: se era de má qualidade, a presença de Arthur, por outro lado, preenchia uma solidão, às vezes, incômoda.

Além de Arthur, Milo convivia de vez em quando com um tal de Benoît, que tinha dezessete anos e estudava no colégio em frente. Benoît morava no mesmo bairro e eles costumavam voltar para casa juntos. Milo gostava do lado reservado do rapaz, que não tinha medo do silêncio, ao contrário da maioria dos jovens da sua idade. Eles trocavam apenas algumas palavras, mas os dois pareciam apreciar a presença um do outro.

Além disso, ele também tinha alguns conhecidos no basquete, esporte que praticava todas as noites de segunda-feira. Sylvain o levava aos treinos, como uma espécie de ritual, se tornando assim seu torcedor mais acalorado. Depois, os dois iam devorar o prato do dia no Ranch, um restaurante especializado em carne bovina, da qual Tiphaine tinha pavor e que nunca preparava. As noites de segunda-feira eram "dos rapazes", e eles tinham dado início à tradição havia mais ou menos dois anos, quando o adolescente começara a jogar basquete.

Milo tinha relações complicadas com o mundo exterior. A vida, de fato, não o havia poupado quando, aos sete anos de idade, ele perdeu, uma depois da outra, a maioria das pessoas de quem era próximo. Para começar, Maxime, seu amigo desde sempre, seu irmão de sangue e leite, seu parceirinho inseparável, com o qual ele compartilhara quase todos os momentos de sua primeira infância. Depois, seu padrinho, um senhor de temperamento ranzinza, maneiras broncas e vocabulário grosseiro, mas que, literalmente, se derretia cada vez que a criança lhe pedia para brincar com ele ou para ele lhe contar uma história.

E, então, o drama maior, do qual a gente nunca se recupera por completo. O nada que devora, o vazio que engole, o abismo que suga tudo. A incompreensão que, em seguida, desencadeia a raiva, a amargura e o medo. A dor, por fim, feroz, implacável, eterna.

Desde a tragédia, Milo tinha se fechado em si mesmo. O sofrimento havia destilado seu veneno no coração do garotinho, com aquela ideia obsessiva de que todos que ele amava acabavam morrendo. Em sua mente conturbada, a afeição que ele sentia em relação aos outros continha um veneno mortal que não lhes deixava nenhuma chance de sobreviver. Sem entender como ou por que, ele fora tomado por uma doença misteriosa que tornava fatal qualquer emoção que ele sentisse por alguém. Ele sofria de amor letal.

Então, ele não se apegou mais a ninguém.

Ele aprendeu a enterrar o mais fundo possível dentro de si qualquer forma de sentimento e deixar espaço apenas para uma indiferença educada. A seus olhos, era uma questão de vida ou morte.

Gostar de alguém colocava essa pessoa em perigo.

A partir de então, não amá-la tornava-se uma prova de amor.

Ele pôs em prática os preceitos dessa lógica bastante rapidamente: começou por se afastar de Tiphaine e Sylvain, apavorado com a ideia de que eles, por sua vez, também morressem. Se ele os perdesse, ficaria sozinho no mundo. Repelindo sistematicamente suas demonstrações de afeto, ele também se proibia de lhes dar qualquer prova de afeição. Os primeiros meses de vida juntos foram penosos: os dois adultos se esforçaram para dar à criança todo o amor de que eram capazes, ao passo que Milo se obstinava em rechaçá-los. Obviamente, Tiphaine e Sylvain colocaram aquele comportamento de recuo na conta do trauma. Encheram-se de paciência e compreensão com o auxílio de Justine Philippot, terapeuta de Milo. As sessões estavam correndo bem, proporcionando o conforto psicológico de que o menino tanto precisava, até o dia em que Milo se deu conta de que sentia simpatia por aquela mulher afável, disponível e tranquilizadora.

De um dia para o outro, ele se recusou a voltar.

E quando se viu, apesar de sua vontade, no consultório da terapeuta, levado à força por Tiphaine e Sylvain, que não entendiam absolutamente a rejeição do menino e a tomaram como um capricho, ele passou todo o horário sentado na cadeira sem dizer uma palavra.

Depois de algumas sessões infrutíferas, Justine Philippot decidiu interromper as consultas por um tempo, e Milo soltou um suspiro de alívio: ele havia acabado de salvar a vida da doutora Philippot. Um sentimento de orgulho muito bom tomou conta dele.

O fenômeno acontecia sempre que ele se sentia bem com alguém: um colega de sala, alguns membros da família, como o sobrinho de Tiphaine, dois anos mais velho, que gostava de lhe ensinar "coisas de adulto", ou o colega de Sylvain que nunca deixava de lhe dar chocolate ou uma caixa de biscoitos quando ia à casa deles. Assim que percebia que essas pessoas saíam da massa de simples conhecidos ou relações vagas, que ele pensava nelas com prazer e que ficava feliz em vê-las, logo sentia uma angústia latente. E se acontecesse alguma coisa com elas? Era totalmente possível. Isso já tinha acontecido, e várias vezes... Por que o fenômeno pararia de repente?

Com o coração pesado, mas convencido de que não havia mais nada a fazer a não ser cortar o mal pela raiz, ele lhes dava as costas, já que a fonte do mal era ele mesmo. E, embora a única salvação da criança fosse contar seus temores a alguém de quem gostava, ele se afastou deles.

Com o tempo, a angústia de provocar a morte das pessoas de quem ele gostava diminuiu um pouco. Em todo caso, ninguém à sua volta morrera mais, mesmo que, de acordo com ele, aquilo não provasse nada: ele não tinha mais expressado sentimentos intensos por ninguém.

Naquela noite, entretanto, a companhia de Inès, seu olhar fascinante e a emoção que ela havia provocado nele haviam despertado seus demônios.

12

NORA TINHA A SENSAÇÃO de que estava se preparando para uma prova, de tão estressada que estava. Passando de um terninho talvez um pouco sério demais para a ocasião para calça jeans e moletons muito casuais para seu gosto, ela finalmente optou por uma calça de linho leve e um suéter azul-marinho de algodão, um sutil meio-termo entre o conforto e a elegância.

Quinze minutos adiantada, Nora se apresentou, sem fôlego e extremamente tensa, na porta do jardim de infância. A senhora Stillet a recebeu calorosamente e logo a acompanhou até a sala dos professores, onde a apresentou a Jeanine Lambinet, uma mulher na casa dos cinquenta anos que tinha ares de uma professora de escola da década de 1970: saia plissada, meia-calça opaca, botinas de amarrar, avental xadrez impecavelmente passado e abotoado até o alto.

— Senhora Lambinet, esta é Nora Amrani, a professora assistente de quem lhe falei.

— Finalmente! — exclamou a professora. — Já não estava mais acreditando!

Apesar do alívio que a chegada de Nora pareceu despertar, o aperto de mão foi seco. A senhora Lambinet examinou aos detalhes a colega como se estuda um novo produto.

— Espero que o trabalho não a assuste — ela exclamou sem rodeios. — E que você tenha nervos de aço.

— Vou dar o meu melhor — respondeu Nora simplesmente.

— O melhor não basta, senhora Amrani. Você vai se dar conta disso bem rápido!

A diretora da escola balançou a cabeça dando a Nora um sorriso reconfortante.

— Bom, vou deixar vocês. Tenho certeza de que tudo vai correr bem.

Então, aproximando-se dela, acrescentou em voz baixa:

— Não se preocupe: debaixo do ar rabugento, a senhora Lambinet é uma mulher encantadora.

— Seus elogios não me tocam, Martine — respondeu de imediato a senhora Lambinet em voz alta.

— Tenha um bom dia, Jeanine — a senhora Stillet se contentou em responder ao sair da sala.

Sozinha com a professora, Nora deu um sorriso tímido, mas a senhora Lambinet não o retribuiu. Ela puxou secamente as laterais do avental e, acenando com a cabeça, convidou a recém-chegada a segui-la. Nora se apressou a seguir seus passos.

Jeanine Lambinet não tinha mentido: as quatro infelizes horas que Nora havia passado auxiliando-a foram exaustivas. Elas estavam encarregadas de uma classe do jardim dois, composta de vinte e cinco diabretes fora de controle que não lhes davam um minuto de folga, apesar da autoridade e da experiência da professora. Nora passava o tempo correndo de um canto ao outro da sala, preparando potinhos de tinta, folhas de papel e aventais para uns, blocos de montar ou quebra-cabeças para outros, respondendo às perguntas que sua presença suscitava, vigiando, arrumando, explicando, consolando, acompanhando ao banheiro. Quando chegou a hora de ir ao refeitório, sinal de que a jornada de trabalho estava chegando ao fim, Nora teve a impressão de que sua cabeça iria explodir.

O contato com a senhora Lambinet não foi dos mais calorosos, mas pelo menos Nora pôde admirar a eficiência com que a professora conseguia levar a cabo um programa ao mesmo tempo criativo, lúdico e pessoal. E, apesar da atitude aparentemente carrancuda, a professora assistente constatou existir na professora uma ternura inegável por seus pequenos alunos.

A semana toda se passou na mesma toada. Das oito horas da manhã ao meio-dia, Nora corria de um canto ao outro da sala, respondia a várias perguntas ao mesmo tempo, tentava, na medida do possível, aliar eficácia e compreensão, duas qualidades às vezes dificilmente compatíveis. Quando chegava a hora de ir embora, ela se sentia exausta e não servia mais para nada, agradecendo aos céus por não ter conseguido o período integral, que tanto desejara.

As coisas ficaram ainda mais complicadas quando, na manhã de sexta-feira, a senhora Stillet a chamou no corredor da escola para conversar com ela sobre um probleminha. O coração de Nora ficou apertado no peito. O trabalho dela estava deixando muito a desejar? Alguém tinha ido se queixar dela? Ela assentiu gravemente, mostrando que era toda ouvidos, e se preparou para o pior. A diretora lhe contou, então, que uma certa Éloïse Villant — de quem Nora nunca tinha ouvido falar — estava doente e não iria trabalhar a semana seguinte inteira. Nora tentou ligar os pontos. Por fim, ela entendeu do que se tratava quando a senhora Stillet lhe disse que Éloïse Villant era uma das duas jovens que cuidavam da creche à noite. Será que ela poderia substituir a adoentada e mudar seu horário a partir de então para das três da tarde às sete horas da noite, até Éloïse Villant retornar?

Aliviada, Nora aceitou com alegria. A senhora Stillet agradeceu calorosamente, assegurou que ela havia tirado um grande problema das costas e prometeu não se esquecer daquilo. Depois, ela desapareceu em seu escritório.

Naquele exato momento, Nora lembrou que, na semana seguinte, os filhos ficariam com ela e que teria que dar um jeito para buscá-los na escola. Quanto a Inès, isso não era de fato um problema: o pai de alguma das amigas sempre podia levá-la de carro e ela poderia ficar sozinha em casa até o retorno de Nora. Mas, quanto a Nassim, a questão era mais delicada. Ele saía da escola às quatro e meia da tarde. Mesmo que Nora encontrasse alguém para buscá-lo, ainda teria que ficar com ele até as sete e vinte, talvez sete e meia da noite.

Quando voltou para casa, Nora ligou para Mathilde e lhe contou seu dilema. A amiga garantiu que podia buscar Nassim na escola às segundas, quartas e sextas-feiras, mas que preferia levá-lo para casa para poder cuidar também dos próprios filhos. Nora teria que buscá-lo depois do trabalho. Já na terça e na quinta-feira, ela estava enrolada, os dois mais velhos tinham atividades, solfejo e judô. Mathilde passava aqueles dois fins de tarde no carro, indo e vindo.

— É um inferno — ela assegurou convicta. — Nassim morreria de tédio. Não acho que seja bom fazer ele passar por isso. Talvez seja melhor você dar outro jeito.

— E a Justine? O que você vai fazer com ela? — insistiu Nora, falando da caçula de Mathilde, que tinha só quatro anos.

— É a minha vizinha que fica com ela até o Philippe voltar. Mas, sinceramente, não posso pedir para ela cuidar de uma criança a mais.

— Eu entendo — declarou Nora, sem esconder sua decepção. — Já está ótimo você poder ficar com ele três dias. Vou me virar.

Mathilde desejou boa sorte e mandou um grande beijo. Ela já estava a par das manhãs infernais da amiga: Nora ligava para ela todas as tardes para contar os muitos desafios que tinha que enfrentar no horário de trabalho.

Nora desligou, mas ainda precisava dar um jeito para terça e quinta-feira. Estava fora de questão pedir para Alexis ajudá-la; ele usaria isso para pressioná-la, provando que ela não era capaz de se virar sem ele ou lembrando-a, no fim das contas, de que ela estava em dívida com ele.

Os pais de Nora moravam em Paris, mas ela não esperava que eles se deslocassem até lá duas vezes na semana. E, depois, eles estavam envelhecendo, tinham suas manias. Além do mais, como não seria apropriado pedir que tomassem o rumo de casa às oito horas da noite, eles teriam que passar a noite lá. Não era possível.

A solução que restava era deixar Nassim na creche, mas o menino ficaria infeliz. Ele detestava ficar muito tempo na escola depois do fim da aula e não deixaria de reclamar disso com o pai, que não hesitaria em afogar Nora em uma chuva de repreensões. De qualquer modo, como a creche da escola de Nassim fechava às seis e meia da tarde, o problema persistiria. Nora lamentou que Mathilde não tivesse nem sequer tentado perguntar à vizinha, talvez ela pudesse...

E se ela pedisse à sua própria vizinha? Ela e Tiphaine se davam bem, e Nora já havia notado que Tiphaine voltava do trabalho todos os dias por volta das quatro horas da tarde. Ela poderia buscar Nassim no fim da aula e Nora só teria que pegá-lo na casa dos vizinhos. Era a solução ideal. A mesma que Mathilde havia encontrado.

Consciente de que ainda era um pouco cedo para pedir aquele tipo de favor para uma mulher que ela mal conhecia, Nora vasculhou em vão seus contatos em busca de uma alternativa: seus conhecidos trabalhavam até mais tarde, ou moravam muito longe, ou eles não eram íntimos o suficiente. Não mais que Tiphaine, obviamente, mas pelo menos ela tinha a vantagem de voltar cedo do trabalho e de morar bem do lado. Sem saída, Nora resolveu pedir aquele favor à vizinha.

Para seu grande alívio, Tiphaine aceitou de imediato. Afinal, eram só dois dias e Nassim não parecia ser uma criança difícil. Então, ficou combinado que ela iria buscá-lo na escola logo depois do trabalho, o levaria para a própria casa, lhe daria um lanchinho, o colocaria para fazer o dever de casa e o manteria ocupado até a volta de Nora.

— E Inès? — ela perguntou logo em seguida. — O que ela vai fazer durante esse tempo?

— A Inès é mais velha, pode ficar em casa sozinha.

— Ela também pode vir aqui em casa se quiser companhia. Tenho certeza de que Milo vai adorar recebê-la.

Nora não sabia como agradecer. Então, as duas mulheres passaram aos detalhes práticos:

— Vou te dar uma cópia das minhas chaves — propôs Nora. — Para o caso...

— O caso de quê?

— Não sei, se você precisar de alguma coisa para o Nassim, ou se ele quiser vir buscar um brinquedo, um livro, o que for...

— A Inès tem as chaves, não tem?

— Tem, mas pode ser que ela volte mais tarde, ou que passe a tarde na casa de uma amiga... É mais simples se você tiver uma cópia das chaves.

— Está certo. Mas devolvo no final da semana.

— Se você quiser.

Ter as chaves de sua antiga casa deixava Tiphaine angustiada. Ter a possibilidade de entrar quando quisesse seria para ela como levar para Las Vegas um jogador proibido de entrar em cassinos. E, além do mais, os laços com

Nora iam se estreitando pouco a pouco e ela não tinha certeza se queria fazer amizade com a vizinha. Apesar de tudo, a perspectiva de cuidar de Nassim lhe dava uma animação que ela não sabia definir. Um prazer misturado com apreensão. Ela concordara em fazer aquele favor sem pensar, de fato, em tudo o que implicava, mas não estava se importando com isso. Quando Nora lhe pediu para pegar Nassim na escola e cuidar dele até que ela voltasse, Tiphaine sentiu uma espécie de conforto, como um bálsamo calmante nas feridas ainda vivas de sua dor.

13

INÈS ACORDOU DE BOM HUMOR naquele sábado. Porque não tinha aula. Não que ela odiasse o colégio, mas dois dias de folga tinham seu valor. E também porque no dia seguinte ela iria para a casa da mãe, de quem já estava sentindo falta havia alguns dias. Ela precisava da brandura de Nora, de sua disponibilidade indefectível e de seu olhar benevolente. Seu pai era mais distraído, como se sempre tivesse dez mil coisas para fazer e em que pensar. O que era exatamente o caso.

De qualquer forma, parecia que o fim de semana seria bom. O pai dela já tinha avisado que ficaria parte do dia fora para acertar um detalhe de um dos casos que defenderia na segunda-feira seguinte no primeiro horário... Tudo bem ele não estar disponível, melhor aproveitar as vantagens: quando ele, de fato, estava, o que de modo algum garantia sua presença de espírito, o pai nunca deixava de proibi-la de fazer uma série de coisas.

Então Inès tinha pensado em convidar Emma e Léa para ir à sua casa. Juntas, elas navegariam na internet, tirariam selfies fazendo careta e postariam o resultado no Facebook antes de curtir, comentar e curtir novamente.

As noites de sábado eram agradáveis na casa do pai: em geral, ele preparava uma refeição, colocava na bandeja e os três comiam hambúrgueres ou pizzas enquanto assistiam a um filme. Às vezes, a escolha provocava discussões acaloradas, cada um com uma ideia específica do gênero a que gostaria de assistir e que nem sempre correspondia ao dos outros dois. Para evitar que uma parte da noite fosse estragada por discussões intermináveis, o pai decidiu que haveria um revezamento na escolha do filme. E precisamente, naquela noite, tinha sido Inès a incumbida da deliciosa tarefa de impor sua vontade. Ela ainda estava hesitando entre *Harry Potter 4* e *Valente*, que não tinha conseguido assistir no cinema... Ela decidiria durante o dia.

Domingo era o dia da transição, aquele em que não se fazia muita coisa, a não ser as malas com as coisas que precisavam de qualquer jeito levar para a casa da mãe, arrumar o quarto, fazer o dever de casa para a segunda-feira e tentar adiantar um pouco os dos dias seguintes... Alexis, de repente, se dava conta de que a semana havia passado, de que seus filhos iriam ficar longe por sete dias e que ele não tinha, de fato, aproveitado os dois. Era um dia em que eles ficavam de pijama até depois do almoço e que desfrutavam da generosidade de um pai cuja culpa deixava permissivo.

E, no domingo à noite, de volta para a casa de Nora. Com aquele ritmo tão diferente, mais lento, mais sereno, menos angustiante. A casa também era mais tranquilizadora, menor, mais aconchegante. E, então, a mãe deles estava lá, o principal, que a entendia melhor, mesmo que muitas vezes acontecessem arranca-rabos. Nora também tinha seus lados difíceis, mas eles eram mais manejáveis que os do pai, que era cabeça quente. Ele podia parecer estar contente, animado e de bom humor até que um pequeno aborrecimento o irritasse a ponto de provocar uma verdadeira virada de humor.

Inès pulou da cama e, só de camiseta e calcinha, saiu do quarto. Enquanto descia para a cozinha para tomar o café da manhã, ela pensou mais uma vez em Milo e se perguntou se o veria durante a semana. A presença do rapaz na casa vizinha a agradava. Eles tinham se dado bem na noite que a mãe organizara, embora não tivessem absolutamente o mesmo temperamento: Milo era reservado, Inès era extrovertida; ele era tímido, ela era tagarela; ela era sociável, e ele, mais para solitário. Milo não parecia ter ficado tocado com seus encantos, razão pela qual, indubitavelmente, o desejo de sedução da adolescente logo despertou ao conhecer o rapaz.

Havia algum tempo que o corpo de Inès vinha mudando, assim como a forma como os outros a olhavam. Ela percebeu, confusa, que possuía um poder que lhe era desconhecido até pouco tempo e que estava gerando novas sensações nela, terrivelmente agradáveis, tinha que admitir. Os meninos ao seu redor (além de seu irmão e seu pai, é claro) se mostravam ávidos em agradá-la. O comportamento deles revelava uma inquietação pela qual ela sabia ser a responsável. Mas a coisa se repetia com muita regularidade. O desassossego que ela provocava nos jovens da sua idade se tornara bastante comum. O enfastiamento ameaçava, pelo menos era o que Inès gostava de pensar e, principalmente, de expressar para as amigas que ainda desconheciam de todo aquela insuspeita embriaguez.

Com Milo, a promessa de um novo desafio parecia excitante. Sem falar que ela não desgostava dele: o tamanho dele, maior, era reconfortante, seu olhar sombrio e intenso, seus gestos lentos e sua personalidade bastante discreta tinham tocado a jovem. Ela se sentira bem com ele, confiante, sem de fato entender o que provocara aquela atração. Fosse o que fosse, ela já estava ansiosa para revê-lo.

Na mesa do café da manhã, Nassim estava terminando de colocar dois *pains au chocolate* no forno enquanto Alexis digitava em seu iPad, com uma xícara de café fumegante na mão.

— Oi, princesa! — ele disse erguendo os olhos. Depois, ao notar como ela estava vestida: — Você poderia se vestir para vir comer...

Inès não deu bola e se sentou à mesa.

— Você ouviu o que eu acabei de dizer? — insistiu Alexis.

— E que diferença isso iria fazer? — resmungou a adolescente, dando de ombros.

— Você não tem mais oito anos, Inès. É uma questão de respeito. Por acaso eu venho comer de cueca?

Nassim soltou uma risada imaginando o pai sentado à mesa de roupa de baixo. Mas Inès, por sua vez, não reagiu.

— Pode subir pra se vestir! — mandou Alexis em um tom de ponto-final.

A jovem suspirou como se estivesse lidando com um grande idiota. Depois saiu da cozinha.

Assim que entrou no seu quarto, ela ligou o computador e, enquanto a máquina carregava antes de exibir a área de trabalho, ela procurou no armário uma roupa qualquer. Feito isso, voltou ao computador, abriu sua página no Facebook, dando uma olhada rápida nas notificações antes de clicar na de Milo. Ela apontou o cursor para o ícone de mensagens e pensou por algum tempo.

Pouco tempo, na verdade. Logo ela estava digitando:

Olá. Estarei na casa da minha mãe esta semana. Seria legal se a gente fizesse alguma coisa.

Ela releu sua mensagem, hesitou... Depois, apagou a última frase, que reescreveu imediatamente.

A gente pode fazer alguma coisa se você quiser. Beijos.

Ela hesitou de novo, apagou "Beijos" antes de levar a seta até o botão "Enviar". Então, satisfeita, clicou.

14

FIM DA TARDE DE DOMINGO: a volta das crianças. Nora terminou de arrumar a casa: os quartos estavam prontos, as camas, com lençóis limpos, a comida, quente no fogão. A noite seria uma festa! Ela deu uma olhada no relógio, eles não demorariam muito. Ela logo se apressou para acertar os últimos detalhes, colocou sobre cada uma das camas um presentinho que comprara no dia anterior, mais simbólico do que qualquer outra coisa, o jeito dela de dar as boas-vindas. Três pacotes de cartas Pokémon para Nassim, um novo par de brincos para Inès. Ela desceu de volta para o térreo, deu uma olhada geral para ver se tudo estava perfeito... A campainha da porta da frente tocou: eram eles!

Nora correu para o corredor, abriu a porta com um sorriso radiante, os braços já estendidos, o coração contente... E deu de cara com Sylvain na entrada.

— Oi, Nora — ele começou, mudando o peso de uma perna para a outra. — Estou te incomodando?

— Não — respondeu ela, mais intrigada do que surpresa.

— É bobagem, estou preparando o jantar e não tenho mais ovos para fazer o purê... Você pode quebrar meu galho?

— Acho que tenho, sim...

Ela se afastou para deixá-lo entrar e fechou a porta. Depois, desapareceu na cozinha.

— Você quer um ou dois? — perguntou Nora olhando dentro da geladeira.

— Um já vai dar.

Ela voltou segurando um ovo, que estendeu para Sylvain.

— Obrigado.

Nora acenou com a cabeça como que dizendo "não tem de quê". Um breve silêncio caiu entre eles, que Sylvain interrompeu.

— Bem, vou indo nessa. Fico te devendo um ovo — acrescentou com um sorrisinho de lado.

— Não vai demorar para me devolver, senão vou cobrar juros — respondeu ela, sorrindo.

— E seus juros chegam a quanto?

— Ah... Se você demorar muito, vai ficar me devendo um boi.

— Tudo bem... Só vamos ter que ver se você vai conseguir enfiar um boi na sua geladeira!

Eles riram.

Então Sylvain foi em direção à porta da frente, seguido por Nora. Assim que saiu da casa, o carro de Alexis estacionou bem em frente. As crianças saíram na hora e correram em direção à mãe, que as recebeu de braços abertos. Como era bom reencontrá-los! Nora se perdeu no abraço, apertou seus dois amores junto de si, cheirou-os, passou a mão neles... Alexis apareceu, por sua vez, saindo do carro pelo lado da rua. Ele deu a volta por trás e se juntou ao pequeno grupo na calçada. Enquanto se aproximava, encarava Sylvain com curiosidade: a presença daquele estranho saindo da casa da sua esposa — afinal de contas, eles ainda eram casados — levantou algumas questões. E, sem dúvida, uma contrariedade.

Nora os apresentou na mesma hora:

— Sylvain, meu vizinho... Alexis, o pai de Inès e Nassim.

Os dois homens se cumprimentaram com um menear de cabeça, jovial no caso de Sylvain, desconfiado no de Alexis. Depois, Sylvain se voltou para Nora, a quem deu um sorriso cúmplice.

— Obrigado mais uma vez — disse ele erguendo o ovo.

Nora sorriu de volta. Então ele se despediu e entrou na casa vizinha. Seguindo-o com o olhar, Alexis notou na fachada o número 26 traçado em tinta branca. O caso do enforcamento voltou à sua mente, e com ele seu equívoco em relação às duas casas.

As crianças já haviam entrado. Sozinha na porta, Nora claramente não tinha intenção alguma de convidá-lo para entrar. Mesmo assim, ele se aproximou dela.

— Eu te devo desculpas.

Ela levantou as sobrancelhas, surpresa.

— Primeiro, porque não fui muito delicado da última vez com aquela história de suicídio... Depois, porque não foi na sua casa que ele se enforcou. — Alexis fez uma pausa, como se quisesse causar um efeito. — Foi na casa dele — concluiu, indicando com o queixo a casa de Sylvain.

— Mas o que você está dizendo agora? — ela suspirou sem esconder sua exaustão.

— Eu verifiquei... Meu cliente morava no número 26, não no número 28, como achei de início. Foi naquela casa que ele se enforcou.

— Ok, tudo bem — declarou Nora friamente. — Agradeço a precisão...

Alexis pareceu ignorar o tom seco da esposa e, voltando o rosto para a casa vizinha, abriu um sorriso malicioso.

— Coitado do cara... Se ele soubesse!

15

MAIS UMA VEZ, o trajeto de volta foi melancólico para Alexis Raposo. Nora permanecera muito distante, até mesmo fria, demonstrando deliberadamente seu rancor em relação a ele enquanto agia de modo caloroso com o vizinho. E quando, por fim, aquele cretino voltara para casa e as crianças entraram, ou seja, quando ele conseguiu ficar dois minutos a sós com ela, Nora o dispensou sem rodeios, indiferente ao seu claro desejo de restabelecer um contato mais sereno. Ele havia se desculpado, o que mais ela queria?

Magoado pela atitude intratável da esposa, com a autoestima ferida, Alexis cerrou os dentes pensando no sorriso cúmplice que Nora e o vizinho tinham trocado. Quem era aquele cara? Obviamente um burguês padrão, um pobre coitado que farejara uma boa trepada quando viu chegar bem ao lado de sua casa uma mulher solteira com dois filhos... Um idiota desprezível que não perdeu tempo para entrar em ação. E ela, é claro, não tinha notado absolutamente nada, convencida de que as pessoas tinham apenas boas intenções... Ela sempre fora tão ingênua!

Ou então...

Ou o grande ingênuo era ele! Nora havia percebido perfeitamente as segundas intenções libidinosas do desgraçado do vizinho — e tinha gostado! A imagem do corpo de Nora abandonado em outros braços que não os seus mal passou por sua mente, e Alexis Raposo soltou um berro de raiva. A mera ideia de que outro homem pudesse tocá-la, se aproximar dela, sequer deitar os olhos nela, era inconcebível para ele. Seu peito se comprimiu de raiva, e ele teve a sensação de que um punhal em brasa era enfiado em seu coração.

Ela não precisou de muito tempo para alardear sua disponibilidade para o primeiro que chegou, e o outro lá aproveitou... E os dois tinham gostado, com certeza, bastava ver como eles trocavam sorrisos, assim, na frente dele, na frente de todo mundo, a propósito, sem nem sequer se preocuparem se poderiam aborrecer as crianças! Alexis Raposo se sentiu de repente sozinho, traído, humilhado no mais fundo de seu ser, difamado em seu amor... E tão burro! A grande estima que tinha pela esposa, o respeito que nutria por ela, convencido de que ela era diferente das outras e que aquele tipo de coisa não poderia acontecer com eles... Não com eles!

Mas mesmo assim...

Mesmo assim ela foi embora, apesar de tudo o que eles haviam passado até então, a vida que tinham dividido, as memórias, a cumplicidade, o amor, o conforto. Dezoito anos! Dezoito anos de vida conjugal varridos em poucos dias, colocados em caixas e enfiados dentro de um caminhão de mudança. O resto, o que ainda continuava na casa deles — na casa dele! — havia perdido toda a consistência, não tinha mais forma, não tinha mais cor, não tinha mais cheiro. Nada! Tudo, então, era de um cinza transparente, vítreo, inconsistente.

Impessoal.

Ela havia ido embora e deixado o nada atrás de si.

Com as mãos agarradas ao volante, Alexis sufocou um arquejo, devastado, devorado pela vontade de explodir em soluços. O que o impedia? Ele estava solitário, sozinho em sua pele, em seu coração e em sua alma, decepado do olhar benevolente e da presença da mulher que ainda amava. E essa ausência afligia seu corpo em todos os momentos do dia e da noite, sem lhe dar descanso.

Um tormento de cada instante.

Havia recaído sobre ele, de repente, sem aviso, sem ter dispersado no caminho as primeiras migalhas de seu amor partido. Os detalhes reveladores, os sinais que lhe teriam permitido se esquivar do golpe mortal que ela estava prestes a desferir nele. Ou talvez ele pudesse ter conversado com ela, argumentado. Tê-la feito desistir daquele projeto insensato. Lembrá-la das prioridades, das crianças, da família. Deles. Mas, daquele jeito, ela não lhe dera chance. Ao ir embora, ela provou que tudo o que haviam construído juntos por tantos anos perdera todo o significado.

Inconcebível.

Ela iria acordar. Ela iria entender seus erros, se dar conta da enorme idiotice que havia feito. Retomaria a razão. E voltaria para casa. Levaria um tempo, mas ela voltaria, ele tinha certeza. O inferno não poderia durar para sempre. Acabaria um dia. Bem, talvez não imediatamente, porque ela levaria um tempo para superar a vergonha e deixar o orgulho para trás, mas esse dia chegaria, não havia dúvidas. E, nesse dia, ele a receberia de braços abertos, faria mil promessas, perdoaria tudo, diria para voltarem à estaca zero. Ele estava farto de viver como um eremita, farto da solidão enquanto ela estava ali, a poucos quilômetros dele. Tão perto e, no entanto, tão longe. Ela e as crianças. Sua motivação, o que o empurrava para a frente, o que o fazia levantar todas as manhãs para levar a cabo suas obrigações, desempenhar seu papel de pai, amante, cidadão...

Era essa a razão pela qual ele tinha que fazer de tudo para vê-la, para ainda passar tempo com ela, para que ela soubesse que ele não a culpava e que ela poderia voltar a qualquer momento. Que ele não a repreenderia de maneira alguma, não lhe faria qualquer pergunta. E que ele havia mudado.

Que os dias seriam melhores.

Mas, para isso, para que ele tivesse a oportunidade de lhe provar o quanto ele não era mais o mesmo homem, eles tinham que se ver! Como ele iria fazê-la perceber o tamanho de seu erro se eles não se vissem? Ao vivo, em carne e osso. Palpável. Cabia a ele encontrar as palavras para convencê-la. E as palavras eram seu forte, ele sabia como lidar com elas melhor do que ninguém. Ele não duvidava nem por um instante de que, se ela lhe desse uma chance, ele conseguiria fazê-la ver as coisas de outra maneira.

Tudo o que restava era avaliar a situação, estimar a força do inimigo e se organizar.

Saber exatamente "quem" ele tinha à sua frente.

Alexis parou no acostamento da estrada, ligou a seta e conferiu se nenhum carro vinha no sentido contrário. Então, deu meia-volta.

Ele estacionou no final da rua de Nora para que seu carro não revelasse sua presença e percorreu o restante do caminho a pé. Andava rápido, o olhar fixo no trecho em que a casa de Nora ficava, já pronto para se esconder caso ela aparecesse de repente. Não havia razão nenhuma para que ela saísse de casa àquela hora da noite, mas era melhor ficar atento e preparado para qualquer eventualidade. Não ser notado. O que ele queria fazer só levaria alguns segundos, seria idiota dar errado por tão pouco.

Quando chegou à altura do número 28, e sem diminuir a velocidade, abaixou-se sob as janelas da sala de Nora e continuou se dirigindo para o número 26. Na frente da porta, se ergueu para ler os nomes que apareciam sobre a campainha.

O que ele leu o deixou sem palavras.

Tiphaine e Sylvain Geniot — Milo Brunelle.

Brunelle. Como... David Brunelle. O caso do enforcamento. Da intoxicação por dedaleira.

Quem era aquele Brunelle? O filho dele? Sim, David Brunelle tinha falado do filho, um garotinho de mais ou menos sete anos... As lembranças voltavam em ondas, o clima que tomava a cela do cliente naquela noite, sua agitação extrema, sua angústia palpável, a pressa de voltar para casa... Para pegar o filho que havia deixado com alguém antes de os policiais o levarem para a delegacia. O advogado fez um esforço para se lembrar... A ansiedade de David foi aumentando quando soube das acusações contra ele, assim como das circunstâncias em que Ernest Wilmot havia morrido. Ele, então, mencionou uma vizinha, a mesma que lhe dera de presente o vaso de dedaleiras-roxas que a polícia encontrara em sua varanda. Uma vizinha que era, até onde ele podia dizer, a única pessoa capaz de transformar uma simples planta em uma arma perigosa. A vizinha com quem ele tinha acabado de deixar seu filho.

E aquele menino só poderia ser Milo Brunelle.

Acendeu-se o alerta por todo o cérebro efervescente de Alexis Raposo. Oito anos depois do caso, o garotinho de David Brunelle ainda estava ali, na mesma casa onde seu pai havia se enforcado. Mas que horror!

Perplexo, Alexis anotou correndo os nomes de Tiphaine e Sylvain Geniot, bem como o de Milo Brunelle, no bloco de notas de seu iPhone. E a primeira pergunta que ele se comprometeria a responder com urgência seria: qual era o vínculo que ligava Tiphaine e Sylvain Geniot a Milo Brunelle e, como consequência, a David Brunelle?

16

Tiphaine saiu mais cedo naquela terça-feira. Ela deu uma parada na loja de conveniência para comprar biscoitos, cereais e suco de frutas, depois seguiu para a escola primária. Nassim ia à mesma escola que Maxime e Milo haviam frequentado na infância, o que não era nada fora do comum, já que a cidadezinha tinha apenas duas escolas e a outra era católica. Para Tiphaine, que era ateia, não houvera dúvida. Já Laetitia, a mãe biológica de Milo, havia hesitado. Ela, por fim, tinha aderido à escolha de Tiphaine, sobretudo para não separar os dois garotos, que, desde o nascimento, eram como irmãos, e, depois, por questão de comodidade: na época, os Brunelle e os Geniot se apoiavam e se ajudavam com frequência, ainda mais em tudo o que dizia respeito às crianças.

Quando chegou na porta da escola, Tiphaine sentiu a emoção tomar conta dela, uma sensação doce e corrosiva ao mesmo tempo. Fazia três anos que ela não colocava os pés naquele prédio, desde que Milo havia entrado para o ensino fundamental. Voltar àquele lugar familiar lhe dava uma mistura de prazer e apreensão. Os barulhos, a luz, os cheiros, aquele clima tão especial que antes fazia parte do seu cotidiano a levara de volta, de uma hora para a outra, para uma época confusa em que a felicidade mais perfeita estivera lado a lado com o horror absoluto.

Tiphaine seguiu no corredor em direção ao pátio do recreio. Ela cruzou com alguns rostos familiares no caminho que pareciam não notá-la, ou então…

— Senhora Geniot! Que bom que veio nos visitar! Como você está?

Saindo da sala de aula, a senhora Dufrêne, professora de Milo no último ano do primário, abriu um sorriso franco para ela, apesar de cheio de curiosidade, com a pergunta "O que você está fazendo aqui?" claramente impressa nos lábios.

— Bom dia, senhora Dufrêne... Estou bem e você?

— Muito bem! A que nos dá a honra?

— Eu... Eu vim buscar o filho da minha vizinha, que vai trabalhar até tarde esta noite.

— Ah! Mas que gentil da sua parte... Como está o Milo?

— Ele está bem...

— Em que ano ele está agora? No primeiro?

— Ahn... Não, no nono.

O olhar da senhora Dufrêne ficou interrogativo.

— Ele repetiu o nono ano — Tiphaine teve que admitir.

O olhar da professora passou de interrogativo para exclamativo.

— Ah! Mas que pena isso... Um rapazinho tão inteligente!

Tiphaine ficou tentada a responder que a inteligência não tinha nada a ver com a questão, mas se conteve. Em vez disso, logo perguntou onde poderia encontrar Nassim Raposo antes que a professora tivesse tempo de formular outra pergunta.

— A esta hora, eles devem estar no refeitório menor para o lanche.

— Obrigada.

Então se despediu correndo da professora e seguiu para a direção indicada.

— Mande um oi para o Milo por mim! — ela ainda teve tempo de gritar.

Tiphaine acenou com a mão concordando e tomou a tangente rumo a um corredor perpendicular.

Ela não teve dificuldades para encontrar Nassim no local indicado pela senhora Dufrêne: o menino, que comia seu lanche junto de alguns amigos, levantou-se obediente assim que a viu. Estava claro que Nora afogara o menino em uma chuva de recomendações. No entanto, o rosto um pouco contrito de Nassim revelava certa hostilidade em relação àquela senhora que tinha ido buscá-lo no lugar da mãe. Apesar disso, Tiphaine disse a si mesma que tinha algumas horas pela frente para conquistar a simpatia da criança. E sem perder tempo, enquanto saíam da escola, ela começou a listar tudo o que havia comprado para oferecer a ele, assim como os diversos programas de TV, dependendo do que o menino estivesse com vontade de fazer.

Nassim esboçou um primeiro sorriso.

No carro, Tiphaine fez uma tonelada de perguntas, às quais Nassim respondeu apenas em monossílabos educados. Ela queria mostrar interesse pela escola dele, seus amigos, seus gostos, suas preferências, seus interesses, suas opiniões sobre desenhos animados. Mas, como resposta, a criança tinha um verdadeiro dom para encontrar as palavras mais vagas e neutras da língua. E, quando ela arriscava uma pergunta indireta, só para conseguir respostas mais precisas, ele dava de ombros, retrucando de forma direta: "Eu não sei".

Quando chegaram diante de suas respectivas casas, Tiphaine perguntou ao menino em qual delas ele preferia esperar pela mãe.

— Sua mãe me deu as chaves da sua casa para o caso de você precisar de alguma coisa. Se você preferir, podemos ficar lá em vez de na minha casa.

Desta vez, Nassim pensou um bom tempo. A ideia era bastante tentadora, só que não era o que sua mãe havia planejado e ele não sabia quais seriam as consequências daquela mudança de programa. Depois de algum tempo de reflexão, não percebendo o que de fato mudaria, ele indicou que concordava, acenando vigorosamente com a cabeça.

— Você prefere que a gente fique na sua casa? — perguntou Tiphaine para confirmar.

— Sim.

Tiphaine abriu um sorriso satisfeito e bagunçou o cabelo do menino.

— Como quiser. Você é quem manda.

Quando saía do carro, Nassim percebeu, diante de uma das casas do outro lado da rua, um pouco mais à esquerda, uma senhora sentada em um banquinho. Ela vestia um sobretudo bege e usava sapatos de caminhada, feios, mas confortáveis. Ao lado dela, jazia uma mala, um daqueles velhos modelos retangulares com estampas ultrapassadas e fechos corroídos pela ferrugem. Nassim já a vira antes. Na verdade, ele a via toda vez que ia ou voltava de casa.

Ao perceber o interesse da criança pela idosa, Tiphaine lhe disse:

— É a mãe Broto. Ela fica ali de manhã até a noite.

— O que ela fica fazendo? — perguntou o garotinho.
— Ela fica esperando.
— O que ela fica esperando?
— Ninguém sabe. Nem ela mesma, na minha opinião.

Nassim olhou para a velha com um olhar tão intrigado quanto piedoso. Tiphaine também lhe contou que a mãe Broto havia ido morar naquela casa fazia cinco anos e que, desde a sua chegada, sempre que o tempo permitia, ela se instalava diante da porta dela com a mala, como se fosse viajar. Vários conhecidos da vizinhança lhe perguntaram o que ela fazia ali, se estava esperando alguém. Ela nunca respondeu, se contentando em tranquilizar a todos e a garantir para todo mundo que se mostrava preocupado com ela que estava bem e que não precisava de nada. Ela aparentemente não tivera filhos, só recebia poucas visitas — sempre pessoas mais ou menos de sua idade. Quando os vizinhos quiseram saber mais sobre a presença da velha e as razões daquela expectativa, as tais visitas se contentaram em erguer os braços num gesto de desamparo. Eles tinham tentado fazê-la ouvir a voz da razão... Mas a mãe Broto ficou tão irada, que surpreendeu a todos gritando que, se até na idade dela tinha que aguentar a chateação de um bando de cretinos, era porque o mundo não tinha mesmo jeito.

— O nome dela é esse mesmo? Mãe Broto?
— Não. O nome dela é Adèle Malenbreux. A gente chama ela de mãe Broto porque, durante o inverno todo, ela fica na casa dela e a gente não a vê, só quando ela sai para fazer compras. A gente só volta a vê-la quando os dias ensolarados chegam, no começo da primavera. Como os brotos.

Nassim deu uma última olhada na estranha mulher, se perguntando como ela conseguia passar os dias sentada em um banquinho, sem se mexer. Então ele deu as costas e seguiu Tiphaine até a porta de sua casa. Ela tocou a campainha, sem saber se Inès já havia voltado, depois, vendo a falta de reação, enfiou na fechadura a chave que Nora tinha lhe dado, antes de atravessar a soleira.

A primeira hora passou bem rápido. Ela serviu um copo de suco de laranja para Nassim e ofereceu alguns biscoitos antes de ajudá-lo com o dever de casa. Depois, o menino perguntou se podia jogar PlayStation. Tiphaine disse que sim e passou um tempo olhando as prateleiras de livros e DVDs na estante da sala. Ela percorreu os títulos que apareciam nas lombadas dos livros, se divertindo encontrando significados neles relacionados a ela, sua vida, quem sabe até seu futuro. Como uma previsão codificada que apenas ela seria capaz de entender. *A insustentável leveza do ser*, de Milan Kundera. *A vida está em outro lugar*, do mesmo autor. *Ligações perigosas*, de Choderlos de Laclos. *As flores do mal*, de Charles Baudelaire. *Glitz*, de Elmore Leonard. Muitos clássicos, tanto da literatura como do cinema, alguns autores magrebinos, muitos americanos também... Nora era aparentemente uma mulher culta.

Da sala de estar, ela passou para a sala de jantar. Exceto pela mesa, as cadeiras e a cômoda, a sala estava vazia, o que revelava que a inquilina tinha se mudado havia pouco para o local. Agora que estava sozinha em casa, pelo menos sem a presença de Nora, Tiphaine se deixou pouco a pouco conquistar pelas lembranças, salpicando sua alma com algumas gotas de reminiscências ácidas. Devagar, ela se aproximou do canto onde, antes, costumava se sentar com Maxime na velha cadeira de balanço que pertencera antigamente à avó e na qual ela lia histórias para ele, o acariciava ou fazia sessões de cócegas intermináveis. O canto estava vazio, e a felicidade de antigamente não passava de uma ferida aberta no fundo de sua memória. Ela permaneceu ali um bom tempo, lutando contra a vontade de se render de todo ao canto das sereias do passado...

— Posso comer mais um biscoito?

Na sala do lado, Nassim empreendia uma batalha impiedosa contra estranhas criaturas vindas do espaço, e aquela luta obstinada o deixara com fome. Tiphaine sacudiu a poeira, despencou no presente e correu para junto do menino.

Cumprida a missão, ela retomou sua visita ao local. Dessa vez, se dirigiu à varanda, onde abriu a janela francesa antes de dar alguns passos do lado de fora.

Lá, ela ficou um momento sem se mexer, abarcando seu antigo jardim com o olhar. Com o passar dos anos, por sobre a cerca viva, ela tinha visto tudo o que havia plantado, semeado, cultivado ali ficar mais pobre. Só restavam algumas flores que resistiam bem à falta de cuidado. A horta não sobreviveu e a hera tinha invadido completamente os lilases. Da sala vinha a barulheira repetitiva do jogo de Nassim, mais uma vez forçando a barragem de suas memórias. Tiphaine fechou os olhos, quase resignada, pronta para se abandonar mais uma vez à deliciosa vertigem que os assaltos do passado lhe haviam causado: ficar ali, naquela varanda, sentindo a presença tão próxima de um menino que jogava videogame, fazer o tempo voltar, se deixar embalar pelo feitiço de um desejo insensato. Depois, lentamente, como se movida por uma força alienígena, com os olhos ainda fechados, ela ergueu o rosto em direção às janelas do segundo andar e deixou o veneno de seu delírio obsessivo invadi-la.

— Ah, oi, Tiphaine!

Tiphaine deu um pulo e soltou um gritinho estridente, como se tivesse sido surpreendida num flagrante vergonhoso. Ela voltou a abrir os olhos na hora e viu Inès na sala de jantar, ainda de jaqueta, com a mochila na mão, olhando para ela com um ar contrariado.

— Eu não sabia que você iria cuidar do Nassim aqui — explicou a adolescente. — Eu passei na sua casa, eu achei que...

— Foi Nassim quem preferiu ficar aqui — Tiphaine se justificou, um pouco como uma criança que acusa o coleguinha de ser o responsável pelo mau comportamento de que é suspeito.

Surpresa com a veemência desnecessária da resposta, Inès assentiu devagar com a cabeça.

— Tá bom... — Depois, sem saber o que mais acrescentar: — Vou subir para o meu quarto.

Assim, a jovem deu meia-volta e sumiu no hall de entrada.

O feitiço havia sido quebrado.

Tiphaine, então, estremeceu apesar do calor do dia de verão e voltou para dentro da casa.

17

No segundo andar, Inès correu até a porta do quarto, abriu-a como se estivesse sendo perseguida pelo próprio demônio e a fechou atrás de si. Lá, num gesto tempestuoso, ela lançou a mochila para o outro lado do quarto antes de afundar na cama em um movimento desesperado. O que havia de errado com aquele garoto? Será que ele era louco, cego ou... Ou o quê? Não dava para entender nada! E ela tinha sentido o clima entre eles na outra noite. Então por quê?

Quando ela ficou sabendo que seria Tiphaine quem cuidaria de Nassim até sua mãe retornar, a adolescente enxergou nisso um pretexto para voltar a ver Milo. Até mesmo, quem sabe, um sinal... O rapaz não havia respondido à mensagem que ela enviara no Facebook, pelo menos ainda não, mas talvez a conversa por mensagens não fosse seu forte... Quando ela chegou do colégio, não pensou duas vezes antes de tocar a campainha dos seus vizinhos, supostamente para se certificar de que tudo estava indo bem com seu irmão mais novo.

Foi o próprio Milo quem abriu a porta para ela. Ao se deparar com a jovem diante de sua casa, o rosto dele ficou sombrio na hora.

— Olá! — lançou Inès, exibindo um sorriso radiante.

— Oi — ele respondeu com frieza.

Desconcertada pela recepção glacial, ela perdeu um pouco de sua bela confiança.

— Eu... eu vim ver se estava tudo bem com o Nassim...

Sem deixar de lado uma expressão que exprimia tanto tédio quanto contrariedade, Milo a encarou com surpresa.

— O Nassim não está aqui...

— Ah, é? — surpreendeu-se Inès, cada vez mais desconcertada. — Mas era a sua mãe que iria buscá-lo na escola...

— Não estou sabendo.

Milo não acrescentara mais nada, e a adolescente sentiu que perdia o chão. Nunca um garoto a havia tratado com tanta indiferença. Pior ainda, com tanto desprezo! O silêncio continuou, tornando-se um suplício para ela.

— Bom... Desculpa... Eu não queria te incomodar — ela conseguiu articular enquanto seu coração martelava o peito sob o ataque da mais mordaz humilhação.

— Não tem problema — ele retrucou com crueldade, fechando a porta.

Então Inès se viu sozinha na calçada, com a intolerável sensação de ter recebido um tapa na cara. Ela levou alguns segundos para se dar conta do que havia acontecido: um garoto a recebera como uma visita chata e desagradável! Ela nunca se sentira tão desprezada, degradada. Como uma coisa daquelas podia ter acontecido? O que ela tinha feito? O que não tinha dado certo?

Foi preciso quase um minuto para que o estupor desse lugar à raiva. Era assim que ele a considerava? Pois muito bem! Aquele idiota logo perceberia seu erro. Ela não podia deixar uma afronta desse tipo passar em branco, sem reagir, sem mostrar a ele com quem estava mexendo!

Ela não tinha colocado o seu ponto-final.

18

Eram sete e meia da noite quando Nora tocou a campainha da casa dos vizinhos e Sylvain abriu a porta, surpreso ao se deparar com ela na soleira de sua casa; claramente a vizinha não era uma surpresa desagradável para Sylvain. Ele a convidou para entrar na hora e, antes mesmo de perguntar o motivo da visita, ofereceu uma bebida ou um café.

— Que gentileza. Mas hoje não, obrigada — recusou Nora. — Vim buscar o Nassim e já vou para casa. Já está tarde.

— O Nassim?

A reação de Sylvain, claramente bastante sincera, intrigou Nora. Ela franziu a testa dando um sorrisinho incrédulo.

— Sim... Tiphaine iria buscá-lo hoje na escola e...

Pelo olhar que Sylvain lançou para ela, Nora entendeu que ele não sabia de nada. Seu coração ficou apertado no peito. Será que ela tinha se esquecido do combinado delas?

— A Tiphaine está aqui? — ela perguntou com uma voz de repente sufocada pela angústia.

— Olha, eu acabei de chegar em casa e, além do Milo, que está no quarto dele, não tem ninguém... Eu ia exatamente ligar para Tiphaine para ver onde ela estava.

Fazendo o que tinha acabado de dizer, ele pegou o celular e digitou o número da esposa. Nora estava lívida. Durante os intermináveis segundos que Sylvain levou para conseguir falar com Tiphaine, ela tentou se lembrar da conversa que haviam tido para entender por que as coisas não tinham saído como planejado. Será que elas não tinham sido claras no dia? Tiphaine não havia se dado conta de que já era naquela semana? Se fosse esse o caso, a escola já teria ligado para ela ir buscar Nassim. Mas isso não tinha acontecido. Então alguém tinha ido buscá-lo. E quem, se não Tiphaine?

De repente, uma ideia terrível cruzou sua mente. A escola tinha ligado para se queixar do atraso do menino na creche, mas não fora ela a contatada. Fora Alexis! E ele iria agarrar aquela oportunidade de ouro para lhe provar que ela não estava fazendo aquilo sozinha. E, desta vez, Alexis iria tomar medidas drásticas. Começar com aquelas frases. Fazer o discurso do século. Mandar: "É o bem-estar dos nossos filhos que está em jogo! Você não tem o direito de fazer os dois pagarem pelas suas burradas...".

Nora estremeceu com a ideia.

O suspense, felizmente, durou pouco. Tiphaine atendeu no terceiro toque e, pelo que ouviu da conversa, Nora entendeu que Nassim e a vizinha estavam na casa dela, bem ao lado. Ela relaxou instantaneamente. Soltou um suspiro de alívio e voltou a sorrir.

— Pronto, eles estão na sua casa — confirmou Sylvain, desligando. — Parece que a Tiphaine te enviou uma mensagem de texto para avisar.

— Ah, é?

Confusa, ela revirou a bolsa, pegou o celular e o desbloqueou. A tela indicava que havia uma nova mensagem.

— Sim, erro meu, não pensei em olhar minhas mensagens.

Mais tranquila, Nora se preparou para se despedir. Sylvain mostrava um olhar preocupado, os lábios franzidos e o rosto contraído. Percebendo que estava contrariado, Nora não tentou esconder seu desconforto.

— Sinto muito por ter te incomodado... O combinado era que a Tiphaine ficaria com o Nassim na sua casa e que eu viria buscá-lo depois do trabalho... Eu deveria ter olhado as minhas mensagens!

Sylvain ficou com uma expressão tranquilizadora na hora.

— Você não precisa se desculpar, Nora, eu...

Ele parou, obviamente sem saber o que dizer, e olhou para Nora com uma doçura e um toque de confusão. Ela também olhava para ele intrigada, esperando uma sequência que não vinha. Na cabeça de Sylvain, as palavras se misturavam para encontrar uma frase feita que justificasse uma situação absurda, mantivesse as aparências... E, depois, a vertigem insensata de não dizer nada, não explicar, não contradizer. Não mentir. Prolongar aquele momento em que os subterfúgios ruíam na sinceridade de uma emoção, a vontade de ser você mesmo, o desejo de ser verdadeiro.

— Tiphaine não te avisou que iria buscar Nassim na escola hoje e quinta-feira, não é? — supôs Nora, ao mesmo tempo gentil e lamentando.

À menção de quinta-feira, a expressão de Sylvain ficou imperceptivelmente perturbada: era óbvio que ele estava sabendo das coisas pouco a pouco.

Ele levou alguns segundos para responder, ainda dividido entre a educação do decoro e a embriaguez das confidências.

— Entre mim e Tiphaine, é... Não é mais como antes.

Nora assentiu.

— Eu sei como é isso.

Depois, eles se calaram.

19

Quando Tiphaine voltou para casa 15 minutos depois, Sylvain a esperava. Ele aguardou enquanto ela entrava, tirava a jaqueta e a bolsa, e até mesmo se servia de uma bebida na cozinha.

— Você não me disse que iria pegar o Nassim na escola...
— Não.

Sylvain ainda esperou que ela acrescentasse alguma coisa, mas a esposa continuou em silêncio.

— De acordo com a Nora, você iria cuidar dele aqui em casa.
— O Nassim queria esperar a mãe dele em casa. Todos os jogos e os brinquedos dele estão lá, ele iria ficar mais à vontade. E, depois, não vejo por que deveria tê-lo forçado a ficar na nossa casa...
— Talvez simplesmente porque não se vai à casa das pessoas sem informá-las antes. Simplesmente porque se deve perguntar o que elas acham.
— Eu mandei uma mensagem para ela — respondeu Tiphaine, tomando um gole de bordeaux.
— Ah, tá bom! Você sabia que ela não se oporia, você estava fazendo um favor para ela.
— Exatamente!

Eles trocaram um olhar desconfiado, um julgando o outro.

— E, de qualquer maneira, o que tem de mau? — explodiu Tiphaine.
— O que te incomodou no fato de eu ter ido buscar o filho da vizinha? Qual é o problema?

— Você sabe muito bem qual é o problema — retrucou ele, tentando manter a calma.

— Não! — afirmou ela com convicção. — Não, não sei qual é o problema. Eu estou fazendo um favor para uma vizinha porque ela me pediu. Foi ela que me ligou!

— Você aproveitou a chance!

— Mas é claro que não! — vociferou ela.

O tom estava subindo perigosamente. Sylvain, por sua vez, explodiu.

— Então, me explica por que você foi exatamente lá, na casa *dela*. Por que naquela casa? Dez dias atrás, quando ela nos convidou, você alegou que nunca mais botaria os pés lá de novo, e agora... Aquela não é uma casa qualquer e você sabe muito bem disso!

— Me deixa em paz, Sylvain — ela se defendeu agressiva. — Eu não tenho que te dar satisfações!

— Ah, não? E desde quando isso?

Tiphaine estava prestes a proferir uma resposta mordaz quando, de repente, parou e prendeu a respiração. Quando o ar saiu de seus pulmões, seu tom havia mudado estranhamente.

— Sylvain, está tudo bem, eu te garanto. Não vejo por que você está preocupado.

Ela falou com uma doçura surpreendente, que contrastava com a animosidade que a tomara alguns instantes antes. Sylvain levou tempo para entrar no mesmo ritmo.

— Mas é claro que eu estou preocupado — ele se defendeu, ainda exasperado. — Não tenho certeza se é uma boa ideia.

Desta vez, Tiphaine soltou numa gargalhada que não era de fato natural, mas que teve a vantagem de deixar o clima um pouco mais relaxado.

— Uma boa ideia para quê? Que droga, Sylvain! Você está ouvindo? Não fiz nada além de buscar o Nassim e esperar Nora na casa deles. Só isso! É uma coisa normal entre vizinhos!

Sylvain não pôde deixar de soltar uma risadinha irônica.

— Entre vizinhos...

Tiphaine o fulminou com um olhar glacial.

— Você é um pé no saco.

Ela saiu da sala e foi para o segundo andar. O eco de seus passos furiosos nos degraus ressoou no silêncio da casa. Se Milo ainda não estivesse sabendo da discussão deles, agora já estaria a par. Sylvain esperou ainda outro breve instante antes de ouvir uma porta bater no andar de cima. Depois, tudo voltou a ficar calmo.

Cansado, ele abriu a cristaleira, pegou uma taça e a encheu com o bordeaux de Tiphaine. Então, pensativo, foi até a janela de vidro da sala de jantar e olhou para fora.

Ainda estava claro. Diante dele, o jardim resplandecia em cores, fragrâncias e relevos. Tiphaine havia reproduzido quase que à risca o jardim da casa ao lado, com as plantas ornamentais de um lado, a horta do outro, a fileira de arbustos ao fundo, que disfarçava a caixa de compostagem. Durante os primeiros anos que eles passaram naquela casa, houve como que um fenômeno de vasos comunicantes: à medida que o seu antigo jardim ia ficando mais escasso, o deles ia sendo enriquecido com novos desenhos, canteiros novos em folha e ainda mais trepadeiras.

Além disso, a casa deles inteira parecia com a vizinha na época em que ainda moravam lá. Eles haviam tomado a decisão de se mudar para lá por vários motivos. Primeiro, porque tinham conseguido a tutela de Milo e a casa pertencia a ele. A partir daquele momento, três soluções estavam à disposição deles. Tinham a opção de colocá-la para alugar, mas o trabalho que tal empreitada exigia logo os desencorajou.

Além disso, podiam vendê-la. Mas a decisão cabia a Milo. Era a casa dos pais dele, era ele quem deveria decidir se queria ficar com o imóvel ou abrir mão dele. Uma decisão que ele só poderia tomar quando ficasse mais velho. Assim decidira o conselho tutelar. Portanto, essa opção foi descartada.

A última solução era a de se mudarem para lá. Essa opção também tinha prós e contras. Os "acontecimentos" que ocorreram ali não pesavam a favor, e aqueles ocorridos na casa deles mesmos eram ainda mais difíceis de suportar. O antigo quarto de Maxime, que eles haviam em seguida ajeitado para acomodar Milo, ficara desocupado por muitos meses. Quando trouxeram o menino logo depois dos "acontecimentos", tudo era pretexto para que ele não ocupasse de fato o quarto. À noite, ele tinha muitos pesadelos e Tiphaine aproveitou esse motivo para colocá-lo para dormir com os dois. A princípio, Sylvain não viu nada de errado naquilo. A prioridade era tranquilizar o menino, protegê-lo e cuidar dele o máximo possível.

A situação se arrastou. Sylvain tentou dar início a um retorno ao "normal", evocando várias vezes a possibilidade de finalmente acomodar Milo naquele quarto vazio. A violência da reação de Tiphaine não lhe deixou esperança alguma. Ele compreendeu, então, que não era a criança que precisava de Tiphaine, mas o contrário. Não havia sido pelo menino que ela o fizera dormir no quarto do casal, era ela quem se agarrara a ele com a força do desespero, como alguém se agarra a uma tábua de salvação para não se afogar.

A vida sexual dos dois, já moribunda, não sobreviveu.

Quando eles se tornaram oficialmente os tutores legais de Milo, coube aos dois cuidar dos bens dele, incluindo a casa. Durante as semanas anteriores, Sylvain já tinha considerado a ideia de se mudar, a saída única e definitiva, de acordo com ele, para se livrar do marasmo no qual eles vegetavam havia tempo demais. Solução que Tiphaine também se recusou a levar em conta argumentando que uma enésima mudança na vida do menino seria nociva para ele. Ela falou em desenraizamento, apresentou o argumento de que era essencial que Milo mantivesse suas referências, seus hábitos, que só poderiam se perpetuar no âmbito familiar. Desta vez, Sylvain cedeu.

Mas, quando a questão da casa vizinha surgiu, ele não largou o osso. Qual âmbito seria mais familiar do que aquele? Para Sylvain, tornou-se urgente deixar a casa em que o filho morrera, nem que fosse para se mudar para a vizinha. Era, sobretudo, o quarto que deveria ser evitado. Aquele quarto que, apesar de todos os seus esforços, Tiphaine conservava como um mausoléu, proibindo implicitamente que Milo tivesse acesso a ele. Como último recurso, ele não lhe deu opção: ou eles se mudavam para a casa vizinha, ou ele a deixaria. Apavorada com a ideia de se ver sozinha na desgraça de seus tormentos, Tiphaine se resignou. Assim, Milo voltou para sua casa, seu quarto, seu universo.

No início, Sylvain tinha a esperança de que a situação dos dois, por fim, melhoraria. Não voltar a ser como antes, aquilo ele nem sequer conseguia imaginar. Nada nunca mais seria como antes. Mas talvez eles finalmente estivessem começando um novo período da vida, deixando para trás a dor, o ódio e o remorso...

O que não aconteceu.

O relacionamento dos dois continuou a decair, implacavelmente. Era óbvio que a parede que separava as duas casas geminadas não era grossa o bastante para conter o inferno que ele pensava ter deixado para trás. E, mesmo que o antigo quarto de Maxime não estivesse mais lá para lembrá-los do paraíso perdido, eles se afastaram um do outro e nunca mais se encontraram.

Desta vez, Sylvain baixou os braços e aceitou sua sorte, como o culpado que recebe com alívio a sentença que, por fim, fará com que ele expie suas faltas.

20

Para a quinta-feira seguinte, ficou acertado desde o início com Nora que Tiphaine cuidaria de Nassim na casa da vizinha. Naquele dia, ela saiu do trabalho às quatro da tarde em ponto, foi direto para a escola buscar o menino e o levou para a casa dele. Como da primeira vez, tocou a campainha para avisar Inès que ela estava ali caso a jovem já tivesse voltado do colégio. E, como da primeira vez, ninguém atendeu. Tiphaine enfiou a chave na fechadura, abriu a porta, passou Nassim na sua frente e depois entrou na casa.

Desta vez, uma sensação estranha a dominou quando ela chegou à cozinha. Uma sensação de falta, parecida com um desconforto furtivo causado pela privação. Uma dor quase física. Nervosa, Tiphaine tentou se recompor.

— Você quer comer alguma coisa? — ela perguntou a Nassim, abrindo a geladeira para sondar o que havia dentro.

O garoto aceitou. Ela preparou um lanche e, enquanto ele o devorava com apetite, sentado à mesa da cozinha, ela se acomodou à sua frente. Quantas vezes havia dividido um momento como aquele com seu filho, naquele mesmo lugar, perguntando como ele estava e como tinha sido seu dia! A única diferença era que Nassim estava de frente para a janela, enquanto Maxime se sentava de costas para ela.

— Correu tudo bem na escola? — ela perguntou a Nassim.

A criança assentiu. Claramente, ele não era muito comunicativo, ao contrário de Maxime, que tinha o hábito de lhe contar detalhadamente cada episódio marcante do seu dia.

— O que você fez? Me conta?! — ela insistiu.
— Eu estudei.
— Não duvido! Mas o que mais? No recreio? No refeitório?
— Hum... Nada de especial. Tudo como sempre, ué!
— Hum... E como costuma ser?
— Hum... Sei lá.

Fim de papo. A falta de participação do menino irritou Tiphaine, que sentiu seu nervosismo aumentar um pouco. Ela observava enquanto ele devorava sua tigela de cereal, a cabeça erguida, o olhar evasivo, perfeito demais, bem-comportado demais... Tiphaine abriu um sorriso pesaroso e ofereceu um pouco de suco de laranja a Nassim, que ele recusou educadamente.

Depois que Nassim tomou o lanche, eles foram para a sala e passaram a fazer o dever de casa. Então, quando terminou, Nassim se sentou diante do PlayStation. Tiphaine voltou para a cozinha, colocou o cereal no armário, o leite na geladeira, depois a tigela e a colher na pia. Ela se deparou com um pouco de louça suja e, quase com naturalidade, lavou tudo e colocou no escorredor de pratos. Então, ficou sem saber mais o que fazer.

Ou melhor, se deveria. Tinha uma coisa que ela estava com vontade de fazer. De ver, na verdade. Um lugar que ela não conseguia tirar da cabeça e que a atraía irresistivelmente. Na terça-feira, quando ela tinha ido tomar conta de Nassim pela primeira vez, ficara pensando no quarto no andar de cima. A necessidade de cuidar do menino assim como a exploração que fizera do térreo haviam desviado sua mente para outras lembranças. Agora, sem saber muito bem por que, a obsessão começara a se manifestar quase no instante em que ela entrou na casa. Talvez Sylvain não estivesse de fato errado em avaliar que voltar ali não era uma boa ideia...

Tiphaine correu para a sala de estar, como se a cozinha, e, portanto, a proximidade do hall que levava à escada, já não fosse um lugar seguro. Ela ficou parada alguns minutos atrás de Nassim, olhando distraidamente para improváveis alienígenas sendo destruídos por armas também improváveis.

Então, ela pegou um livro da estante, quase aleatoriamente, e se acomodou na poltrona.

Ela não lia uma linha, mas poder ser surpreendida sem que sua atitude parecesse estranha a quem quer que fosse a deixou um pouco mais tranquila. Sentiu que voltava a ser senhora de suas emoções e foi capaz de deixar seus pensamentos vagarem mais livremente. Seu olhar, por sobre o livro, percorria as paredes da sala, o chão, o teto... Tudo estava tão diferente. Até o cheiro da casa não era mais o mesmo.

Então ela se levantou da poltrona, deu a volta e começou a empurrá-la para a sala de jantar, para o canto onde ficava a velha cadeira de balanço de sua avó.

— O que você está fazendo?

Nassim estava parado entre as duas salas, com o joystick na mão, encarando-a de olhos arregalados. Surpresa, Tiphaine olhou para o garoto, se virou para a poltrona e depois de volta para Nassim.

— Bom, você está vendo, estou mudando a poltrona de lugar.

Um breve momento de silêncio.

— Por quê? — emendou Nassim.

Tiphaine levou um tempinho para responder.

— Porque... Porque ela fica melhor ali... Não acha?

Então, diante do silêncio de dúvida do menino, ela acrescentou:

— Não se preocupe: vou colocá-la de volta no lugar antes que sua mãe volte... Você gostou dela aqui?

A criança fez uma cara que expressava mais oposição do que aprovação e voltou a jogar sem acrescentar mais nada. Tiphaine observou o menino se afastar, lutando contra um sentimento de desânimo. Aquele garoto parecia não ser movido por emoção alguma... Era como um sabonete que escorrega das mãos sem que seja possível agarrá-lo.

Com a determinação renovada, ela voltou para a sala e ficou diante de Nassim.

— O que você gosta de ler?

O menino lançou para ela um olhar confuso.

— Pare de me olhar sem expressão toda vez que eu falo com você! A gente pode se comunicar, não é? Você lê livros de vez em quando? Romances, quadrinhos?

— Sim, eu gosto de quadrinhos...

— E o que você está lendo agora?

— *Titeuf*.

— Eu conheço *Titeuf*! — exclamou ela com um entusiasmo desmedido.

— O Milo leu muito uma época. Você tem alguma revista em quadrinhos aqui?

— Sim. No meu quarto.

O coração de Tiphaine ficou apertado.

— Quer... Quer ir buscar um quadrinho para mim?

— Qual?

— O que você quiser.

Nassim hesitou alguns instantes, dividido entre a vontade de continuar jogando e a obediência que a educação lhe impunha. Depois ele se levantou, deixando o controle no tapete, e seguiu em direção ao hall de entrada.

Ele voltou alguns minutos depois e entregou um almanaque a Tiphaine, que o apanhou e agradeceu. Em seguida, ele se voltou para a tela da televisão.

Tiphaine se acomodou na poltrona que ela mudara de lugar e mergulhou na leitura da história em quadrinhos. Desta vez, ela estava lendo de verdade. De vez em quando, soltava uma exclamação, seguida de uma risadinha... Depois de um tempo, intrigado, Nassim foi até onde ela estava, deixando seu personagem virtual ser dizimado por alienígenas...

— Por que você está rindo? — perguntou ele.

Tiphaine percebeu na hora que ele estava sendo menos formal.

— Porque é engraçado... Já leu essa história aqui?

Ele se aproximou e se inclinou para ver de qual se tratava...

— Ah, já! Essa aí é engraçada mesmo!

— E essa aqui também, eu ri muito dela — continuou Tiphaine, voltando algumas páginas.

Ela virou a revista levemente na direção de Nassim para que ele conseguisse ler. O menino deu uma olhada e começou a gargalhar.

— Sim, é muito boa essa! É uma das minhas preferidas.

— E a sua? Qual é?

110 *Barbara Abel*

— Esta aqui!

Ele apanhou o quadrinho e folheou até encontrar a história que estava procurando. Enquanto folheava o livro, Tiphaine o observava sem ele perceber, feliz por notar que o garotinho começava a desanuviar. Quando ele indicou uma página, ela pegou o livro, leu a piada e riu com vontade.

— Nada mal! Você já leu todas deste almanaque?

— Quase.

— Quer que eu leia para você as que ainda não conhece?

— Quero, sim...

Tiphaine abriu espaço para Nassim caber.

O menino sentou-se ao lado dela.

Então ela passou o braço ao seu redor e começou a ler para ele.

E, naquele exato momento, Tiphaine voltou a sentir uma felicidade que não experimentava havia muito tempo.

21

ABRINDO A PORTA, algo inesperado atingiu de imediato os sentidos de Nora. Primeiro, o cheiro. O da cozinha. O cheiro de alguma coisa sendo cozida em fogo baixo ou qualquer coisa do gênero. Com aquela sensação de calor levemente úmido, agradável e convidativo... Ela pendurou seu colete no armário, virando o rosto para ver o que estava acontecendo na cozinha.

Por uma fresta, Nora viu Tiphaine, com seu avental na cintura e as mãos protegidas por luvas de forno, retirando uma panela do fogo. Na verdade, o cheiro era de sopa. Surpresa, Nora continuou até a porta, que ela escancarou.

— Tiphaine?

Esta se voltou enquanto pousava a panela na mesa e cumprimentou Nora com gentileza precipitada.

— Boa noite, Nora. Você está bem?

— ... Sim...

— Mãe!

Nassim, que tinha aparecido saindo da sala de jantar, foi abraçar a mãe.

— Eu me dei a liberdade de fazer uma sopa — disse Tiphaine, tirando as luvas de cozinha. — Encontrei alguns legumes na geladeira, batatas embaixo da pia... É o que você tinha planejado para esta noite?

— Não... Sim...

Nora pareceu se livrar do espanto e logo estampou uma expressão de gratidão contrita.

— Mas, Tiphaine! Não precisava! Você já está fazendo tanto!

— Está brincando?! Assim, eu não fico sem fazer nada.

— Não, sinceramente, eu fico sem jeito! Não vou mais ter coragem de te pedir um favor!

— Pode parar de bobagens, tá?

Tiphaine tirou o avental, depois procurou onde deveria colocá-lo... Para evitar qualquer constrangimento, Nora se apressou e o apanhou de suas mãos.

— Obrigada — sorriu Tiphaine.

Então, depois de um segundo de hesitação:

— Tudo bem! Já vou indo então, meus rapazes estão me esperando...

De repente, ela olhou para Nora, constrangida.

— Ah! Desculpa!

Nora não entendeu imediatamente. Ela encarou Tiphaine com certa admiração, tentando entender o que havia provocado aquela reação enquanto, no eco de seus pensamentos, a última frase da vizinha ainda ressoava.

"...meus rapazes estão me esperando..."

De repente ela entendeu. E, mesmo que a frase de Tiphaine não o tenha sido de forma alguma, suas desculpas a tornaram terrivelmente ofensivas.

Tiphaine se deu conta no mesmo momento. Elas ficaram caladas, procurando desesperadamente uma resposta imediata para espantar o constrangimento...

Nora fez uma tentativa, mas só piorou as coisas.

— Não tem problema nenhum, Tiphaine... Essa é uma obrigação da qual estou livre. E muito bem sem ela, obrigada!

Ao mesmo tempo, Nora se deu conta de que ela devolvia a gafe. E o fato de estar a par das dificuldades conjugais por que Tiphaine estava passando com Sylvain aumentava ainda mais sua confusão, como se ela estivesse com pena da vizinha por ter que suportar os aborrecimentos da vida a dois.

— Desculpe, Tiphaine... Estou dizendo bobagem!

— Não, a culpa é minha, foi muita falta de tato da minha parte.

Eles ignoraram o ocorrido com um sorriso conivente, e Tiphaine se despediu.

— Espero que a sopa tenha ficado boa! Se você precisar de novo que eu vá buscar Nassim, não pense duas vezes!

— É muita gentileza... Mas para amanhã já está tudo arranjado, a Mathilde vai cuidar dele.

— A Mathilde? Ela não mora perto, não é?

— Ah, não é tão longe assim... Ela mora no bairro de Mésanges.

— Mas que bobagem! Você vai ter que dar uma volta enorme para trazer o Nassim de volta. Se quiser, eu busco ele amanhã também...

Pega de surpresa, Nora hesitou.

— Mas é um absurdo! — insistiu Tiphaine. — O Nassim está na casa dele... Você só tem que voltar assim que terminar seu trabalho, não me incomoda nem um pouco!

— Tem certeza?

— Mas se sou eu que estou oferecendo.

Nora enrolou antes de aceitar a proposta da vizinha. Depois, ela a acompanhou até a porta.

— Tem certeza de que não se importa? — ela perguntou mais uma vez enquanto Tiphaine percorria os três metros que a separavam de sua própria casa.

— Pelo contrário — ela garantiu convicta.

Então, enquanto enfiava a chave na fechadura, acrescentou:

— Vai ser um prazer!

22

ALEXIS RAPOSO JÁ TINHA FEITO ALGUMAS PESQUISAS na internet, e suas investigações lhe forneceram informações bastante interessantes. Ele ficou sabendo que Sylvain Geniot era arquiteto, consultou o site de sua empresa e leu alguns artigos publicados na imprensa do nicho. Sem muito interesse. Já em relação a Tiphaine, ele encontrou apenas um site que mencionava seu nome, mas que chamou sua atenção: era o do viveiro da cidade. Assim, ele descobriu que ela era uma horticultora e deduziu que tinha um bom conhecimento sobre plantas. A informação o deixou curioso.

Durante suas sondagens, ele se deparou com uma notícia que o deixou em alerta. O artigo, publicado oito anos antes no jornal local, relatava o mais temível acidente doméstico que se podia imaginar: Maxime Geniot, então com seis anos, morrera depois de cair da janela de seu quarto no segundo andar da casa da família. A matéria dava poucas informações, exceto que a criança havia morrido logo após a queda e que, apesar da chegada imediata de socorro, nada pôde ser feito para salvá-la.

Depois de observar as diferentes informações coletadas na internet, Alexis foi levado a uma espécie de equação que atiçou sua perplexidade: os Geniot tinham perdido um filho algumas semanas antes de Milo Brunelle perder seu pai.

Quanto a um vínculo entre as duas famílias, não descobriu nenhum.

Naquela semana, ele refletiu bastante sobre o mistério que cercava a relação entre os Brunelle e os Geniot. E suas reflexões desembocaram em duas possibilidades, a primeira delas tão simples quanto lógica: Tiphaine era a mãe de Milo Brunelle. Depois da morte de seu primeiro marido, ela havia se casado de novo com Sylvain Geniot e, assim, adotado seu sobrenome, enquanto o filho mantivera o do pai. Alexis prometeu a si mesmo verificar essa suposição, que, se confirmada, poria fim a seus questionamentos.

Caso contrário, se Tiphaine não fosse a mãe de Milo, então Sylvain e ela eram os tutores. Era bastante improvável que os Geniot tivessem adotado o menino, ou ele teria o sobrenome deles. A partir de então, a única maneira de saber o que ligava os Geniot aos Brunelle era consultar os arquivos do conselho tutelar que tinham sido obrigatoriamente registrados por ocasião da determinação da tutela.

O que, aliás, também levava a outras perguntas: se Tiphaine não era a mãe de Milo, por que a criança não ficou com ela? Onde é que ela estava? Na época, Alexis tinha apenas sido comunicado por uma notificação breve de que, após o falecimento por suicídio de seu cliente, o caso havia sido encerrado. Com o nascimento de Nassim, o advogado não fora atrás de outras informações e também arquivara o processo.

Por outro lado, o caso renascera das cinzas e despertava um novo interesse. Nem que fosse só para descobrir quem era aquele grande idiota que estava rondando sua esposa.

O único problema imediato: o tempo. Desde que Nora fora embora, Alexis tivera que reorganizar sua vida. Cuidar sozinho das crianças a cada duas semanas era um verdadeiro desafio para ele. Assim como fazer as compras, cozinhar, manter a casa minimamente em ordem, mesmo que a faxineira fosse duas vezes por semana... Ele também tinha que organizar seus horários de acordo com a presença dos filhos. Na semana em que ficava com eles, precisava sair do trabalho muito mais cedo, com aquela sensação irritante de não ter feito nem metade do que deveria fazer. Então, na semana em que não ficava com eles, redobrava o esforço e estendia enormemente a jornada de trabalho, passando a maior parte do seu tempo estudando os casos e redigindo seus argumentos.

Ele concentrava a maioria de seus compromissos naquela semana para não correr o risco de ficar até muito tarde quando as crianças estivessem na casa dele. Inès não gostava de ficar sozinha em casa, pelo menos aquele tinha sido o pretexto que ela lhe dera, quando ele disse de manhã que só voltaria no fim da tarde, para ficar na rua com as amigas ou — pior! — com os amigos. Já Nassim não gostava de ficar na creche depois da escola e deixava isso sempre claro para o pai quando ele ia buscá-lo bem depois do fim da aula. Daí o menino preferir a semana na casa da mãe em vez da que passava com ele era uma situação que não era concebível. E a que Alexis mais temia.

Como quem não quer nada, ele sentia falta dos filhos. Terrivelmente. Tudo bem, ele os via muito menos na época em que ainda eram uma família de verdade. Mas os via todo dia. E sabia que estavam bem. Ele os beijava. Trocava algumas palavras com eles. E, à noite, quando chegava muito tarde, pelo menos com Nassim, ele se esgueirava no quarto do filho e o via dormir por alguns instantes, aproveitando aquela sensação de paz e felicidade que o invadia enquanto apreciava a expressão serena no rosto do menino.

Tudo havia mudado. Quando Inès e Nassim não estavam lá, o silêncio da casa, a ausência de Nora, a escuridão que o acolhia quando ele voltava para casa, tudo isso gerava nele uma sensação de opressão que dificilmente o deixava. Por ironia, a solidão é um torno que o aperta quando deveria lhe proporcionar espaço e liberdade.

Por outro lado, nas semanas "em que ficava com os meninos", era uma verdadeira corrida contra o tempo que começava de manhã bem cedo e só terminava quando a noite caía. Ainda que Inès fosse bastante autônoma — embora houvesse a necessidade de conferir se o dever de casa estava feito e se ela não ia para a escola vestida como uma verdadeira prostituta —, Nassim ainda exigia muita atenção. E amor. O pai tinha a impressão de que era ele quem mais sofria com a separação. Depois de Alexis, é claro. Em alguns momentos da semana, Nassim mergulhava numa melancolia apática que o preocupava. Alexis, então, ficou terrivelmente irritado com Nora por ter destruído aquela família, que ele acreditava ser forte e unida.

Depois da raiva vinha o arrependimento. E ele também não tinha coisas pelas quais ser repreendido? Segundo Nora, não havia sombra de dúvida, porque, além da passagem do tempo e do embotamento do desejo, ele era o grande responsável por aquela separação. O principal argumento da esposa era o de que ela não via onde estava o problema, já que, de todo modo, ele nunca estava em casa. Portanto, ele não sentia nenhuma necessidade de ver as crianças e ela, e, como consequência, não sentiria nenhuma falta no que dizia respeito a eles. Reflexão cruel, porque ela sabia muito bem que, quando perdemos as coisas, nós as desejamos ainda mais. Sobretudo as pessoas.

Como, do desejo e da necessidade de vê-lo com mais frequência, ela havia passado para o desinteresse e a rejeição?

E então, honestamente, o que ele poderia fazer a respeito? O trabalho dele era exigente e ele o adorava, isso era um fato. Mas onde estava o mal? Não era isso com que todo mundo sonhava, uma profissão estimulante que, além do mais, rendesse cada mês na conta do banco uma sucessão de números nada desprezíveis? Quando surge um negócio da China, como é que você o recusa? Alexis adorava seu trabalho. E, sobretudo, com o passar dos anos, os inocentes injustamente acusados haviam se avolumado. Ele tinha ganhado um bom número de processos e o sucesso lhe trouxera outros casos interessantes. Assim, ele adquiriu um posto e renome na profissão. O que aconteceu foi exatamente o que ele e Nora esperavam quando, no início de sua vida juntos, mal conseguiam fechar as contas. E, uma vez que o objetivo tinha sido alcançado, ela o culpava pelas consequências? Era um pouco demais! Tudo bem, ele havia sido preso em uma engrenagem de que às vezes tinha pouco controle, mas aquilo não era empolgante? O que fazia a vida valer a pena? O que o fazia se sentir vivo?

O que ela queria? Um funcionário público? Um marido pontual, que ela, no fim das contas, acabaria achando grudento?

Ele nunca teria renunciado a seu trabalho. Seria como amputar-lhe um membro, deixá-lo no vácuo, privá-lo de ar. Era aquele trabalho que lhe dava seu valor, sua personalidade. Um trabalho que não tinha meio-termo, não das oito horas da manhã às quatro horas da tarde. Era preciso mergulhar nele de cabeça, se jogar, não poupar forças nem tempo. Ele se sentia predestinado àquela vocação. Seu sobrenome era a prova disso: não tinha sido o grande Raposo quem, com astúcia, conseguira fazer o sócio desembolsar um capital substancial, conquistando assim a vitória da astúcia sobre a segurança?

Alexis Raposo se gabava de ser astuto. Em várias ocasiões, ele havia ganhado processos por caminhos sinuosos que fizeram seus oponentes caírem do cavalo. Além do mais, ele tinha uma mente sagaz capaz de fazê-lo ver uma situação a partir de diferentes ângulos. Tinha, também, uma capacidade de empatia que lhe permitia se colocar no lugar das pessoas e considerar o ponto de vista de cada parte, o que era particularmente eficaz para prever reações adversas. E, sobretudo, Alexis Raposo tinha faro, uma espécie de sexto sentido que fazia tocar um alarme interno sempre que algo lhe parecia ambíguo. E dava para dizer que raramente se enganava.

No caso "David Brunelle", seu faro lhe dizia que alguma coisa não estava certa.

Naquela semana, ele só conseguiu se debruçar sobre sua pequena investigação pessoal na sexta-feira. Entre duas reuniões, ele correu para a prefeitura e pediu um extrato da certidão de nascimento de Milo Brunelle. Com o documento debaixo do braço, foi ao cartório de registro civil, pedindo a todos os santos para encontrar Amélie, a funcionária ruiva que o conhecia e que gostava dele. Ele não tinha de fato nenhum direito de reclamar aquele documento se não estivesse atuando como advogado do pai de Milo. Outro problema: ele não sabia a data de nascimento do menino. Contava apenas com o sobrenome e o primeiro nome, bem como os de seu pai, a data de nascimento deste e seu endereço.

Quando chegou diante do guichê, ele soltou um suspiro de alívio: Amélie, no posto, acenou para ele ao vê-lo. Quando chegou sua vez, ele abriu a pasta e espalhou diante da funcionária os poucos documentos oficiais relativos ao seu ex-cliente.

— Há oito anos, fui encarregado de defender um homem chamado David Brunelle, acusado — injustamente, na minha opinião — de assassinato por envenenamento. Ele faleceu pouco depois, vou te poupar dos detalhes. Então o caso foi arquivado. Só que um novo elemento está me assombrando e eu gostaria de…

— Está te assombrando! — riu a bela ruiva. — Você deve ser a única pessoa no mundo que ainda usa essa palavra!

Alexis deu uma risadinha que pretendia ser conivente, mas a interrupção da jovem o irritara.

— Digamos que esteja me importunando.
— Está te intrigando, ora!
— Pronto. Está me intrigando. E eu queria passar a limpo. Para fazer isso, eu precisaria da certidão de nascimento do filho dele. Você acha que é possível?
— Mas o que é isso, senhor Raposo? O senhor sabe muito bem que se não for a pessoa em questão ou seu parente, ou quem sabe seu advogado, não posso lhe confiar esse documento.
— Eu sei disso, Amélie. Para dizer a verdade... — Ele fez uma pausa e abriu um sorrisinho cúmplice. — Para dizer a verdade, eu não preciso de fato dessa certidão de nascimento. Só preciso do nome da mãe do menino.
— O nome da esposa do seu cliente, para resumir?
— Isso seria o lógico... Desde que ela seja a mãe biológica da criança.
— Entendo.
Ela olhou para Alexis Raposo fazendo um bico de quem está em dúvida: obviamente, ela hesitava. Ao mesmo tempo, uma simples informação oral não poderia lhe render problemas. Além disso, ela gostava bastante daquele advogado. Ele sempre era gentil com ela, uma simples funcionária da prefeitura. Ele a tratava com consideração e respeito, ciente do valor de seu trabalho e da utilidade de sua tarefa. Não como certas pessoas que não se constrangiam em expressar, por meio de um olhar, de um comentário ou de uma entonação, todo o desprezo, ou até simplesmente a indiferença, que sentiam por ela.
— Tudo bem! — ela decidiu. — Vou ver o que posso fazer. Qual é o nome dele?
— Milo Brunelle.
Alexis soletrou o nome, depois o sobrenome, assim como o do pai do menino, enquanto Amélie anotava as informações em um *post-it*.
— A data de nascimento?
— Justamente... Eu não sei.
Ela lhe lançou um olhar de reprovação, mas não fez comentário algum.
— Me espere aqui dois minutos.
Então ela desapareceu na sala ao lado.

Os minutos se passaram. Por fim, ela reapareceu com o sorriso vitorioso de quem conseguiu cumprir uma missão delicada.

— Pronto, consegui a informação que você estava procurando. A mãe biológica de Milo Brunelle chama-se Laetitia Marlot, sobrenome de casada: Brunelle.

Alexis logo anotou as informações em uma das folhas de seu documento. Então recompensou a jovem com um sorriso de reconhecimento.

— Obrigado, Amélie. Que preciosidade você é!

— O que você vai fazer com a informação? — perguntou ela, curiosa.

— Nada demais... Eu só queria verificar um detalhe.

— Eu só estou perguntando porque, se você vai atrás dela, nem adianta...

Alexis, que já estava colocando as folhas do documento nas pastas, ergueu o rosto, intrigado.

— Ah, é? E por quê?

Amélie abriu um sorriso largo que revelava todo o orgulho de poder mostrar sua eficiência.

— Porque ela faleceu. Oito anos atrás. Suicídio.

23

INÈS ESTAVA MAIS OU MENOS RECUPERADA de sua humilhação e, nos últimos três dias que haviam se passado, tentara relativizar a afronta. No fim das contas, talvez ela tivesse ido até lá em uma hora ruim e Milo tenha sido pego de surpresa com aquela visita inesperada, sem saber como reagir. Os garotos podiam ser desajeitados, ela já tinha notado, o que não significava que eles sentiam o que o comportamento revelava. Quando a raiva passou, e com grande generosidade, ela decidiu dar a ele uma segunda chance. Pelo menos Inès gostava de enxergar as coisas desse jeito.

Naquela sexta-feira, quando saiu do colégio, ela decidiu agir de um jeito diferente. Foi direto para casa e, como esperava, encontrou Nassim na frente do PlayStation. Tiphaine, por sua vez, estava sentada à mesa da cozinha, afundada em um jornal. Ela recebeu Inès calorosamente e, abandonando a leitura, lhe ofereceu na hora um lanchinho, que a jovem aceitou de bom grado. Tiphaine preparou uma xícara de chá para cada uma delas e serviu com biscoitos, que elas degustaram enquanto trocavam algumas trivialidades sobre as aulas, a vida no bairro e o clima. Então Inès levou a conversa para o assunto que lhe interessava.

— E o Milo? Ele está bem?

— Acho que sim — respondeu Tiphaine, tomando seu chá pelando em golinhos prudentes. — Sabe, ele está na idade em que não conta aos pais sobre a vida dele, muito menos para a mãe.

— Eu não conheço ele bem, mas acho que não é do tipo que conta a ninguém sobre a vida dele...

— E por que você está dizendo isso? — perguntou Tiphaine, intrigada.

— Não sei... É só uma impressão...

Elas ficaram em silêncio por alguns instantes, depois Inès acrescentou:

— Ele está em sua casa agora?

Tiphaine consultou o relógio.

— Imagino que sim... Por quê?

— Por nada...

A adolescente mordiscou o lábio inferior. Ela sabia que estava tomando o rumo errado, e estava claro que Tiphaine não faria nada para ajudá-la.

— Por que você não toca a campainha lá de casa? — propôs de repente Tiphaine. — Tenho certeza de que ele vai ficar feliz de te ver.

— Você acha?! — exclamou Inès, surpresa ao ouvir Tiphaine, por fim, lhe dizer o que ela estava esperando. — Será que não vou atrapalhar ele?

— De jeito nenhum! Posso ligar pra ele se você quiser...

— Não, não vai ser necessário. Você quer que eu fale alguma coisa pra ele da sua parte?

Inès já havia deixado a mesa para seguir para o hall.

— Sim, você pode pedir para ele tirar a louça da máquina.

A jovem fez uma careta: não era bem o tipo de recado que queria dar a Milo, mas contentou-se com ele. Correu para a porta da frente e saiu para a rua. Depois, diante da casa vizinha, ela respirou fundo antes de tocar a campainha com vontade. Na calçada em frente, mãe Broto mantinha-se fiel a seu posto, sentada no banquinho com a mala ao lado. Como de costume, sempre que a via, Inès a observava com um misto de pena e repulsa. Mas quem era aquela louca? O que ela estava esperando?

Milo apareceu na porta.

— Oi! — lançou ela de imediato sem lhe dar tempo de reagir. — A sua mãe está na minha casa; foi ela quem disse que eu poderia dar uma passada aqui. Posso entrar?

Uma expressão difícil de definir surgiu no rosto do rapaz, uma mistura de prazer e contrariedade. Ele murmurou algumas palavras indistintas e depois, como que resignado, abriu espaço para deixá-la entrar.

— Quem é aquela maluca? — perguntou a jovem, indicando a idosa com um aceno de cabeça ao entrar na casa.
— A mãe Broto — Milo respondeu simplesmente.
— Sim, eu sei, meu irmão me disse. Mas o que diabos ela fica fazendo lá o dia inteiro?
— Não faço a menor ideia.
— Você já conversou com ela?
— Não.
— Você nunca quis saber?
Milo deu de ombros.
— Que diferença isso iria fazer?
Inès o encarou, intrigada.
— Você é mesmo um garoto estranho.
O rapaz não respondeu e fechou a porta.
Quando estavam no hall de entrada, o constrangimento se instalou entre os dois jovens. Milo enfiou as mãos no bolso para disfarçar que estava atrapalhado, enquanto Inès parecia esperar a sequência dos acontecimentos. Depois de alguns instantes de silêncio terrivelmente constrangedor, foi de novo ela quem tomou a frente.
— Quer me mostrar o seu quarto?
— Sim... não!
— Você não quer me mostrar o seu quarto?! — exclamou a jovem, atordoada por aquela reação completamente nova.
— Não é isso... — voltou a resmungar Milo. — É que... Está uma zona!
Inès começou a rir.
— Mas quem liga para sua zona?! Se você visse como está o meu...
E, sem esperar, ela avançou em direção à escada e começou a galgar os degraus. Confuso, Milo a seguiu.
Inès descobriu, então, o universo de seu vizinho: como as duas casas haviam sido construídas com base na mesma planta, as dimensões do quarto de Milo correspondiam às do seu próprio quarto, mas aquele era mesmo o único ponto comum entre os dois cômodos. O do jovem era mobiliado de maneira prática, se permitindo deixar levar pela decoração um pouco desleixada: alguns cartazes pregados nas paredes sem qualquer simetria, as corti-

nas ainda da época de sua infância, surpreendentes pela ingenuidade das estampas, uma prateleira abarrotada de livros e uma grande mescla de objetos, uma escrivaninha comprida sobre a qual reinava uma bagunça inominável e, por fim, uma cama, desfeita como era de se esperar. Inès teve o cuidado de não fazer o menor comentário sobre a decoração. Ela deu uma boa olhada em volta e então, notando os livros na estante, consultou os títulos.

— *Vipère au poing*... Já leu?
— Sim. Não tive escolha. E você?
— Sim. Não tive escolha.

Eles riram. Rapidamente, a naturalidade alegre da moça contagiou o ambiente e, pouco a pouco, Milo se deixou levar por aquela despreocupação salvadora. Inès tinha mania de falar de tudo e de nada sem que o que dizia parecesse fútil ou deslocado. Ele a observava de canto de olho, tocado por sua bela volubilidade, pela paixão que ela colocava nas palavras, pelas perguntas que lhe fazia e às quais ele respondia com frases curtas, sem que isso parecesse ser um peso para ele. Ela parecia gostar dele do jeito como o rapaz era, sem qualquer julgamento, e Milo sentiu suas defesas irem derretendo como a neve sob o sol. Meu Deus, como ele gostava daquela garota! E como era bom se deixar levar pela inebriação da sedução, sobretudo quando ela se impõe sem artifícios ou falsas aparências.

Pela primeira vez em muito tempo, Milo se sentiu bem na companhia de uma pessoa jovem que parecia gostar da sua presença. Ele, que fizera da marginalidade sua primeira natureza e seu código de conduta, experimentou, de repente, a normalidade e o sabor de um momento comum, o que devia ser a maneira de viver da maioria dos jovens de sua idade, mas que, para ele, foi de uma satisfação surpreendente. Suas angústias em relação à morte se diluíram na leveza da interação, porque a vida, por mais estranha que parecesse, se mostrou para ele de uma simplicidade inesperada.

Depois de uma hora, Inès decidiu que já era tempo de voltar para casa. Ela disse isso para Milo, que apenas assentiu, com o coração apertado de vê-la ir embora. Eles desceram as escadas. Ela ia se despedir, ele queria que ela ficasse mais, ao menos para que ficasse sabendo como ele se sentira satisfeito durante o tempo que passara com ela...

— Hum, então...Tchau! — ela disse, ficando ligeiramente na ponta dos pés para lhe dar um beijo.

Ele sentiu os lábios dela roçarem na sua bochecha, rápido demais para o seu gosto... Um daqueles momentos em que segundos parecem voar. Quando dá para saber que há uma oportunidade, mas, até que a reconheça e agarre, já é tarde demais. No momento seguinte, Inès já havia retomado sua posição inicial.

— Tchau — respondeu Milo desajeitado, enquanto ela já se afastava.

Então ela parou de repente e se voltou para o rapaz com uma pontada de censura no olhar.

— Então quer dizer que eu vou ter que fazer tudo sozinha?

— Tudo o quê? — perguntou Milo, confuso.

Ela soltou um suspiro forte, refez seus passos e, ficando mais uma vez na ponta dos pés, depositou um beijo nos lábios dele como se deposita uma oferenda em um altar cuja falta de solidez se teme.

O coração de Milo explodiu no peito.

Sem fôlego, congelado pela emoção, ele teve a sensação assustadora de estar sendo transformado em uma estátua de pedra enquanto, em sua mente, a pressa de reagir abrasava seus neurônios. Uma segunda chance tinha se apresentado; se ele a perdesse, não lhe restaria nada além de sumir da face da Terra. A angústia do arrependimento foi mais forte do que o pânico e, com o corpo inflamado de um desejo fulminante, ele se inclinou em direção a Inès, de modo que a jovem não precisasse mais ficar na ponta dos pés. Depois, ele segurou o rosto dela e a beijou, em um abraço cuja falta de jeito só se comparava ao fervor. As sensações que o perpassavam eram tão intensas, que pareciam acabar com toda possibilidade de reflexão que havia nele. Desse primeiro beijo, Milo guardaria uma explosão de emoções que revelavam tanto felicidade como angústia.

Quando o rosto deles se separou, foi como se os seus pulmões, privados de ar depois de minutos longos demais, recebessem por fim o oxigênio salvador. Ele encarou Inès, que sorria para ele com um ar malicioso, um pouco como na sua foto de perfil do Facebook: ela parecia ter gostado do abraço, ou pelo menos Milo daria tudo para que fosse esse o caso.

— Eu quase fiquei com medo — murmurou ela, envolvendo-o com um olhar travesso.

— Medo de quê? — perguntou Milo, mais uma vez com a expressão atordoada.

Ela riu, dando de ombros.

— De que você não fosse se mexer.

Ele levou mais um momento para entender, tempo para que ela desse meia-volta, desta vez definitivamente, e seguisse rapidamente para a porta de entrada.

Um segundo depois, ela saía da casa antes de dar alguns passos pela rua enquanto Milo avançava na soleira para acompanhá-la com o olhar. Pouco antes de chegar à sua própria porta, uma bicicleta elétrica saiu da esquina, rodando pela calçada. Surpresa com o surgimento barulhento e repentino do veículo de duas rodas, Inès congelou, paralisada diante da escolha que devia fazer: recuar alguns passos ou correr para se refugiar no canto de sua porta. Sua hesitação fez com que ela perdesse segundos preciosos, e a motocicleta seguiu direto em sua direção. Milo teve tempo apenas de dar um salto e puxá-la para trás. O motorista, por sua vez, fez um desvio para o lado oposto. O acidente foi evitado. Por muitíssimo pouco.

A bicicleta foi embora tão rápido quanto apareceu, sem deixar tempo para que os jovens expressassem sua indignação e sua raiva.

— Você está bem? — perguntou Milo ao se dar conta de que Inès estava em seus braços.

Como única resposta, ela o beijou. Perturbado, o adolescente se deixou levar pelo inebriamento do beijo. Mas um arrepio gelado percorreu sua espinha. Um medo retrospectivo. E se ele não tivesse intervindo? Inès poderia ter sido ferida? Ela havia corrido um perigo de verdade? Em sua mente, a ironia de uma coincidência reacendeu seus alarmes internos, deixando uma inquietação surda invadir seu peito. Tinha sido por muito pouco.

Será que havia sido uma espécie de advertência enviada das profundezas de um feitiço do qual ele era prisioneiro desde a mais tenra infância? Será que o destino estava refrescando sua memória, o lembrando dos termos de um acordo passado, ele não sabia por quais razões nem com quem, mas que o condenava a colocar em perigo todas as pessoas que ele amava?

Um aperto de angústia tomou sua garganta e, com ele, o desespero da fatalidade. Ele agarrou Inès pela cintura e a cerrou com paixão contra si. Depois, se perdeu em um beijo que ele fez durar o maior tempo possível.

Sabendo que seria o último.

24

Do outro lado da parede que dividia as duas casas, Tiphaine tentara em vão retomar a débil cumplicidade que conseguira instaurar no dia anterior entre Nassim e ela. Para sua grande decepção, o menino mais uma vez tinha se entrincheirado em uma atitude distante, sem entusiasmo e calor.

Um passo para frente, dois passos para trás.

Ela não engolia aquele garoto. Comportado demais, educado demais. Sempre no controle. Ele era fofo, mas sua falta de espontaneidade o deixava frio, quase desagradável. Ela tentara se aproximar dele, encontrar assuntos convergentes enquanto ele a repelia com uma indiferença irritante. Quando ela sugeriu que eles retomassem a leitura do dia anterior, ele rejeitou com um tédio que não disfarçou.

Tiphaine recebeu a recusa do garotinho como um tapa na cara. Uma onda de ódio a dominou, e a injustiça profunda de ter que aguentar a presença daquele menino naquela casa, daquele estranho importuno, daquele intruso, martirizava seu coração. Enquanto o filho dela não existia mais. Uma criança tão mais carinhosa, divertida, alegre, animada… Viva! Só que a dor, que ela conseguira subjugar durante alguns anos, rugiu em suas entranhas, foi subindo pelo peito e explodiu na garganta, que ela lacerou com suas presas cheias de amargura, submetendo-a a um suplício. Um torno de aço com dentes de fel. Sentimento de opressão. Sufocamento.

Ela saiu para a varanda. Precisava de ar. Respirar devagar, dominar a violência que devastava seu interior, uma tempestade hostil como um tornado de aversão. Erguendo a cabeça em um movimento de relaxamento, ela notou a janela aberta. A do quarto de Nassim.

A do quarto de Maxime.

Uma punhalada. Lá, bem no meio do coração, uma lâmina voraz que se afundou em sua carne para espalhar nela o veneno do remorso, talvez o pior veneno que exista. Aquele que não dá descanso. Aquele que consome em fogo baixo.

E ela tinha tentado. Tinha tentado fazer dele um aliado. Dar uma rasteira no destino, que a provocava com sua ironia, reabrindo suas feridas e zombando de sua dor. Ela tinha feito tudo para dominar seus demônios, para seguir em frente. Para reconciliar o passado com o presente.

Ela voltou a entrar na casa e encurralou o garotinho.

— Nassim... Você pode, por favor, ir buscar uma história em quadrinhos no seu quarto para mim?

O menino, que desenhava na mesa da sala de jantar, ergueu o rosto com lassidão.

— Pode ir a senhora se quiser...

Desde a terça-feira anterior, Tiphaine vinha pedindo que ele a tratasse com mais familiaridade, mas o menino parecia não conseguir interiorizar o conceito. Ela suspirou sem esconder sua irritação.

— Nassim, se eu estou pedindo para você ir, é justamente para eu mesma não ter que subir...

O tom foi ríspido, quase agressivo, com uma pitada de malevolência. Nassim sentiu a ameaça. Ele pousou o lápis na mesa e caminhou em direção ao corredor.

Tiphaine voltou calmamente à varanda. Ela esperou um breve momento e então, na ponta dos pés, com a cabeça erguida, chamou:

— Nassim! Nassim!

Alguns segundos...

— Nassim!

O rosto do menino apareceu no vão da janela.

— Oi?

— Você pode me trazer o mesmo quadrinho de ontem?
— Ãhn?

Tiphaine falava baixo demais para que o menino pudesse ouvir. Ele se debruçou um pouco mais para ver se entendia.

— Pode me trazer o *Titeuf*, o mesmo quadrinho de ontem.

Tiphaine não falou mais alto e Nassim franziu o cenho, incomodado por não estar entendendo o que lhe pediam.

— Não estou ouvindo... — disse ele, se debruçando ainda mais.

Só que Tiphaine baixou a voz.

— Mas o que é isso, Nassim, não é muito complicado, não é? *Titeuf*, o mesmo quadrinho de ontem... Você pode trazê-lo para mim?

— Levar o que pra você?

Tempo suspenso. O corpinho se debruçou um pouco mais para fora, na ponta dos pés, as mãos agarradas ao parapeito da janela.

De repente, Tiphaine soltou um berro, erguendo os braços em um gesto de pânico.

— Nassim! Cuidado, você vai cair!

O pavor surpreendeu o menino, fazendo seu corpo dar um sobressalto violento. Ele se inclinou um pouco mais em direção ao vazio, seus pés deixaram o chão por um segundo longo demais durante o qual ele ficou como que sem peso, na horizontal, tão leve, tão frágil...

Parecia um anjo pronto para sair voando.

No momento seguinte, o choque o paralisou, e, num reflexo de sobrevivência, se apoiou nas mãos, que empurraram com força o parapeito da janela, antes de cair pesadamente no chão de seu quarto.

Na varanda, Tiphaine soltou um suspiro irritado enquanto erguia os olhos para o alto.

25

NAQUELE FIM DE SEMANA, Nora estava determinada a tirar o máximo proveito de seus filhos. A semana havia sido frustrante por causa dos horários irregulares. Desde quarta-feira, Nassim estava rabugento e já havia reclamado diversas vezes da ausência e da falta de disponibilidade da mãe. E ele usava censuras que acertavam bem na mosca:

— E pensar que você se separou do papai porque achava que ele trabalhava demais. E agora é você que está fazendo exatamente a mesma coisa que ele!

— Eu não estou fazendo a mesma coisa que ele — se defendeu Nora lamentavelmente. — Para dizer a verdade, eu trabalho muito pouco. É que eu estava começando a trabalhar no seu horário de saída da escola. Mas foi só essa semana: na próxima vez, sou eu que vou te buscar.

Nassim, então, voltou a abrir um sorriso ao mesmo tempo em que o rosto de Nora ficou sombrio. O menino não estava errado: ela estava fazendo os dois passarem pelo que ela culpava Alexis de fazer.

Além do mais, ela iria se desdobrar como pudesse para compensar o tempo perdido. Ela entreviu a chegada do domingo à noite com apreensão e queria preencher com atividades agradáveis cada segundo que passava com os filhos. Não eram nem duas horas da tarde e todos os três já tinham ido ao mercado, depois preparado a massa para os crepes que fariam durante a tarde e comido o frango assado que haviam comprado de manhã. Nora, então, deixou que Inès e Nassim passassem uma hora (que se transformaria de qualquer maneira em uma hora e meia) em frente à tela que preferissem. Nassim correu para o PlayStation enquanto sua irmã se conectou à internet. Nora, por sua vez, aproveitou para ler um livro, uma verdadeira alegria!

Agora ela brincava de bola com Nassim no jardim, um jogo no meio do caminho entre o futebol e o rúgbi cujas regras ainda não haviam sido claramente estabelecidas: o objetivo era, antes de tudo, correr atrás da bola para perseguir, agarrar, derrubar e fazer cócegas um no outro. O que eles fizeram sem reservas.

Quando a bola foi parar do outro lado da cerca — Nora tinha péssima pontaria —, a diversão deles foi interrompida de repente. Nassim hesitou entre o despeito e o escárnio enquanto Nora ficava na ponta dos pés para examinar o jardim ao lado: se Tiphaine, Sylvain ou até Milo estivessem lá, o incidente não passaria de um detalhe na brincadeira.

Mas o jardim estava vazio. Ela se debruçou para tentar ver através das portas francesas da varanda se havia movimento dentro da casa... Pensou ter visto uma silhueta se movendo na sala de jantar.

— Espere aqui, eu já volto — disse ela para Nassim.

Ela entrou em casa, atravessou o térreo, saiu à rua e tocou a campainha da porta vizinha. Depois de alguns segundos, ela ouviu o som de passos que se aproximavam, depois o tilintar de chaves sendo giradas na fechadura. A porta abriu e revelou Sylvain.

Mais uma vez, ele ficou surpreso ao se deparar com ela na porta de sua casa. E, mais uma vez, a visita imprevista claramente o agradou.

— Não me diga que você está vindo buscar o Nassim!

Nora soltou uma gargalhada.

— Não, o Nassim está na minha casa... Eu só vim pegar a bola dele, que foi parar no seu jardim.

Sylvain fez cara de quem sabia do que ela estava falando, já que ele próprio tinha um filho que, um dia, havia muito tempo, fora da mesma idade.

— Eu vou buscar. Entra...

Nora agradeceu com um sorriso de gratidão. Ela deu alguns passos no interior da casa enquanto Sylvain fechava a porta atrás dela. Então, ele desapareceu na cozinha.

Obviamente, a casa estava vazia, pelo menos Nora não se deu conta nem da presença de Tiphaine nem da de Milo. Sylvain voltou apenas trinta segundos depois, com a bola nas mãos.

— Quer um café?

A garganta de Nora ficou apertada. O modo como ele a olhava, o tom da voz, ao mesmo tempo doce e caloroso, grave também, a forma como ele lhe oferecera aquele café, com uma entonação que misturava segurança e esperança...

— É muita gentileza, mas o Nassim está me esperando no jardim para continuar a brincadeira.

— Tudo bem. Um chazinho então?

Nora riu com vontade. Ao mesmo tempo, na voz de Sylvain, a esperança quase virou uma súplica, como se estivesse dizendo: "Não vá embora!".

Ela sentiu um calor invadindo seu peito, aquela sensação que já havia sentido na presença dele alguns dias antes, mas desta vez de maneira muito mais pronunciada, assim como os sinais que ele lhe enviava, cuja ambiguidade não deixava mais margem para a dúvida.

Nora voltou para ele com um olhar ardente, quase suplicante, que dizia: "Por favor, não insista, não tenho certeza se..." Se o quê? Se queria ou se resistiria? Talvez só de desejar resistir... Na terça-feira anterior, quando foi buscar Nassim, que, na verdade, estava na casa dela, quando Sylvain mencionou seus problemas conjugais, quando ela lhe disse que sabia o que ele estava passando... quando eles, por fim, ficaram calados... Aqueles poucos segundos de silêncio, irreais, fora do tempo, os olhos fixos um no outro... Quando ela viu no olhar de Sylvain todo o desejo que ela inspirava nele e que ela também tinha sentido aquele desejo... Aquela sensação de que o tempo parou e que todo o resto é insignificante, fútil, vão...

Fazia três dias que pensava naquele momento, naqueles poucos segundos de eternidade que voltaram a colocar seu coração para funcionar, que estivera imobilizado por tantos anos, com a culpa implacável de desejar um homem casado. Encarar em seguida o sorriso e a gentileza de Tiphaine, que tinha tratado de ir buscar Nassim, o levado para casa, supervisionado sua lição de casa e até se disposto a preparar uma sopa... Se detestar por aqueles pensamentos de culpa, se desprezar por aquele desejo proibido que invadira sua garganta, seu peito e sua barriga com uma confusão corrosiva, quase dolorosa...

Mas, na verdade, não dar loucamente a mínima.

Sylvain estava ali, na frente dela, e o desejo louco de se enroscar nele a assolou. Ela teria gostado de resistir, como a boa mulher que era, mas soube muito rapidamente que nem valia a pena tentar. Se tentasse o que quer que fosse para evitar o que estava prestes a acontecer, ela se arrependeria pelo resto da vida. Então, fossem quais fossem as consequências, o que aconteceria a seguir valia todo o remorso do mundo.

Ela não precisou esboçar o menor gesto. Antes mesmo de se dar conta do que ela estava fazendo — e vivendo —, Sylvain, já inclinado em direção a ela, com um beijo hesitante roçou o canto de seus lábios. Nora prendeu o fôlego. Como ela não recuou, Sylvain se aproximou e, com isso, seu beijo ficou mais nítido, mais franco. Ela fechou os olhos, virou ligeiramente a cabeça para encará-lo, para apreciar sua presença, seu rosto. O hálito quente que ela sentia tão de perto. E os frêmitos que percorreram todo o seu corpo.

Eles se beijaram com muita delicadeza, sem pressa, e os dois sabiam que aquele momento ficaria gravado em sua memória por muito tempo. Que ele tinha despertado, em ambos, sentimentos de que haviam se esquecido que existiam.

Foi um beijo excepcional. Um beijo carinhoso que revelava a sede de felicidade tanto quanto a aflição dos dois, um beijo que durou bastante tempo, um beijo em que eles deram tanto quanto receberam. E quando seus lábios por fim se separaram, porque tinha que acabar uma hora, eles se olharam e reconheceram nos olhos do outro aquele pequeno luzir de segurança que eles mesmos sentiam.

26

AQUELA NOITE FOI AGITADA para certos moradores das duas casas geminadas da rua Edmond-Petit. Nora levou muito tempo para conseguir pegar no sono, entre o inebriamento e a confusão, revivendo sem parar aquele beijo roubado da integridade enquanto negociava com a consciência a culpa de um desejo cheio de culpa.

No quarto ao lado, Inès dormia sossegada com o sorriso beatífico de uma adolescente realizada estampado nos lábios.

Em compensação, do outro lado da parede que dividia as duas casas, Sylvain, com os olhos arregalados, assistia impotente ao combate impiedoso que seu coração e sua mente travavam. A inquietação que ele sentia por Nora rilhava cada um de seus pensamentos, incapaz de encontrar a saída daquele labirinto de sentimentos enredados: a acidez da culpa, a doçura de uma emoção nova, dominada pelo desejo louco de rever sua vizinha, devastado pela implacabilidade das consequências. Tiphaine não era somente a mulher com quem compartilhara a vida por dezessete anos, aquela a quem ele ligara seu destino para o bem ou para o mal...

Ela era também a cúmplice que guardava com ele os piores segredos.

Havia alguns anos que eles só podiam contar um com o outro para atenuar, mesmo que de leve, a violência da dor e dos arrependimentos. Ele sabia que a união deles era a garantia mais segura de sua segurança mútua:

eles tinham que confiar cegamente um no outro, e a menor traição colocaria ambos em perigo.

E, sobretudo, no meio de toda essa história, havia Milo, a criança que a vida maltratara da pior maneira possível. Milo, cujo olhar ele ainda tinha dificuldade em sustentar às vezes quando, nas noites de segunda-feira, eles estavam sentados a uma mesa no Ranch depois do treino de basquete, e o menino sorria para ele com gratidão ou lhe agradecia com um gesto cúmplice. O que aconteceria se ele descobrisse a verdade? À simples menção desse acaso, Sylvain reprimiu um frisson angustiado. Não em relação a si mesmo, não! A culpa e o remorso que haviam roído sua alma por oito anos eram mais do que todo o castigo de qualquer justiça humana. Mas se Milo descobrisse o que realmente tinha acontecido...

Sylvain fechou os olhos, preferindo ignorar o abismo em que o estado psicológico do adolescente afundaria para sempre. Deixar Tiphaine para começar uma nova vida equivalia, sem dúvida, a quebrar o frágil equilíbrio que mantinha suas salvaguardas no lugar. Sylvain poderia muito bem virar o jogo em todos os sentidos; ele sabia perfeitamente que, para os dois, a separação não era concebível, mas era o que, naquele exato momento, ele mais queria no mundo. Deixar para trás os tormentos de um erro que nenhuma expiação jamais conseguiria apagar. Esquecer a vergonha, o sofrimento, o passado. E saber que, para ele, um futuro melhor poderia ter sido possível tornava seu presente ainda mais insuportável. Ele acabou mergulhando em um sono agitado, entre sonhos e pesadelos, esperanças vãs e um desespero inevitável.

Tiphaine foi brutalmente arrancada do sono pelo som de gemidos que, em pouco tempo, se transformaram em gritos. Preocupada, ela correu até o quarto de Milo e o encontrou suando, batendo-se debaixo dos lençóis contra inimigos invisíveis. Ela foi para junto dele na hora para tentar acalmá-lo e se deu conta de que ele estava dormindo, apesar dos movimentos tumultuados que o agitavam. Desconcertada, ela quis acordá-lo, mas, assim que o tocava, Milo se mexia ainda mais, o que a impedia de se aproximar dele sem correr o risco de levar um golpe. Então, de repente, em meio a essas turbulências, o rapaz começou a falar: eram palavras soltas, frases deslocadas por um sono aflito.

— Não! Isso não... Inès... Para... Me deixa em paz! A gente não deve... Vai embora!

Surpresa, Tiphaine deixou de lado suas tentativas de apaziguamento para ouvir. Milo continuava agitado, misturando uma fala confusa e gemidos, a respiração acelerada, as feições crispadas por pensamentos nebulosos. Ele implorava para que Inès o deixasse em paz, aparentemente ansioso para que ela fosse embora, repetindo várias vezes o nome da moça num tom que revelava tormento.

Depois, subitamente, sem nenhum motivo aparente, ele se acalmou e voltou a mergulhar em um sono tranquilo.

Tiphaine continuou no quarto por mais alguns bons minutos ouvindo a respiração de Milo ficar calma e regular de novo. A violência de sua perturbação a incomodava: o que havia acontecido entre os dois jovens para causar tanta angústia? Ela se lembrou das palavras trocadas na véspera com a adolescente, na cozinha de Nora, e do que de repente lhe pareceu uma artimanha para poder se juntar a Milo em sua casa. Será que aquela garota, com seu rosto de anjo, estava escondendo uma personalidade mais complexa do que parecia?

Ela voltou para o quarto pé ante pé, enfiou-se debaixo do edredom e, no escuro, tentou domar o carrossel de perguntas que girava em sua mente, bem como a maneira como ela iria agir para obter respostas. Ela sabia que tocar no assunto diretamente com Milo não a levaria a lugar algum: o rapaz não era de fazer confidências, talvez nem fosse se lembrar dos pesadelos que perturbavam seu sono. Ela precisava encontrar outro ângulo de ataque.

Na manhã seguinte, Milo só desceu à cozinha por volta do meio-dia, com o rosto amassado pela dificuldade de acordar. Tiphaine preparou o café da manhã para ele e o mimou com gestos de conforto. Depois, ela se sentou na frente dele.

— Você dormiu bem? — perguntou a ele com indiferença.
— Hummm...

O grunhido era como um aceno de cabeça, mas também indicava que ele não queria se estender no assunto, o que não surpreendeu Tiphaine.

Então ela não insistiu e decidiu agir de forma diferente.

27

Nora passou o resto do fim de semana meio fora de si, obcecada pelo beijo que trocara com Sylvain, encarando o futuro às vezes com inebriamento, muitas outras, com apreensão. Como ela lidaria com aquela situação absurda? E, sobretudo, como olharia na cara de Tiphaine? E até na de Sylvain! Ele tinha sido o primeiro homem além de Alexis que ela beijara em dezoito anos.

Ainda que se sentisse capaz de lidar com um confronto com Tiphaine, com Sylvain ou até com Tiphaine e Sylvain juntos, ela não se sentia capaz de assumir um confronto com Milo. Como olhar nos olhos daquele jovem, daquele adolescente um pouco estranho e retraído, que tinha outros macacos para pentear, e evitar que ele tivesse que lidar com um grande conflito entre os pais?

Como ela pôde? Nora estremeceu de aversão, assim como de prazer.

Ela não viu Sylvain nem cruzou com ele no domingo. Ela também não o procurou. Pelo menos não para encontrá-lo ou para conversar com ele. Talvez para vê-lo como quem não quer nada. Como uma criança que sonha com seu príncipe encantado.

Ao longo do dia, entre a fantasia e o devaneio, a dúvida fez uma incursão em seus pensamentos. E se ela tivesse se deparado com o galinha da rua? Com o cara que coleciona aventuras como outras pessoas colecionam selos? Uma cilada para moças cujo radar ultrassofisticado detectaria as mulheres cujo passado melancólico as tornara vulneráveis e frágeis? Ela reconsiderou, de repente, os métodos de abordagem de Sylvain por um ângulo diferente, e até mesmo a gentileza fora do comum de Tiphaine, sua atenção e sua disponibilidade. E se Tiphaine estivesse a par? Se tudo aquilo não passasse de uma encenação para satisfazer as fantasias de um casal pervertido?

E depois a lembrança do beijo voltou com força e, retomando a confiança, ela se sentia uma idiota com a vontade louca de acreditar naquela história que ela não sabia sequer se estava realmente tendo início.

Foi ele quem a contatou, na segunda-feira de manhã, por volta das dez horas, pelo telefone celular. Ao ver o número desconhecido que aparecia na tela, Nora sabia que era ele. Ela apanhou o telefone com o coração na garganta. Automaticamente, deu uma olhada no espelho, ajeitou uma mecha do cabelo, limpou com o dedo uma pequena mancha de rímel borrado e então, considerando que estava apresentável, atendeu. Quando ouviu a voz de Sylvain do outro lado da linha, seu coração quase parou.

Cortês, ele primeiro perguntou como andavam as coisas. Ela respondeu de maneira neutra, legando a ele dar o tom da conversa. Os pensamentos se agitavam em sua mente e lhe ocorreu de repente que ele ter telefonado para ela poderia ser um mau sinal. As pessoas telefonam para se comunicar de uma forma mais pessoal do que por e-mail, conferindo assim à interação um peso particular; mas também se telefona para não perder muito tempo com o interlocutor. Ainda mais quando você mora bem do lado dele. Em outras palavras, importante, mas nem tanto. Nora de repente se deu conta de que, entre o príncipe encantado e o filho da mãe, havia também o arrependido, aquele que pede para que tudo seja esquecido, que diz que a culpa é dele, que adorou, mas que não pode, que não é nada com você, que se odeia, se ao menos você soubesse... Que ele não é assim, entende?

— Eu queria te dizer... — a voz de Sylvain ecoou do outro lado da linha — que eu não consigo parar de pensar no que aconteceu entre nós no sábado. Não queria te incomodar no fim de semana com seus filhos, mas estou com vontade de voltar a te ver. Quero dizer... de te ver sozinha. E logo.

O rosto tenso de Nora foi relaxando pouco a pouco, depois se iluminou com um brilho radiante.

— Eu também — murmurou ela, como se cochichasse em seu ouvido.

— Eu... A gente pode almoçar junto hoje... Se você não tiver nada planejado, claro...

— Combinado! — respondeu Nora, um pouco rápido demais para seu gosto.

Eles marcaram um horário, depois um lugar... Em seguida trocaram algumas palavras banais como se quisessem ter a ilusão de que não estavam fazendo nada de mau... Por fim, eles mandaram um beijo um para o outro, ao mesmo tempo carinhoso e sem jeito.

Em um acordo tácito, eles escolheram um lugar público para dar àquele primeiro encontro ilícito um caráter mais aceitável. Era também uma fortaleza eficaz contra o desejo que estavam sentindo um pelo outro. Divididos entre o inebriamento de uma paixão que nascia e a vertigem de suas consequências, eles queriam ficar com os pés no chão, apesar de seus olhos, que traíam o que suas palavras tentavam calar em vão. Evitavam evocar o passado, o futuro, Tiphaine, os filhos, o... Na verdade, eles não falavam de muita coisa, tomando cuidado para não evocar nenhum assunto delicado. Nora não estava certa de querer entrar na intimidade conjugal de Sylvain, mesmo que os acontecimentos recentes a tivessem jogado de cabeça nela. Manter o mistério da descoberta, estender o inebriamento da fantasia, dar ao sonho aromas de possibilidade... Eles se comeram com os olhos, beberam as palavras um do outro e se deleitaram com a mútua presença. Na verdade, eles mal tocaram no prato. E quando se separaram, roubando do tempo um consentimento que não lhes tinha sido concedido, o beijo deles durou a eternidade de uma promessa.

Depois daquele primeiro encontro, o cotidiano deles mudou completamente. A proximidade irremediável do fruto proibido transformava até os detalhes mais ínfimos de seu comportamento. Assim que Nora saía, fosse para a rua ou para o jardim, seu coração batia forte, como o de uma verdadeira adolescente. Ela já tinha se olhado no espelho diversas vezes antes e não deixava mais de se maquiar, nem que fosse para buscar pão na esquina da rua. Fora de casa, não prestava atenção em mais nada, sua atenção completamente voltada para a porta dos vizinhos e, então, na eventual presença ou ausência do carro de Sylvain estacionado nas redondezas, em alguma vaga na rua. Se a porta não se abrisse, e se ela não visse o carro, observava as idas e vindas frequentes de veículos que passavam na rua... Quem sabe ela cruzasse com ele... Era uma possibilidade concebível, até mesmo inevitável...

Do mesmo modo, quando ia para o jardim, ela se apresentava em seu melhor ângulo, caminhava leve e cheia de graça e encolhia a barriga.

Os códigos e regras do relacionamento dos dois foram implementados desde o primeiro dia, quase que naturalmente. Era ele quem a procurava, nunca o contrário. Algumas palavras afáveis por mensagem de texto várias vezes ao dia, às quais ela respondia correndo, com o coração disparado e um sorriso de deleite. E, quando ele conseguia uma brecha para vê-la, telefonava para ela.

Naquela semana, Nora não ficaria com os filhos. Teve, então, todo o tempo do mundo para cuidar de si e, num surto de entusiasmo que beirou à loucura, colocou seu orçamento em risco indo à esteticista, ao cabeleireiro e, por fim, à manicure. Mathilde foi logo colocada a par das últimas reviravoltas e desempenhou perfeitamente seu papel de amiga: tocou no aspecto moral da questão, advertiu Nora superficialmente sobre decepções inevitáveis e depois passou um bom tempo pedindo detalhes e se divertindo com ela.

Na quarta-feira, Nora voltou para casa após uma manhã cansativa entre os vinte e cinco pequeninos da sua turma do maternal, que não paravam quietos. Preparou um sanduíche, que engoliu enquanto lia uma revista, depois hesitou entre tirar um cochilo e tomar um banho, optando pela segunda opção. Subiu a escada até o banheiro, abriu a torneira de água quente, fechou o ralo, tirou a roupa... A campainha da porta da entrada a interrompeu bem quando ela ia entrar na banheira. Nora suspirou, vestiu correndo o robe, desceu para o térreo e, se escondendo atrás da porta, a entreabriu.

Sylvain não esperou que ela o convidasse para entrar. Surpresa, ela viu enquanto ele se aproximava dela sem dizer uma palavra, fechava a porta com um gesto decisivo e a puxava para junto de si. Ela se deixou levar enquanto ele tomava seu rosto entre as mãos e a beijava com volúpia. Ela sentiu como se derretesse no calor do beijo, se abandonou ao prazer da interação enquanto o desejo crescia nela, forte, poderoso, logo indomável. A mulher retribuiu as carícias das mãos que já percorriam seu corpo, logo afundando debaixo do tecido do robe para descobrir suas formas e sua suavidade, para se demorar lá, onde os suspiros ficavam mais intensos, mais profundos... Ele a tomou nos braços... Carregou-a para a sala e a deitou no sofá, lânguida, oferecida...

Os dois fizeram amor a tarde toda, irresistivelmente atraídos um pelo outro, pele contra pele, braços e pernas enroscados em um turbilhão de sensações, incapazes de conceber se separar. E, quando o horário fez soar a sentença de morte daqueles momentos roubados ao tempo, o das pressões e do comum, eles se separaram com a sensação de estarem vivendo uma verdadeira ruptura.

Assim que ficou sozinha, Nora deslizou as costas na parede do hall, extenuada, lasciva, o corpo satisfeito, entre a felicidade e o desespero... Teve que lutar para apaziguar as emoções que a devastavam: a ausência já insuportável, o desejo multiplicado. Como ela iria aguentar até o próximo encontro? Saber que ele estava tão perto, a poucos metros dela, no entanto inacessível, fez sua cabeça ferver com mil tormentos que só a lembrança da farra dos dois conseguia abrandar.

Só que, no final do dia seguinte, a pequena nuvem sobre a qual ela havia fixado residência se desintegrou em um raio, que anunciava a trovoada.

No caso, o toque da campainha.

Nora estava sentada à mesa da sala de jantar, com o notebook aberto, navegando na internet. Ela ouviu a campainha e, como não esperava ninguém, seu coração disparou no peito. Era ele! Quem mais poderia ser? Febril, ela deixou o mouse de lado e saiu correndo para o hall de entrada. Antes de chegar à porta, fez uma parada diante do espelho, soltou o cabelo preso com grampos e balançou a cabeça. A campainha voltou a tocar...

Nora foi até a porta, que abriu sorrindo... E deu de cara com Tiphaine na calçada.

28

— Oi, Nora — lançou Tiphaine de imediato. — Estou te incomodando?

A boca de Nora ficou seca em uma fração de segundo e, depois de engolir, ela tentou cumprimentar com um sorriso desconcertado.

— De jeito nenhum... — articulou com uma voz que parecia sair das profundezas de sua culpa.

Tiphaine esperou que sua vizinha a convidasse para entrar, mas ela parecia petrificada, encarando-a com um olhar tão espantado quanto questionador.

— Posso entrar um pouquinho? — Tiphaine insistiu. — Tenho que falar com você.

Na cabeça de Nora, os pensamentos disparavam a uma velocidade insana, analisando ao mesmo tempo o tom e a atitude de Tiphaine para neles detectar raiva, rancor ou ódio.

— Nora! Posso falar com você por cinco minutos? Não vai demorar...

A voz de Tiphaine ficou mais ríspida. E mais autoritária também. Nora se sacudiu antes de dar um passo para o lado apressada.

— Mas é claro! Entra.

— Obrigada.

Todos os seus sentidos estavam em alerta. Mas, como ainda não tinha detectado qualquer animosidade, ela tentou se recompor. As duas se acomodaram na cozinha, onde Nora ofereceu uma xícara de café para Tiphaine, que aceitou distraidamente. Então, enquanto Nora enchia a cafeteira de água, sua vizinha abordou o assunto que a levava até ali:

— Está acontecendo alguma coisa, e eu gostaria de poder conversar a respeito com você. Entre mulheres — acrescentou, enfatizando as duas palavras. — E sobretudo: entre mães!

Nora achou que iria desmaiar. O olhar acusador de Tiphaine a desmascarava com uma perspicácia que a torturava.

— Pode falar — disse ela, tentando engolir uma saliva que não existia.

— Você sabia que a Inès e o Milo ficaram um tempo juntos na última sexta-feira enquanto eu tomava conta do Nassim.

Não era uma pergunta, era uma afirmação. Como se Tiphaine estivesse anunciando seu desejo de evitar rodeios para ir direto ao ponto. Nora ficou tão surpresa — e aliviada! — com o assunto que a vizinha abordara, que quase desatou a rir. Ela se segurou, mas relaxou.

— Não, eu não sabia — respondeu ela com uma voz bem mais segura.

— Quando Inès voltou do colégio na sexta-feira, me perguntou se podia ir ficar um pouco com o Milo na minha casa —Tiphaine resumiu. — Eles ficaram juntos por mais ou menos uma hora. Não tinha ninguém em casa. Quero dizer: não tinha ninguém para ver o que eles estavam fazendo, nem de longe.

— Entendi...

— Duas noites depois, Milo teve pesadelos em que implorava que a Inès o deixasse em paz.

Ela se calou e encarou Nora como se esperasse uma explicação.

— E? — perguntou Nora.

— A Inès te contou alguma coisa a respeito do Milo?

— Não.

Tiphaine soltou um suspiro de decepção. Ela ficou pensativa um breve momento, então, como se de repente tivesse tido uma ideia, cravou um olhar estranho no de Nora.

— De que tipo é a sua filha?

— Oi?

— A Inès. De que tipo é essa garota? Introvertida, extrovertida, dominadora, vítima, compadecida, egoísta, sedutora, vagabunda...

— Tiphaine, por favor! — interrompeu Nora, que, embora preferisse aquele assunto, não estava gostando nem um pouco do rumo que a conversa tomava. — Aonde você quer chegar?

— Meu menino esteve inquieto boa parte da noite por causa da sua garota. Eu quero saber o porquê!

— E como você quer que eu saiba? — retrucou Nora, indignada.

— É por isso que estou te perguntando de que tipo é a Inès. Você deve fazer uma ideia!

— Eu não estou gostando nem um pouco do que você está insinuando!

— Eu não estou insinuando nada, Nora — suspirou Tiphaine sem esconder certo cansaço. — Estou dizendo que aconteceu alguma coisa entre a Inès e o Milo, e que isso não aconteceu exatamente como nos contos de fadas. Ela está dormindo bem à noite, a sua filha?

— Muito bem!

— Bom, o meu está mais parecendo *Guernica* na cama dele. Então, para ajudar o meu filho, eu preciso saber o que aconteceu!

— E por que você não pergunta diretamente para ele?

Tiphaine deu de ombros, esboçando um sorriso zombeteiro.

— Você não pode se informar? — perguntou ela sem se dar ao trabalho de responder à pergunta de Nora.

— Do que você está falando?

— De nossos filhos, Nora. Você pode se informar?

— Mas me informar sobre o quê, droga? — se irritou Nora.

— Sobre a razão por que meu filho passou metade da noite implorando para sua filha o deixar em paz!

Era engraçado, mas, pelo jeito como ela pronunciara aquela frase, Nora teve a impressão de que Tiphaine estava, na verdade, pedindo que ela deixasse seu marido e sua família em paz. Para parar de se meter em seus problemas. E sumir do mapa.

— Está bem — murmurou ela, sentindo o aperto da angústia em suas entranhas, aquele tormento tão conhecido provido, alimentado, nutrido à força pela má consciência.

Diante da rendição da vizinha, Tiphaine se acalmou.

— Obrigada. Veja bem, eu não estou acusando a sua filha. É só que o Milo não está muito bem. Então, estou preocupada. É normal, não é?

— É claro... — concordou Nora, com a óbvia intenção de não contrariar sua vizinha.

— Bem, vou te deixar — acrescentou Tiphaine, levantando-se da mesa.

— Você não vai tomar o café?

— Não, estou sem tempo. O Milo não vai demorar para chegar em casa e quero estar lá quando ele voltar.

Nora não insistiu. Ela a acompanhou até a entrada e abriu a porta, aliviada de vê-la ir embora.

— Você me liga se tiver alguma novidade? — perguntou Tiphaine antes de sair de casa.

— Prometo que vou fazer o que puder — respondeu Nora, com a garganta apertada, atormentada pela promessa pérfida que fazia.

Tiphaine parecia sensibilizada.

— Obrigada — ela se contentou em responder, agradecida.

Nora sentiu o punhal da culpa atravessar seu estômago.

29

NAQUELA SEXTA-FEIRA, Alexis Raposo tinha conseguido liberar uma hora de sua agenda para ir ao tribunal civil consultar os arquivos do conselho tutelar encarregado de Milo Brunelle. Como estavam organizados cronologicamente, e ele não sabia a data, Alexis teve que lançar mão das ferramentas de busca do cartório, a saber listas alfabéticas e cronológicas, bem como atribuições. Depois de quinze minutos de buscas administrativas, ele encontrou o que tinha ido procurar.

Dessa forma, ele soube que o conselho tutelar era composto por um representante do conselho geral, sugerido pelo presidente, um tal de senhor Émile Trudert, de quem Alexis nunca havia ouvido falar; dois membros de uma associação familiar, que, estes sim, ele conhecia, já que lidara com cada um deles várias vezes: Judith Bertrix, de vinte e seis anos, e Mélinda Hernandez, de cinquenta e cinco. Das duas mulheres, a mais jovem também era a mais rígida. Havia também a senhora Lenoix, que era a professora de Milo quando ele perdeu os pais e que fazia parte de uma associação de assistentes de maternal, indispensável também para a composição do conselho tutelar. E, por fim, duas outras mulheres: Justine Philippot, a terapeuta, e Tiphaine Geniot, a madrinha.

Então, Tiphaine Geniot era a madrinha do garoto.

E o marido da madrinha do garoto queria transar com a esposa dele!

Os nós dos dedos de Alexis Raposo empalideceram ligeiramente por causa da pressão dos dedos que seguravam as folhas do arquivo, que o advogado virava energicamente para ler o conteúdo. Os bens de Milo estavam evocados ali, dentre os quais a casa número 28 da rua Edmond-Petit. Tudo que seus pais possuíam era dele por direito. Alexis supôs que a madrinha tivesse decidido se mudar para lá, ainda que a ideia de morar na casa onde seu pai se enforcara e onde sua mãe havia mergulhado no vazio dos barbitúricos não lhe parecesse nada apropriado.

Ele virou mais uma página e teve a confirmação de que a tutela do menor tinha sido confiada à sua madrinha civil, Tiphaine Geniot, bem como ao seu cônjuge, Sylvain Geniot. O relatório era concluído com diversas informações sobre os membros presentes, tais como profissão e estado civil, além do endereço de todos.

E foi aí que Alexis Raposo soube que havia encontrado o que nem pensara em procurar. Quando viu o endereço de Tiphaine Geniot na época dos acontecimentos, o olhar dele congelou, um fluxo de adrenalina se espalhou por seus membros e ele engoliu uma imprecação, que, por fim, soltou arrastando as vogais:

— Mas que caceeete de puuuta meeerda...

Tiphaine Geniot. Rua Edmond-Petit, 26.

A casa de Nora.

Em outras palavras, Tiphaine era a famosa vizinha que seu cliente tinha acusado de ser a responsável pelo assassinato do qual ele mesmo era suspeito, de Ernest Wilmot, seu agente de condicional. E era também aquela vizinha que ele suspeitava ser capaz de machucar seu filho, Milo.

Como era possível que a mulher que, de acordo com seu cliente, estava na origem dos seus problemas e que era uma ameaça para sua família, tivesse conseguido ficar com a guarda da criança?

Alexis ergueu a cabeça, o olhar perdido na concisão de suas reflexões. Talvez fosse a hora de colocar em prática um dos preceitos que já haviam garantido a ele diversas vitórias nos tribunais: a melhor defesa é o ataque. Então, ele decidiu deixar de lado os rodeios e perguntar diretamente aos envolvidos o que havia acontecido na noite em que ele deixara seu cliente de carro na frente de sua casa.

Em outras palavras, Alexis Raposo tinha decidido investigar mais a sério as razões do suicídio dos pais de Milo.

Além de sua intuição, o advogado não tinha muito do que lançar mão a não ser, talvez, a lembrança ainda bastante precisa de que, oito anos antes, quando ele deixara David Brunelle de carro na frente da casa dele, seu cliente não parecia, de fato, um cara prestes a se suicidar. E era isso que o deixava inquieto, exceto, é claro, um precedente muito ruim a respeito de uma das duas pessoas envolvidas nesse caso. Sem contar que, de acordo com o que seu antigo cliente insinuara, os Geniot já haviam cometido um assassinato em total impunidade.

Não subestimar o adversário. Se as acusações de David Brunelle se mostrassem verdadeiras, os Geniot já haviam passado pelas malhas da justiça. Alexis Raposo sabia mais do que ninguém que nenhuma suspeita valia como prova, e olha que ele tinha algumas suspeitas na cachola.

A ausência de provas, no entanto, era notável.

Sua consciência profissional o instigava a ir consultar o boletim de ocorrência para conseguir mais elementos... O tempo passara desde o suicídio coletivo dos Brunelle. Os Geniot, se estivessem envolvidos direta ou indiretamente na tragédia, tinham claramente retomado o curso de sua vida. Ao lidar com as coisas com todo o *savoir-faire* que possuía, Alexis Raposo sabia que podia aprender muito com as reações dos dois. E jogar com o elemento surpresa era um trunfo que não lhe parecia desprezível.

Ele deu uma olhada no relógio e revirou a memória tentando se lembrar dos seus horários com a intenção inabalável de encontrar uma brecha na agenda para ir à casa dos Geniot naquele mesmo dia. Era preciso bater o ferro enquanto ele ainda estava quente. E, quente, o homem da lei estava. Quente como brasa.

Seguindo para o carro, ele telefonou para a sua secretária e pediu que ela adiasse uma hora sua próxima reunião. Ela respondeu que era impossível. Ele duvidou. Ela estava prestes a lhe fornecer uma lista de boas razões para justificar sua resposta quando Alexis a interrompeu antes que tivesse tempo de continuar:

— Diga ao Martel que eu passo na casa dele hoje à noite.
— Impossível.
— Por quê?
— Você está com seus filhos.
— Merda...
Ele continuava seguindo em direção ao seu carro, mas diminuiu a velocidade.
— Diga ao Martel que... — Ele suspirou. — Eu chego daqui a pouco.
Ele desligou o telefone praguejando, chegou junto do carro e, depois de se sentar diante do volante, tomou a contragosto o rumo de seu escritório. Alexis preferia encurralar Sylvain Geniot onde ele trabalhava, mas talvez a opção de fechar o cerco na casa do sujeito não fosse uma má ideia. A possível presença de Milo Brunelle poderia até, quem sabe, exercer uma pressão extra, e seria idiotice não explorá-la.

Ao longo do trajeto, o advogado esboçou uma estratégia para abordar o caso que o consumia, a forma como ele se apresentaria aos Geniot, ingênuo ou desconfiado, mais para ignorante sobre as reviravoltas da tragédia ou, pelo contrário, muito bem informado... Ele analisou as diferentes possibilidades, antecipou reações eventuais, elaborou suposições que lhe pareceram interessantes... E, por fim, decidiu se fiar em seu instinto.

A reunião com Martel foi interminável, e Alexis Raposo só conseguiu se livrar do homem duas horas depois. Em seguida, ele informou à secretária que estava de saída. Surpresa, ela perguntou detalhes.

— Assuntos particulares — foi a resposta.

Então, olhando para o relógio, ficou mais cortês.

— Mélanie, será que você poderia ir buscar o Nassim na escola e levá-lo para a minha casa? Inês já deve estar voltando. Vou demorar uma horinha, no máximo.

— É que... eu já estou com uma coisa programada para esta noite e gostaria de...

— A que horas você tem que sair?

— Às sete horas da noite. No máximo.

— Vou estar de volta às seis e meia, estourando seis e quarenta e cinco.

Mélanie conhecia o chefe o bastante para saber que não adiantava insistir. Ela assentiu com a cabeça.

— Obrigado, Mélanie. Eu vou compensar você!

Ela voltou a tentar segurá-lo com algumas informações de trabalho, que ele ouviu distraído antes de, por fim, tomar o rumo da rua Edmond-Petit.

Assim como da vez anterior, ele preferiu não correr o risco de revelar sua presença no bairro: nenhuma desculpa consistente lhe vinha à mente para o caso de Nora o vir e lhe perguntar o que ele estava fazendo ali. Era melhor evitar aquele tipo de situação constrangedora. Depois de estacionar o carro em uma rua adjacente, ele percorreu o resto do caminho a pé, passou pela casa de Nora abaixado e parou diante da casa dos Geniot. Então, respirou fundo e afundou o dedo na campainha.

Tiphaine abriu a porta para ele.

— Senhora Geniot?

— Sim?

— O senhor Geniot está?

— Qual é o assunto?

— Sou Alexis Raposo, advogado... Gostaria de trocar uma palavra com o seu marido.

Tiphaine franziu o cenho, sondando o interlocutor com um olhar ao mesmo tempo intrigado e desconfiado. Depois, ela deu uma olhada no relógio.

— Ele ainda não chegou, mas não deve demorar.

— Eu poderia esperar por ele? — perguntou o advogado com uma voz afetada que desagradou Tiphaine.

Ela levou um tempo para responder, claramente sem querer deixá-lo entrar.

— Primeiro, me diga do que se trata. E prove que é mesmo advogado.

Alexis Raposo abriu um sorriso largo que marcava a obviedade de um pedido daqueles, e Tiphaine teve a sensação desagradável de que suas exigências correspondiam ao que o advogado desejava. Este não se fez de rogado: sacou a carteira do bolso interno do paletó e, mostrando o cartão da Ordem, atendeu ao pedido de Tiphaine com uma voz serena e cortês:

— Uns oito anos atrás, fui designado para a defesa de um tal de... — Fingiu procurar o nome nas folhas da pasta que trazia debaixo do braço. — David Brunelle quando ele foi levado sob custódia policial. Isso logo antes de ele colocar um fim em seus dias. Como o senhor Geniot e a senhora são hoje os responsáveis legais pelo filho do meu antigo cliente, Milo Brunelle, tenho algumas perguntas a fazer.

Enquanto o advogado explicava os motivos de sua visita, Tiphaine perdia o chão antes de ser tragada por uma enorme onda de pânico.

30

Pelo modo como Tiphaine o olhou, Alexis soube que não tinha ido até lá à toa. O tom da pele dela ficou lívido e a apreensão acendeu em seus olhos um brilho cheio de pânico. Então, só um ou dois segundos depois, ele assistiu a uma metamorfose bastante prodigiosa: mal teve tempo de gozar do efeito que esperava causar, e Tiphaine recuperou uma expressão impassível que não revelava nada em particular, a não ser, talvez, um constrangimento palpável.

— Pode entrar se quiser — disse ela em um tom controlado. — Mas já vou avisando que não estou com muito tempo para fazer sala. Já é tarde e eu ainda nem comecei a fazer a comida.

Os pensamentos dispararam em sua mente e, apesar da vontade de bater a porta na cara dele, ela entendeu que se recusar a recebê-lo só acarretaria desconfiança e suspeitas.

— Não se preocupe, senhora Geniot. Sou muito discreto.

Ela o encarou como se tentasse descobrir se sua última resposta tinha duplo sentido. Como única resposta, Alexis passou junto dela abrindo um sorriso falso cujo único propósito era apagar qualquer outra expressão. Aproveitando-se de que ele não podia mais vê-la, já que estava de costas para ela, Tiphaine liberou sua ansiedade como pôde: lançou um olhar aterrorizado para o teto antes de se recompor, voltando a vestir sua máscara impassível.

Ela o acompanhou até a sala de jantar e disse para que se sentasse à mesa. Então lhe informou que não poderia lhe fazer companhia, ainda que tenha perguntado se ele queria beber alguma coisa. Alexis aceitou de bom grado um copo de água. Ela desapareceu na cozinha.

Assim que ficou sozinha no cômodo, Tiphaine tentou organizar os pensamentos, recuperar o controle de suas faculdades, se livrar dos escombros nos quais tinha a sensação de que sua existência acabara de engolfá-la. Era preciso se proteger com toda a urgência. Se ela conseguira fingir durante os minutos infelizes que tinha durado a interação que acabara de acontecer com aquele maldito advogado, ainda não tinha certeza se conseguiria controlar os nervos caso Sylvain e ela fossem interrogados sem terem se preparado para isso. Ganhar tempo, essa era a prioridade. Se dar a chance de afinar seus violinos. Se lembrar da versão que tinham acertado, oito anos atrás, logo depois dos "acontecimentos".

E a primeiríssima coisa: avisar Sylvain o mais rápido possível.

Onde estava o celular dela? O tempo parecia se esticar enquanto ela vasculhava desesperadamente na memória: onde é que ela tinha visto o celular pela última vez?

Na bolsa!

E onde é que estava a sua bolsa?

Mais uma charada para resolver, e sua capacidade de concentração parecia se esgotar como uma ampulheta deixa fluir o seu conteúdo: cada vez mais rápido.

Devia estar no hall de entrada, como de costume.

Tiphaine se dirigiu até a outra porta da cozinha que dava para o hall... A bolsa estava lá, debaixo do porta-casacos. Ela foi buscá-la, hesitou em levá-la para a cozinha, preferiu enfiar a mão dentro dela para sacar o que procurava... Sentiu os dedos roçarem em um retângulo frio e o agarrou.

Ela refez o caminho como um ladrão e deu de cara com o advogado. Ela soltou um grito tão rápido e estridente, escondendo apressada o telefone na manga do suéter.

— Eu te assustei? — perguntou Alexis, exagerando no espanto.

Tiphaine o fuzilou com o olhar: era óbvio que ele estava jogando com os seus nervos, e parecia sentir um grande prazer fazendo isso.

— Você me assustou... Eu não esperava te ver aí!

— A propósito... Milo Brunelle... Ele está?

Tiphaine o olhou com desconfiança.

— Não, ele ainda não voltou para casa.

— Uma pena...

Com uma ameaça latente, pairou entre eles por alguns instantes um silêncio pesado, que o advogado acabou rompendo.

— O toalete, por favor? — ele perguntou, de novo com um sorriso cordial.

— No andar de cima. A porta que fica bem diante da escada.

Ele agradeceu acenando com a cabeça e seguiu para onde ela lhe indicou. Tiphaine aproveitou para se fechar na cozinha e encontrar o número de Sylvain na agenda. Enquanto os toques se seguiam em uma indiferença insuportável, ela rezava para todos os santos para que ele atendesse o mais rápido possível.

Ao sinal de caixa postal, ela soltou um palavrão oprimido.

— Sylvain, sou eu! — sussurrou ela no celular, sem tentar esconder o pânico que cortava sua voz. — Está acontecendo uma merda aqui, não volte de jeito nenhum agora, tem um advogado querendo te fazer umas perguntas a respeito do David. Você tem que ficar no escritório de todo jeito até eu te dar um toque. Eu ainda não sei o que ele quer, mas não volte para casa de jeito nenhum. Eu volto a te telefonar assim que ele for embora.

Ela desligou nervosa quando começou a ouvir os passos do advogado já na escada. Depois, enfiou o telefone no bolso. Quando ele voltou a aparecer na cozinha, os dois ouviram o som de chaves na fechadura da porta de entrada.

Tiphaine prendeu a respiração.

De onde estava, podia ver a porta da frente, já que o advogado tinha deixado a da cozinha aberta. Ela olhou para a maçaneta, que começava a girar. Bem na sua frente, Alexis Raposo estava prestes a botar os pés na sala de jantar quando percebeu como ela estava paralisada. Intrigado com o olhar dela, ele voltou.

Nesse meio-tempo, a porta se abriu e Sylvain apareceu no hall.

Ele se dirigiu imediatamente ao porta-casacos, pousando, ao passar, duas pastas e seu molho de chaves sobre a sapateira. Então, no momento em que estava prestes a tirar o paletó, se deparou com duas pessoas olhando para ele, uma com horror, a outra com satisfação.

O primeiro rosto lhe era familiar, mas do segundo parecia se lembrar apenas vagamente. Um alarme interno disparou de imediato, ao qual a expressão de Tiphaine fazia eco. Sim, ele já tinha visto aquele homem em algum lugar antes. Sem ainda saber por que, Sylvain sentiu seus batimentos cardíacos acelerarem, com a convicção inabalável de que uma tragédia se formava e que ele conheceria sua causa nos instantes seguintes. Um reflexo de defesa o forçou a revirar sua memória. Ele precisava se lembrar a todo custo das circunstâncias em que havia cruzado com aquele homem que estava de pé, na sua casa, na sua cozinha...

Quando reconheceu Alexis Raposo, seus nervos ficaram extremamente tensos, ele perdeu o chão e quase chegou a acreditar que seu coração iria arrebentar o peito. Ele ficou pálido então, em uma espécie de névoa de incompreensão, e voltou o olhar para Tiphaine. Vendo o terror nos olhos dela, ele perdeu a paciência.

— Tiphaine! — exclamou ele, em um grito cortado pela angústia. — Espera... eu posso explicar!

Ele seguia na direção dela, mas, ao chegar à altura onde estava o advogado, cujo olhar ele voltou a encontrar, sentiu uma explosão de raiva romper no peito, comprimindo sua caixa torácica a ponto de doer.

— Seu filho da mãe! — murmurou ele, rangendo os dentes enquanto agarrava Alexis Raposo pelo colarinho e o prensava contra a parede. — O que você contou para a minha esposa?

Surpreso com aquela agressão que não esperava, o advogado concentrou seus esforços em se soltar o mais rápido possível. A pergunta de Sylvain, cujo significado ele não entendia, ressoava em sua mente... Contar o quê? Mas, antes que tivesse conseguido se livrar das garras de Sylvain, este o soltou tão de repente quanto o havia agarrado antes de se voltar para Tiphaine.

— Tiphaine, não é o que você está pensando... Nós temos que conversar... Foi sem querer.

Tiphaine tinha acabado de presenciar aquela cena estranha, dividida entre o terror e a incompreensão. O terror de ver seus esqueletos saírem do armário, armados com pás e picaretas para desenterrar assuntos antigos e delicados para Sylvain e ela, foi sucedido pelo de descobrir que Sylvain tinha que lhe explicar alguma coisa que acontecera sem querer e que não era o que ela estava pensando. Uma coisa que acontecera sem querer e que Alexis Raposo deveria ter contado para ela.

Ela não estava entendendo mais nada.

Tiphaine não teve tempo de perguntar ao marido do que se tratava nem a razão pela qual ele havia prensado na parede um advogado que fora fazer perguntas sobre David Brunelle; Alexis correu até Sylvain, o agarrou pela camisa, gritando:

— O que eu não devia ter dito à sua esposa? Hein? Que você está indo pra cama com a minha? É isso? É isso que eu não devia ter contado à sua esposa?

Alexis havia perdido completamente a cabeça. A reação instintiva de Sylvain lhe dera a prova que ele não tinha absolutamente nenhuma vontade de descobrir. Aquele pobre idiota tinha se traído sozinho, já que só conhecia Alexis enquanto marido de Nora. Ao vê-lo em sua casa, diante da expressão horrorizada de Tiphaine, e como era de fato culpado, ele acreditara que o marido ciumento tinha ido atrás de vingança.

Alexis cravou os olhos nos de Sylvain, e neles despontou um brilho de sadismo.

— Mas, olha só, eu não contei nada para a sua esposa, seu idiota! — sussurrou ele, em uma voz abrandada pela satisfação de quem fere. — Foi você mesmo que contou para ela. Sozinho. Como um adulto.

31

TIPHAINE FICOU PARALISADA no meio da cozinha, completamente empertigada, com os olhos arregalados. Ela encarou Sylvain com um misto de ódio e incredulidade, enquanto, no peito, os poucos trapos de um coração já rasgado pela vida recomeçavam a sangrar. Então, se virando para o advogado:

— Quem... Quem é a sua esposa? — perguntou ela, destruída.

Alexis tinha soltado Sylvain, que o observava com desprezo, olhar de zombaria e sorriso mordaz.

— Nora Amrani, a sua nova vizinha — ele informou, se voltando para ela.

Foi o golpe de misericórdia. Tiphaine olhou para o marido, e o advogado achou por um instante que ela fosse se lançar sobre ele e arrancar seus olhos.

Já Sylvain havia acabado de se dar conta do tamanho de seu erro. Olhou da mulher para o advogado, atordoado, a garganta fechada por um grande fluxo de palavras, nenhuma das quais conseguia ultrapassar a barreira da angústia. Desculpas, justificativas, explicações, salvar o que tinha acabado de arruinar para sempre... Nora, que até então encarnara a fantasia de uma felicidade inacessível, lhe apareceu de repente a imagem do azar. E o peso das consequências de sua libertinagem estava na balança de uma interação na qual os poucos momentos de prazer que compartilhara com sua bela vizinha haviam sido esmagados para sempre.

O estupor fez o tempo parar em um silêncio ensurdecedor. Feridas abertas e cicatrizes sangrentas se apresentavam diante de olhares feridos, como respingos de ácido; todos os três se observavam, enfurecidos, mutilados, assassinos, sem saber quem seria o primeiro a recomeçar as hostilidades.

Foi Alexis quem arrancou de sua dor a virulência de uma necessidade de aniquilar. Exterminar. Reduzir ao pó.

— Tudo bem! Vamos deixar a educação de lado e falar do que interessa. Esses problemas sexuais de vocês dois logo vão ser a menor de suas preocupações.

Enquanto falava, ele foi até a sala de jantar apanhar seus documentos, que estavam em uma pasta verde-clara de plástico que ele agitava como uma bandeira.

— David Brunelle foi meu cliente. Ah, não por muito tempo, só durante o período em que ficou sob custódia policial por umas duas horas, e, francamente, cá entre nós, os policiais não tinham nada contra ele. E sabem por que os policiais não tinham nada contra ele?

Tiphaine e Sylvain olhavam direto para ele, congelados de pavor de uma frase que eles sentiam que era inevitável.

— Eles não tinham nada contra ele tão somente porque o cara era inocente! E eu identifico os inocentes imediatamente. Os inocentes e os culpados também, aliás.

Ele voltou os olhos para Tiphaine, para a qual olhava com frieza.

— Eu me lembro muito bem do golpe da dedaleira-roxa! A arma do crime era uma planta! O que quer dizer que o assassino era entendido no que dizia respeito a plantas. E, não sei por que, eu tinha dificuldades de imaginar David Brunelle como um belo jardineiro. Por outro lado, eu li em algum lugar que você trabalha no viveiro da cidade, ou estou enganado?

Ele fez uma pausa durante a qual continuou encarando Tiphaine com uma perspicácia aguda. Ela não se deu ao trabalho de responder.

— Outra coisa me surpreendeu — continuou ele sem largar sua presa. — Só que dessa vez dois dias depois, quando eu fiquei sabendo que ele havia se enforcado na balaustrada da escada.

Alexis avançou com suposições que seu talento de orador e sua experiência nos tribunais transformaram em certezas. As coisas não haviam saído como ele esperara e Alexis teve que mudar de tática: ele tinha planejado poder pressionar Sylvain com ameaças de revelar à sua esposa seu possível caso com Nora... Agora que ela estava a par do caso, sua chantagem tinha ido por água abaixo. Cabia a ele, então, transformar suas deficiências em trunfos para continuar à frente: ele teria que usar termos escolhidos a dedo cuja ambiguidade disfarçaria sua ignorância dos fatos, mas que incentivaria seus interlocutores a oferecer sua própria interpretação. As alusões são como raios laser que detectam a má consciência e a fazem sair de seu buraco com mais certeza do que uma cenoura diante da toca de um coelho.

— Durante todo o tempo em que ficou sob custódia policial, e também durante o trajeto de volta, aquele pobre sujeito me pareceu preocupado, nervoso, talvez até meio em pânico... Mas, sem dúvida, não estava desesperado. Para ser mais preciso, ele não me pareceu um cara prestes a colocar a corda no pescoço. E não estou falando de casamento.

Alexis ainda não tinha feito acusação alguma; ainda assim, Tiphaine e Sylvain estavam presos a cada palavra que saía de sua boca, com o semblante sério, a mandíbula cerrada. Todos os dois estavam com a cara de quem vê o golpe chegando, mas já sabe que não adianta tentar qualquer coisa para fugir dele.

Que simplesmente não há nada a fazer.

No entanto, Tiphaine sacou suas armas em um rompante repleto de fé. O desejo de ela mesma acabar com Sylvain provavelmente tinha algo a ver com isso.

— Quando chegou em casa, David encontrou a esposa deitada no sofá — explicou ela com uma voz grave. — Morta. Eles tinham acabado de discutir. E ela deu cabo da vida.

— Mas eu não acredito nem um pouco nisso! Desde quando as pessoas se suicidam com barbitúricos por causa de uma briga de casal? E, depois, é estranho que durante todo o caminho de volta o meu cliente estivesse muito mais preocupado com o filho dele do que com a esposa. O filho, que ele havia deixado com você, se bem me lembro. E, de acordo com ele, o garoto não estava em segurança sob seus cuidados. Por acaso você conhece muitos pais que se enforcam quando acham que o filho está em perigo na casa vizinha?

— E por que ele o deixou comigo então? — ridicularizou Tiphaine.

— Porque ele não sabia! Foi só quando disseram a ele que tinha sido levado porque havia um vaso de dedaleiras-roxas na varanda que ele explodiu incriminando você.

— Você não tem nenhuma prova do que está alegando!

A frase matadora, que tira as últimas dúvidas sobre a culpa do acusado, quando ele já não tenta mais provar sua inocência e passa para o patamar seguinte de defesa: existem provas?

Estalando a língua, Alexis Raposo expressou incerteza de possuir ou não provas daquilo que alegava. Ele brandiu sua pasta, que agora balançava como uma isca.

— Talvez eu tenha, talvez eu não tenha! — mangou ele sem esconder o prazer que sentia ao ver Tiphaine afundar cada vez mais em sua culpa. — Como saber? — Ele abriu um sorriso zombeteiro antes de prosseguir. — Então é assim que eu vejo as coisas: com provas ou não, aqui há elementos suficientes para reabrir o caso, e eu prometo a vocês que não vou largar o osso! Agora vamos acertar as coisas: mandar vocês para a cadeia não é um objetivo em si, embora eu tenha que confessar que isso me daria um prazer imenso.

— O que você quer? — perguntou Tiphaine, lançando um olhar de ódio.

Pronto! Um acordo tácito. Melhor do que uma confissão. Alexis Raposo não sabia nem se Tiphaine estava se entregando em relação ao caso de Ernest Wilmot ou ao suicídio dos Brunelle... Quem sabe até aos dois... Ele se virou para Sylvain, que não passava de uma sombra de si mesmo.

— Quero que o Don Juan pare de molhar o biscoito no café da minha mulher. Está me ouvindo, seu cafajeste? Esquece ela! Não bota mais o olho em cima dela. Ela não existe mais para você. Ela e os meus filhos. Não encosta a mão neles. Não chega perto.

— Você acha mesmo que os policiais vão reabrir esse processo com base em simples suspeitas? — caçoou Tiphaine, que tentava desesperadamente recuperar a vantagem. — Se você não tiver provas, não tem nada!

— Mas qual é a sua? — perguntou Alexis. — Você fica excitada de saber que seu homem está comendo outra mulher do outro lado do seu muro?

— Você não tem nada contra a gente! — continuou Tiphaine, sem se preocupar com os sarcasmos do advogado. — A polícia vai rir da sua cara com a sua pastinha toda vazia!

Alexis a encarou com um olhar ameaçador. Aquela mulher não desistia fácil, o que lhe deu mais uma prova de que era capaz de muitas coisas.

— A polícia talvez não — admitiu ele, com um sorriso predatório. — Mas tenho certeza de que o Milo não vai achar graça nenhuma.

32

O CONFRONTO CHEGOU AO FIM em uma tensão extrema. Quando Milo foi mencionado, Tiphaine se transformou em uma tigresa que teme que seus filhotes estejam em perigo. Se a traição de Sylvain a havia assolado, a urgência de proteger o adolescente da nocividade do advogado lhe devolvera toda a beligerância. Alexis percebera de imediato: assim que pronunciou o nome de Milo, Tiphaine se transformou mais uma vez, seus olhos brilharam de repente um luzir infesto e ela lhe lançou um olhar homicida.

Ele soube naquele exato instante que seria capaz de matá-lo.

Alexis Raposo já estava calejado com os desvios da alma humana, e a violência contida de sua interlocutora não o comoveu. Mas um sinal instintivo verrumou o interior de seu plexo, uma exortação à vigilância, algo que lhe dizia que os diques da razão daquela mulher podiam ruir a qualquer momento, como uma barragem que cede à força de uma pressão intensa demais. O advogado sabia por experiência que é essencial sempre deixar uma porta de saída para o inimigo, pelo menos a ilusão de poder se safar de uma situação extrema: alguém que não tem mais nada a perder... não tem nada a perder.

— Na verdade, as coisas são muito simples — resumiu ele, antes de se despedir. — Deixem a minha família em paz, e eu faço o mesmo com a de vocês. Cada um retoma a sua vida como antes. E todo mundo fica feliz.

Ele escrutinou Tiphaine para se certificar de que ela entendera bem o acordo. A animosidade em seu olhar não perdera nada da virulência, mas ele notou uma força para se controlar que o incomodou. Ela estava tentando manter a cabeça?

Alexis de repente queria ir embora o quanto antes. Se Tiphaine e Sylvain quisessem se livrar dele, o que os impediria de fazer aquilo naquele exato momento? As últimas dúvidas quanto à culpa dos dois se dissolveram na rudeza mal controlada da conversa. Mesmo que não tivessem reconhecido nada, a atitude dos dois os condenava.

Enquanto se dirigia ao hall de entrada, os pensamentos disparavam em sua mente. Será que deveria proteger suas costas? O confronto com Tiphaine o perturbara, ele sentia naquela mulher uma intensidade doentia que o deixava pouco à vontade. Que precauções tinha tomado para ir até ali? Nenhuma, exceto o plano de chantagem com o qual Sylvain acabara logo de cara e que, então, não passava de um vidro de veneno vazio. Nem sequer sua secretária fazia qualquer ideia de onde ele estava.

— Eu também gostaria de informá-los que fiz um check-up há pouco tempo e que minha saúde está de vento em popa — especificou ele, voltando-se para Tiphaine, que o encarou com um olhar cheio de significado. — Ritmo cardíaco, pressão arterial, colesterol... Tudo perfeito!

— Ficamos muito felizes por você — retrucou ela, sustentando seu olhar.

— Não, só estou dizendo isso para que vocês saibam que, se qualquer coisa desagradável acontecesse comigo, uma parada cardíaca, por exemplo, meu médico não acharia normal. Além do mais, devo informá-los que minha secretária tem uma lista de documentos a enviar para certas pessoas envolvidas nesse assunto. É uma precaução que tenho com alguns casos de que cuido... — Ele se calou só por um instante antes de terminar seu pequeno discurso. — Se acontecer qualquer coisa comigo, os documentos que dizem respeito a vocês dois serão imediatamente enviados para o Milo.

A ideia de se proteger dessa maneira acabava de lhe ocorrer. Ele deveria instruir Mélanie a enviar suas anotações para o jovem Milo Brunelle se ele por acaso desaparecesse ou fosse vítima de um ataque repentino. E avisar a Nora o quanto antes. Avisá-la. Talvez até mesmo convencê-la a voltar para casa por alguns dias, até as coisas se acalmarem. Agora que Tiphaine sabia que ela mantinha um caso com seu marido, as relações de boa vizinhança corriam o risco de sofrer algumas perturbações.

Assim que saía da casa, um rapaz estava prestes a entrar nela. Mesmo sem ser um Sherlock Holmes, Alexis soube que estava na presença de Milo. Ele cumprimentou o jovem com um sorriso caloroso antes de apanhar a carteira no bolso interno de seu paletó para tirar um cartão de visita.

— Olá, Milo, estou realmente muito feliz em conhecê-lo.

Surpreso, Milo não teve tempo de responder, o advogado já continuava:

— Meu nome é Alexis Raposo, sou advogado e fui eu que defendi seu pai oito anos atrás quando ele esteve sob custódia da polícia, na mesma noite em que... Enfim, você sabe o que quero dizer. Aqui está o meu cartão: se você quiser falar a respeito disso, ou se tiver alguma pergunta para me fazer, não hesite.

Cada vez mais atônito, Milo pegou o cartão e o examinou automaticamente.

— Raposo... Você é parente da Inès?

— Exatamente, meu rapaz! Eu sou o pai dela. O acaso, às vezes, faz as coisas certas...

Atrás dele, Tiphaine engoliu um grito de raiva. O advogado se virou para ela e viu uma ameaça palpável em seus olhos, a expressão do ódio misturada com a da ferocidade. Por alguns segundos que pareciam não ter fim, eles se afrontaram com toda a violência de uma malevolência mútua, e os dois souberam que uma guerra havia sido declarada.

33

A PORTA SE FECHOU atrás de Alexis Raposo como a de uma câmara mortuária sobre as carcaças de seus ocupantes perpétuos.

No hall de entrada, Milo continuava segurando o cartão do advogado, um pouco atordoado com aquele encontro inesperado. Perdido em seus pensamentos, ele não notou de imediato o silêncio estranho que reinava no cômodo, a imobilidade lúgubre de Tiphaine e Sylvain, o estupor que marcava seus traços. Mas, depois de um bom minuto, ele ergueu o rosto e se deu conta de que alguma coisa estava errada. Os dois o encaravam com um estarrecimento misturado com consternação.

— O que aconteceu? O que foi que eu fiz?

— Nada! — exclamou Tiphaine com uma voz vazia.

— Quem era aquele cara?

Tiphaine sentiu que gelava da cabeça aos pés, e a pergunta de Milo ressoou em sua mente, com as sílabas distorcidas ricocheteando nas paredes do crânio.

Quem era aquele cara?

Aquele cara?

Uma obsessão funesta que tinha saído do inferno do passado.

O fantasma de uma dor que beirava a loucura.

— Hein? Quem era ele? É verdade que ele defendeu o meu pai?

Incapaz de responder à pergunta do adolescente, Tiphaine se voltou para Sylvain, por reflexo, por hábito, porque meia hora antes ele ainda era um aliado.

O fantasma parado diante dela a horrorizou.

— Ei! — soou a voz de Milo. — Tem alguém aí?

Ela arrancou a amargura de seu desgosto. Desviou o olhar, se voltou novamente para Milo e esboçou um sorriso fraco.

— Ao que parece, sim, ele defendeu o seu pai enquanto ele esteve sob custódia da polícia — articulou ela com a intolerável sensação de que cada uma de suas palavras a dilaceravam ao sair pela sua boca. — Dito isso, ele só ficou com o seu pai por duas horas ao todo... Não sei muito bem o que ele poderia lhe dizer além do que a gente já sabe.

— Mas você está de brincadeira! — exclamou Milo, de repente febril. — Ele deve ter sido a última pessoa que viu ele vivo!

Tiphaine fechou os olhos. Entre a náusea e a repulsa, ela teve que se forçar a não sucumbir. A agitação do jovem acabou por lançá-la no abismo de um pesadelo do qual sabia que nunca acordaria.

Dali em diante, ela não tinha nada a perder.

34

Quando saiu da casa dos Geniot, Alexis Raposo teria dado qualquer coisa para descarregar sua raiva. Para colocar sua ira para fora, para destruir, para externar, para expulsar o sofrimento que corroía sua alma. A conversa tinha rendido muitas revelações e reviravoltas dramáticas, mas não havia saído absolutamente como planejara. Ele tinha a desagradável sensação de que os acontecimentos estavam fugindo do seu controle, que ele não tinha mais como prever seus possíveis desdobramentos. Que tinha acabado de destravar uma granada pronta para explodir na sua cara.

E, acima de tudo, ele tivera a confirmação do intolerável. Sua esposa, sua Nora enlaçada por outros braços que não os dele, sua pele acariciada por outras mãos, seu rosto, sua boca... Ele passou na frente do número 26 como uma flecha, com o estômago revirado, com vontade de arrombar a porta e quebrar tudo lá dentro...

Afastar-se. O mais rápido possível. Recuperar o controle das suas emoções, vencer o desejo de machucar. Sua mente estava abrasada com o caos de seu rancor, a desordem de suas palavras, das imagens, as do corpo de Nora, seus gemidos, sua boca contorcida pelo efeito do prazer, e o veneno do ciúme que se espalhava por suas veias, contraindo seus músculos e o forçando a cerrar a mandíbula... Alexis Raposo acelerou, ele tinha que sair daquela rua, dar o fora do bairro. Ir para bem longe para vencer o desejo. Dar um jeito de se acalmar. Não agir por impulso.

Enquanto seguia para o carro, ele olhou para o relógio, engoliu um xingamento e então começou a correr. Mélanie deveria estar contrariada! Ele tinha que voltar para casa o mais rápido possível para liberar a moça e cuidar dos seus filhos... Cuidar dos seus filhos! Como ele conseguiria superar aquela noite? Como faria para não pensar em Nora? Imaginá-la sozinha em casa, apenas a alguns metros de seu amante. Apenas a alguns metros de...

Alexis de repente passou a caminhar mais devagar. As palavras, as imagens se materializavam com uma viscosidade que se enrolava em suas pernas, atravancando seus passos. O olhar de Tiphaine assomou sua memória, aquele brilho homicida que ele vira luzir nas profundezas de suas pupilas, e o ódio que ela agora devia nutrir por Nora...

Desta vez, Alexis estancou, com uma angústia cravada no coração. Nora não tinha chance alguma contra Tiphaine, e a essa fraqueza se somava o fato de ela não estar a par da situação. Se Tiphaine planejasse acertar as contas naquela noite, Nora abriria a porta e a deixaria entrar em sua casa, sem suspeitar nem por um instante de que ela estava recebendo a esposa traída, e não a vizinha gentil.

Alexis Raposo deu meia-volta enquanto sacava seu telefone. Digitou o número de Mélanie e, quando o telefone começou a tocar, ele procurou desesperadamente uma desculpa. A voz de sua secretária soou, e ele ainda estava sem ideias, por isso lidou primeiro com o assunto mais urgente: ele lhe disse que estava a caminho de casa, que tinha apenas um último detalhe para resolver, que não demoraria muito mais.

Mélanie, que conhecia os truques de linguagem do chefe, avaliou a situação à perfeição:

— Tudo bem, estou fazendo os garotos jantarem. Mas, se você não estiver aqui em uma hora, vai ser a última vez que te faço um favor!

Depois ela desligou.

O advogado exagerou seu constrangimento e voltou a colocar o telefone no bolso. Alguns segundos depois, ele chegou, sem fôlego, diante da porta de Nora. Tocou a campainha com o coração apertado e esperou que ela abrisse.

Quando ela apareceu na porta, ele não lhe deu tempo para convidá-lo para entrar. Enfiando a pasta debaixo do braço, ele a segurou pelos ombros, a empurrou com firmeza para dentro da casa e procurou resumir a situação para ela.

— Bom! Para ser breve: a bomba atômica acabou de explodir na casa vizinha e você logo vai sofrer com a radiação.

— Do que você está falando? — reagiu Nora, livrando-se de suas mãos. — E onde estão as crianças?

— Estou te contando que a sua vizinha está a par das suas trepadinhas com o marido dela, e posso te garantir que ela não tem mais intenção de lhe oferecer biscoitos em uma linda cesta de vime. Então, arruma suas coisas agora e volta para casa.

— Você está de brincadeira, só pode ser!

Alexis Raposo reprimiu um gesto de irritação.

— Não, eu não estou de brincadeira — retrucou ele, mal contendo sua fúria. — Mas você não perdeu tempo, hein? Se fosse só para você se jogar em cima do primeiro idiota que aparecesse, não precisava ter se separado de mim: era só fazer isso escondido! Oportunidade você teve, eu nunca estava em casa!

O tapa partiu como um raio que risca um céu de tempestade. Tomado pela surpresa, Alexis soltou sua pasta, que caiu no chão e foi parar debaixo do móvel do hall.

— O que você foi dizer para a Tiphaine? — berrou Nora, revirando os olhos desvairados.

— Que engraçado, seu namoradinho disse exatamente a mesma coisa tem meia hora! — provocou Alexis, esfregando a bochecha. — O que havia para dizer na sua opinião?

— Saia da minha casa agora mesmo!

Nora o fulminou com um olhar revoltado. Ela queria se esgueirar entre ele e a parede para correr até a porta da frente e mandar que desse o fora. Quando ela ia passar junto dele, Alexis bloqueou sua passagem.

— Mas que inferno, Nora, para com essas suas besteiras! Você não sabe do que essas pessoas são capazes!

— Ah, sim, é verdade, eu estava esquecendo! — zombou ela, dando uma risada de deboche. São todos uns psicopatas em potencial, não é?

Alexis a agarrou pelos punhos, forçando-a a olhar para ele.

— Não estamos mais nesse ponto, Nora. Desta vez é sério, você tem que confiar em mim!

— Me solta!

O advogado estava perdendo a paciência, sem conseguir encontrar as palavras para convencê-la da gravidade da situação. Sua incapacidade, somada à raiva e ao ressentimento, o deixou louco. Ele tinha que fazê-la entender que tudo era maior do que eles, do que os dois enquanto casal, e que, apesar de seu ciúme, ele estava apenas agindo tendo em mente os interesses dela.

— Me solta — urrou ela mais alto. — Me solta ou eu vou gritar!

O que era absurdo visto que ela já estava gritando.

Ela se debateu, procurando se livrar dele, enquanto ele a segurava para que ela se acalmasse, para que ela o ouvisse, mas só conseguia o efeito contrário: quanto mais ele firmava o aperto, mais ela lutava para fugir dele, para se libertar de sua fúria... Alexis entendeu que não conseguiria nada daquele jeito e acabou por soltá-la, esperando assim conseguir sua atenção... Assim que se viu livre, Nora tentou mais uma vez correr para a porta de entrada, não mais para tocar o visitante indesejado de sua casa, mas para fugir dele, ficar o mais longe possível dele...

Alexis entrou de novo na frente dela.

Consciente de que ele não a soltaria, Nora sentiu o pânico aumentar dentro de si, se espalhar por suas veias, a congelar de pavor. Ela conhecia o ciúme doentio do marido. Seus acessos de paranoia e seu ressentimento resistente. Também conhecia a violência que aquelas emoções provocavam nele. Era possível ler o medo em seus olhos, ela não enxergava mais nada, só tentava se esquivar de um jeito ou de outro... Enquanto ele só queria que ela o escutasse... E, tentando chamar sua atenção, ele começou a falar com ela, rápido, para dar o máximo de informações possível, para que ela entendesse a situação explosiva em que estava metida, pronta para virar um drama a qualquer momento...

— Mas que droga, Nora, se acalma! Eu só quero que você entenda. Eles são assassinos, já mataram uma vez, e talvez até os pais do Milo, de qualquer jeito, aquela Tiphaine, ela não é...

— Os pais do Milo? — gritou ela, à beira da histeria. — Eles é que são os pais do Milo! Você está ficando completamente louco, Alexis!

— Não! Exatamente! O caso do cara que se enforcou que te contei da outra vez... O pai do Milo era ele, que se suicidou na casa ao lado...

— Você está falando bobagem! Está me deixando com medo, Alexis! Vai embora, por favor, vai embora!

— Você não está mais em segurança aqui, você não sabe do que ela é capaz... Venha com...

Antes que ele tivesse tempo de terminar a frase, e aproveitando o fato de que ele estava mais tentando convencê-la do que impedi-la de passar, ela deu um jeito de escapar pela lateral e disparou feito uma flecha em direção à porta da frente. Alexis soltou um grito de impotência, deu meia-volta e a alcançou em duas passadas. A situação estava fugindo do controle dele, ele estava perdendo um tempo precioso, assim como sua compostura, não sabia mais como abordá-la, e sua incapacidade de fazê-la dar ouvidos à razão o exasperava mais do que tudo. Ele a agarrou pelo braço e a virou violentamente.

— Você tem que entender que não pode ficar aqui esta noite! Não sozinha! Aquela mulher é maluca! Eles perderam um filho oito anos atrás. Pouco depois, estou convencido de que mataram o padrinho do Milo e suspeito até que estejam envolvidos no suicídio dos pais dele!

Sem conseguir se mexer, Nora não ouvia mais nada. Pânico e perplexidade a paralisaram de angústia, ela só tinha uma ideia em mente: fugir! Atrás da menor chance para se livrar do marido, ela viu a escada que levava ao andar de cima, empurrou Alexis e correu até ela. Enquanto subia os degraus, conseguia ouvir o passo pesado e determinado do ex-marido atrás dela, a poucos metros de distância, e o som da corrida que se aproximava enquanto seu coração batia forte no peito, cada vez mais rápido, cada vez mais perto, com Alexis gritando seu nome:

— Nora! Mas que merda, volta já! É deles que você deve desconfiar, não de mim!

Ela chegou ao segundo andar antes que ele a alcançasse. A subida e o pavor a deixaram sem fôlego; ela virou à direita bem na hora em que Alexis também chegou ao patamar e que começava a esticar o braço... Virando a cabeça, Nora se viu perdida. Num movimento de defesa instintivo e desesperado, ela deu meia-volta e empurrou o marido com toda a violência de que era capaz.

Alexis estava no alto da escada. O empurrão de Nora o desestabilizou, ele sentiu que caía para trás, reagiu tarde demais para tentar se equilibrar com os braços, balançou-os no ar em um movimento inútil... E perdeu o equilíbrio.

Ele caiu. Bateu as costas violentamente. Quebrou o pescoço. Arrebentou o baço. Partiu várias costelas, uma das quais perfurou um pulmão. Rolou de lado, bateu a cabeça na balaustrada e fraturou o crânio no piso de ladrilhos do hall de entrada.

No andar de cima, Nora encarava o corpo sem vida de Alexis, tremendo da cabeça aos pés.

35

O TEMPO FICOU CONGELADO. E com ele o coração de Nora.

O fôlego de uma respiração. A dela. Ofegante. Hiperventilada. O silêncio também, ensandecedor. O precipício de uma realidade que a suga, um fato que ela se recusa a assimilar, uma realidade impossível.

De vítima, ela virou carrasca.

De livre, ela viraria uma prisioneira. Remorso, dor e talvez, quem sabe, justiça humana.

— A... Alexis?

Silêncio ainda, imobilidade, frio. Morte...

Os segundos corriam, prolongados pelo medo, um terror quase insuportável, um horror que só se consegue conceber com o tempo, bastante tempo, talvez toda uma vida, quando sabemos que aquela que está prestes a partir ressoará para sempre nas planícies áridas do remorso.

Nora ainda encarava o corpo de Alexis, seus olhos arregalados de pavor. E embora, poucos momentos antes, ela temesse mais do que tudo a presença e os gestos dele, teria dado de tudo, então, para que ele se levantasse, para que se mexesse. Para que ele estivesse ali.

Ela se forçou a ficar imóvel, a única maneira que tinha de parar o tempo. Enquanto não se mexesse, talvez ainda houvesse uma chance, ínfima, a última, de as coisas não terem ocorrido. Ou de poderem se resolver, de um jeito ou de outro, talvez até mesmo retroceder. Ao desejar com muita força, ao rezar, ao acreditar...

— Alexis...

Nora se deu conta de que não estava mais nem sequer fazendo uma pergunta. Como se ela já soubesse. Como se tivesse se rendido. A realidade desabou sobre ela com uma violência inaudita, com tamanha brutalidade, quase insuportável... Sua razão prestes a sucumbir... Afundar na loucura, só porque é o caminho mais amplo, o menos escarpado, o mais luminoso.

Mas no caminho da razão, o do horror, obscuro e acidentado, duas silhuetas se agitavam e a chamavam, duas sombras que ela conhecia muito bem, que ela amava, que venerava até, e pelas quais teria rastejado no chão... As vozes delas ecoaram no silêncio gelado da casa, e a palavra que pronunciaram rasgou seu coração com dentadas frias e metálicas.

Mamãe!

Quase com remorso, Nora desviou da luz clara e atraente da loucura e seguiu para a penumbra severa da consciência.

Foi só então que ela saiu correndo escada abaixo, cambaleando, se agarrando com toda a força ao corrimão para que não caísse.

Quando chegou diante do corpo inerte de Alexis, ela se ajoelhou. O advogado estava caído de bruços, e tudo o que se via eram as costas e a parte posterior de sua cabeça fraturada. Coberta de sangue.

Durante uns instantes ela não ousou tocá-lo, sem saber como manejá-lo. Como saber? Pelos braços, cujo esquerdo formava um ângulo antinatural? Pelo lado ensanguentado? Pelo crânio quebrado em diversos lugares?

Ela começou a soluçar dando gritos curtos, sentiu o pânico voltar e o caminho da loucura chamá-la mais uma vez, piscando suas luzes psicodélicas... Então ela urrou. Um grito que expulsou de si mesma para se libertar do pavor que a invadira já havia alguns minutos. Ou diversos séculos, ela não sabia mais. E quando, por fim, ela gritou muito, quando seus pulmões ficaram completamente vazios, ela voltou a tomar ar, como alguém que se agarra à menor escarpa à beira de um precipício e tenta voltar a colocar os pés na realidade.

Ela se levantou e se recompôs, as poucas migalhas que ainda prestavam. Os seus filhos! Onde estavam os seus filhos? Que horas eram? Sete e quinze da noite! Sem dúvida, seus filhos deveriam estar na casa do pai deles...

Nora baixou o olhar para o corpo sem vida de Alexis.

Seus filhos estavam sozinhos. Urgência. Com o corpo tomado de espasmos, titubeou até a cozinha onde estava seu celular, apanhou-o e apertou com força as teclas que formavam o número de Inês... Os dedos dela percorriam o teclado, aquela combinação de números que tinha digitado tantas vezes, enquanto na sua cabeça as palavras se aglomeravam de modo anárquico...

O que ela iria dizer para a filha?

Nora gemeu ao desligar o celular. Ela precisava de ajuda. Estava muito confusa para a menor decisão que fosse. Tremendo, ela abriu sua agenda e clicou no número de Mathilde. Ela era a única pessoa que poderia ajudá-la.

Assim que ouviu a voz da amiga, ela começou a chorar.

— Nora? — exclamou Mathilde, ouvindo os lamentos do outro lado do celular. — É você?

Incapaz de pronunciar uma palavra, Nora se desfez num choro.

— Nora! Mas o que está acontecendo, droga? Fala comigo!

— A... Alexis...

— O quê? Alexis? O que foi que ele fez agora?

— M... Morto!

Um breve silêncio, entre o estupor e a incompreensão, o qual Mathilde logo quebrou.

— Mas o que é que você está falando? Onde você está?

Gemidos. Só a expressão de dor conseguia sair de sua boca.

— Nora, me responda! Onde você está?

— Na minha casa...

— Não se mexe, já estou indo!

Mathilde saiu na mesma hora, logo depois de dizer para Philippe que precisava sair...

— Isso mesmo, agora mesmo, é uma emergência, um problema com a Nora, não, não sei o quê, não, não dá tempo de botar a caçula para dormir.

Durante minutos intermináveis, Nora ficou prostrada nos degraus da escada, encarando o vazio mais além do cadáver, sem precisar olhar para ele. A imagem dele estava registrada em sua memória, ela não corria o risco de esquecer.

ALÉM DO INSTINTO 183

Alexis. Morto. O pai de seus filhos. O seu marido. O homem por quem ela se apaixonara um dia, havia muito tempo. Era assim que terminara. Ela sentada no degrau de uma escada, ele estendido a seus pés, banhado por seu próprio sangue depois de uma queda mortal. Em uma casa que ela havia alugado para se afastar dele. Depois de tantas brigas, de tantos gritos, de tantas repreensões, de tanto choro. Depois de momentos bons também, quando ainda havia sentimento, quando o prazer de se ver superava as inconveniências da vida conjugal.

Depois de dois filhos.

O toque de um telefone celular soou de repente, arrancando Nora da valsa desarticulada de imagens que passavam por sua cabeça. Seu coração estremeceu sob a lâmina gelada do terror, como um líquido congelado que se espalhava nela e percorria seus membros, petrificando-a enquanto passava. De onde vinha aquele toque? Não era o dela! O som vinha de lá, de bem perto, bem da frente dela... Alexis... O celular dele... Alguém estava tentando falar com ele... Paralisada, Nora não ousou se mexer e esperou, com o coração na garganta, que o telefone parasse de tocar. O que aconteceu depois de cinco toques.

O silêncio voltou a tomar conta do lugar. E Nora, de suas angústias.

O que ela iria dizer aos filhos? Como encararia o olhar deles? Como suportaria sua dor? Como pretendia ter a menor autoridade sobre eles no futuro? Como faria para superar aquilo?

Seus pensamentos a carregavam para o abismo do horror, e ela ainda não se sentia pronta para afrontar sua consciência. Precisava parar de pensar, tinha que encontrar um jeito de deter as imagens que corriam loucamente e se impunham: o rosto de Nassim, depois o de Inès, suas expressões de sofrimento, de incompreensão, e o destino dando uma lição neles, tão jovens! Ela imaginava as viaturas da polícia diante da casa, a ambulância, o corpo de Alexis sendo levado em uma maca. E ela saindo de casa, de mãos algemadas.

E depois?

Quem cuidaria dos seus filhos?

De repente, a campainha da entrada tocou, cortando mais uma vez o silêncio sepulcral que invadira toda a casa. Nora deu um pulo, soltando um breve grito de pavor. Então, se dando conta de que era Mathilde, ela saltou e correu em direção à porta.

Quando abriu, seu coração quase parou de bater.

Milo estava parado na calçada e exibia um sorriso desajeitado.

36

Depois da visita de Alexis Raposo, Milo subiu para o seu quarto, pensativo, com o cartão do advogado na mão.

Sozinhos no térreo, Tiphaine e Sylvain evitavam se olhar, ela por desgosto, ele corroído pela vergonha. Não tanto por tê-la traído, mas pela maneira como ela ficara sabendo de sua infidelidade, a qual, a propósito, tinha sido mais para o lado da fantasia: além de alguns beijos e uma tarde quente, aquela história tivera de fato tempo de existir?

Talvez fosse até o que ele mais lamentava naquele instante. Muitos desgastes antecipados para tão pouca satisfação sentida.

Sem dizer uma palavra, Tiphaine foi para a cozinha preparar o jantar. Sylvain, que a conhecia bem, sabia que não adiantava tentar explicar imediatamente. Era melhor dar tempo para ela digerir a notícia. Ele foi para a sala, cruzou a sala de jantar e saiu para a varanda, onde ficou uma boa meia hora afundado em seus pensamentos sombrios.

Depois, com o coração partido, ele entrou na casa, pronto para confrontar a esposa, certo de que iria tomar uma bronca. Era melhor que fosse de uma vez.

Ele se juntou a ela na cozinha e se recostou na parede.

— Podemos conversar a respeito?

Ela não respondeu na mesma hora. Concentrada na tarefa que fazia, tratava de sua ocupação como se sua vida dependesse dela. E aquele era mesmo o caso. Sylvain suspirou: ele preferia que ela gritasse, que xingasse, que batesse nele, qualquer coisa além daquela frieza desdenhosa e insuportável. Então, quando ele estava prestes a sair da cozinha, ela se voltou para ele e seu olhar se iluminou com um luzir de fúria:

— Você não acha mesmo que vai se safar assim, acha?!

— Não, mas é claro que não — ele respondeu quase aliviado. — Eu queria que a gente conversasse sobre...

Ela começou a gargalhar. Uma risada quase contente.

— Eu não estou nem aí para as suas escapadelas, Sylvain. Imagina! Se embolar com a vizinha, isso é comum! É quase cômico. O problema é que você escolheu a esposa do único cara que pode mandar a gente para a merda. Fazer a gente ir por água abaixo. Acabar com a nossa vida. E nesse caso, percebe, me dá muito menos vontade de rir.

Sylvain não conseguiu esconder seu espanto. Ele não esperava que ela fosse se desmanchar, sobrecarregada pela dor. Só que um cinismo daquele o feriu. Não restava mais nada entre eles? Nem sequer a menor migalha de ternura, nem sequer a mínima lembrança de cumplicidade?

— Não faz essa cara, Sylvain — caçoou ela. — Você não esperava que eu caísse em prantos te chamando de filho da puta, não é?

— Não, claro que não... — repetiu ele pela segunda vez em menos de três minutos.

Então ele soube que entre eles restava apenas a marca da infelicidade, os estigmas do tormento. A hostilidade da solidão. A dor tinha sido mais forte do que o amor dos dois. Eles tinham se tornado prejudiciais um para o outro. E representavam tudo o que haviam perdido.

Maxime havia levado embora até as mais ínfimas lembranças de felicidade.

— Pode continuar comendo ela, não estou nem aí — zombou Tiphaine como se tivesse seguido o curso dos pensamentos dele. — Mas dê um jeito de nos colocar fora de perigo.

Então ela acrescentou:

— Senão, eu me encarrego disso.

Sylvain a interrogou com o olhar. A resposta que ela lhe dirigiu não teve necessidade de uma precisão declarada.

De repente, ele se sentiu esgotado com o rumo dos acontecimentos. Como as coisas haviam chegado àquele ponto em apenas uma semana? Sete dias antes, a vida dele ia seguindo na monotonia de um cotidiano insípido. Sem pavor ou dor. Sem emoção, sem surpresa. E sem sonhos.

— Não, Tiphaine — murmurou ele com uma voz neutra. — Desta vez, não.

No calor do momento, ela teve dificuldades para esconder sua surpresa.

— Desculpe? — perguntou ela como uma rainha que tinha acabado de ser desrespeitada por um súdito.

— Você me ouviu bem — retrucou ele de imediato com uma voz mais firme. — Chega de besteiras.

— Eu não acho que você esteja na posição de discutir...

— Eu estou em posição de fazer o que eu quiser, Tiphaine. E isso eu não quero fazer.

— Eu nunca dependi de você para fazer o que quer que fosse — zombou ela.

— Nem para ser o cúmplice do que quer que fosse — acrescentou ele, áspero.

Tiphaine o observou, procurando estimar sua determinação. E, desta vez, ela entendeu que mesmo as fraquezas que os dois tinham em comum não impediriam Sylvain de se opor a ela.

Como que para confirmar o que ela temia, ele se aproximou dela e lhe lançou um olhar sombrio.

— Tiphaine, se alguma coisa acontecer com esse advogado... Eu juro que me separo de você.

Um barulho de passos na escada interrompeu o confronto dos dois. Eles se afastaram, cada um indo para lados opostos da cozinha.

Como dois amantes prestes a serem surpreendidos.

Milo enfiou a cabeça na cozinha e os encarou por um instante sem dizer nada. Então Tiphaine se virou para ele, fingiu notá-lo e deu-lhe um magnífico sorriso sinistro.

— Oi? Quer alguma coisa, querido?

O adolescente deu um sorriso de cansaço: ele odiava quando ela o chamava de "querido".

— Eu tenho que fazer um negócio rapidinho aqui perto. Já volto.

Em geral, Tiphaine teria lhe perguntado do que se tratava, quem ele iria encontrar, quanto tempo demoraria, se era mesmo importante...

— Tudo bem, Milo. Mas não demore.

O adolescente simulou uma atitude de reflexão imóvel, uma sobrancelha erguida em sinal de espanto, depois desapareceu. Ele estava com o cartão do advogado na mão. Saiu de casa e foi tocar a campainha da porta vizinha.

37

— Milo? — engasgou Nora ao dar um passo à frente na calçada para poder fechar a porta atrás de si e esconder de sua visita inesperada a imagem do cadáver que jazia na entrada.

O jovem acenou desajeitado um cartão de visita diante de Nora, como se fosse um pedido de desculpas.

— Boa noite, Nora, desculpe te incomodar... Eu... É só que eu queria saber se a Inès estava aí, porque eu tenho uma coisa para perguntar a ela.

— I...Inès?

A pergunta provocou tamanha surpresa em Nora, que Milo de repente se sentiu idiota por ter perguntado. Só que não tinha lhe parecido nem um pouco estúpido tocar a campainha da casa da exata pessoa que estava procurando.

— Ela está na casa do pai dela — esclareceu Nora, como se tivesse visto um fantasma.

— Ah... É sobre o pai dela mesmo... Ele estava na nossa casa há vinte minutos e...

Milo, então, notou as manchas de rímel escorrido que marcavam as bochechas dela, seus olhos vermelhos de chorar, as olheiras que marcavam seu olhar com uma sombra devastadora...

— Você está bem?

Desta vez, Nora o encarou como se ele tivesse feito uma pergunta absurda.

— Está tudo certo! — ela respondeu por fim, fazendo um esforço para se recompor.

Depois, ela ficou calada e esperou. Milo sentiu o mal-estar que o tomava, perturbado pelo rosto atormentado da mãe de sua amiga, uma adulta que claramente estava precisando de ajuda, e ele se sentia impotente.

O barulho de um motor desacelerando chamou sua atenção, assim como a de Nora. Os dois voltaram o olhar para o carro que estava prestes a manobrar para estacionar a alguns metros da casa. Aliviada, Nora reconheceu o carro de Mathilde.

Esta fez uma baliza nervosa, apanhou sua bolsa ao mesmo tempo em que abria a porta do carro e saía do veículo. Então, ela correu até Nora.

Ao se deparar com a jovem visita diante da casa, Mathilde tentou sondar o estado de espírito da amiga. A expressão de pânico no rosto dela não lhe deixou dúvida alguma: claramente o adolescente havia caído de paraquedas. Além do mais, Nora a recebia com um brilho desesperado nos olhos, um pedido de socorro que era quase uma súplica.

Mathilde foi pega de surpresa. Ela se aproximou deles e esboçou um sorriso tranquilizador, primeiro para Nora, depois para Milo. Ele olhava de uma para a outra, claramente sem entender nada. A vizinha dele encontrou forças para sorrir para ele, balançando a cabeça.

— Vou dizer para a Inès que você está tentando falar com ela. Tchau, Milo.

O jovem entendeu que estava sendo dispensado e, no fundo, sentiu um grande alívio. Ele se despediu das duas mulheres e voltou para casa sem insistir.

Mathilde e Nora esperaram que a porta da casa geminada se fechasse atrás do adolescente... Então, Nora desabou junto da amiga como se não tivesse mais forças para se manter de pé.

— Me explica, Nora — pediu Mathilde, segurando-a nos braços. — Cadê o Alexis?

Com um gesto desesperado de cabeça, Nora indicou o interior de sua própria casa. Mathilde encarou a amiga com angústia, afastando-a um pouco para olhá-la de frente, sem soltá-la.

— Você quer dizer que...

Nora só conseguiu assentir febrilmente concordando. Mathilde engoliu em seco.

— Ele... Ele morreu?

Nora apenas olhou para baixo.

— Ah, não! — murmurou Mathilde com um suspiro agoniado. — Mas o que foi que aconteceu? Espera, não! Não me conta isso aqui. Vamos entrar na sua casa...

— Não!

Instintivamente, Nora deu um passo para trás se afastando da porta. Mathilde lançou um olhar preocupado.

— Tudo bem. Vamos entrar no meu carro.

Ela pegou a amiga pelos ombros e a guiou até o veículo.

Uma vez lá dentro, Nora contou de maneira desconexa como tudo acontecera. As palavras se sucediam sem lógica, formando frases cujo sentido continuava nebuloso, o que obrigou Mathilde a interrompê-la para pedir alguns esclarecimentos. Depois de mais ou menos dez minutos, ela conseguiu ter uma visão aproximada da situação, que a deixou completamente desesperada.

Por alguns minutos, as duas mergulharam num silêncio pesado, como se o tempo tivesse congelado em um tipo de purgatório insípido. Logo antes de despencar no inferno.

Então, Mathilde pôs fim àquele estado de expiação letárgica.

— Você tem que chamar a polícia...

Nora arregalou os olhos de horror.

— Nem pense nisso! — ela exclamou entre gritos e soluços.

— É sua única chance de sair dessa situação — continuou Mathilde com convicção. — Você agiu em legítima defesa. O Alexis não tinha nada que estar na sua casa. Ele tentou usar de brutalidade com você. A única coisa que você fez foi se proteger!

— Mas e se eles não acreditarem na minha versão?

— E por que eles não acreditariam? É a verdade, não é?

Nora olhava para a frente, os olhos perdidos na perspectiva vil de se entregar à polícia. De se submeter a um interrogatório. De revelar para seus filhos o crime que cometera. De enfrentar as consequências de seu ato, mesmo que ela não tivesse desejado nada disso. O terror tomou conta de seu ser, ela se sentiu mais uma vez presa no precipício do horror, incapaz de vislumbrar a menor luz no fim do túnel escuro que parecia engoli-la.

— Nora! — insistiu Mathilde, que sentia que a amiga estava presa num tormento dos mais terríveis. — Senão vai ser pior! Eles vão acabar descobrindo de qualquer maneira... De um jeito ou de outro... Só que aí você não vai ter chance de sair da enrascada!

— A não ser que eu me livre do corpo! — Nora murmurou, ofegante.

— Para!

Mathilde olhou para ela apavorada. Ela não sabia como fazê-la dar ouvidos à razão, se dava conta da gravidade dessa escolha decisiva e pressentia que a sua amiga iria cometer um erro enorme do qual se arrependeria pelo resto da vida.

— Nora, eu te imploro. Não faça isso. Nem sequer pense nisso! Só a verdade vai te salvar!

— Bastaria fingir que houve um acidente... — continuou sem nem parecer notar que Mathilde estava falando com ela.

— Foi um acidente! — gritou a amiga para tentar acordá-la.

Nora se encolheu. Depois ela se virou devagar para Mathilde. Em seu olhar, dava para perceber um oceano de desespero. Ela começou a falar com rapidez, como se estivesse tentando expressar sua linha de pensamento e as palavras não saíssem de sua boca com velocidade suficiente.

— Um acidente no qual eu não estivesse implicada! Poderíamos colocá-lo em seu carro e jogá-lo do alto de um penhasco... Só que não existem muitos penhascos por aqui. Ou, no shopping, logo atrás da loja de bricolagem, tem aquele canteiro de obras, eles estão construindo um prédio novo... Eu fui lá ontem mesmo. Tem um buraco enorme, e a estrada para chegar até lá só é interditada por umas cancelas comuns. Nós colocamos o Alexis no carro dele, dirigimos até lá, colocamos ele atrás do volante... E empurramos o carro para dentro do buraco.

— Mas que absurdo!

— Não! É simples! Eu travo o freio com alguma coisa, com qualquer coisa, com uma pedra, por exemplo, piso no acelerador e, quando o motor roncar, eu tiro a pedra com um pedaço de pau, ou com um guarda-chuva... Eu li num livro, não deve ser muito complicado...

Mathilde soltou um gemido esgotado.

— Nós não estamos em um livro! — gritou ela, aflita pela impotência que sentia para fazer Nora recobrar os sentidos. — Isso nunca vai funcionar!

— Sim! Pode funcionar! Mas eu preciso de você! Por favor, Mathilde, não me abandone nessa!

Abalada pela angústia da amiga, Mathilde olhou para ela com consternação. Sua mente estremecia com mil pensamentos, ela tinha que encontrar alguma coisa para desviá-la daquela loucura, um argumento arrebatador que colocasse seus pés de novo no chão.

— Pense nos seus filhos! — implorou ela com toda a força de persuasão de que era capaz.

A evocação pareceu atingir seu objetivo: Nora estremeceu e pareceu, por fim, despertar.

— Os dois estão sozinhos na casa do Alexis! — exclamou ela, apavorada. — Eu tenho que ir buscá-los. Me passa o seu celular!

Surpresa com aquela mudança de atitude, Mathilde hesitou.

— O meu celular? Para fazer o quê?

— Eu tenho que ligar para eles, dizer que está tudo bem. Dizer que eu estou aqui. Que eu vou buscá-los.

— E por que você iria buscar os dois? Não era para você saber que eles estão sozinhos!

— Me passa seu telefone! — Nora repetiu, endurecendo o tom.

Mathilde se sentiu presa em um nó de dúvidas. Ela se deu conta de que a situação estava saindo do seu controle e que ela não seria capaz de impedir o que quer que fosse. A mente dela estava cheia demais de ideias, ela não conseguia pensar mais... Nervosa e indefesa, enfiou a mão na bolsa, sacou o celular e o entregou a Nora.

Ela o apanhou e digitou o número do telefone fixo de Alexis. Depois de três toques, Inès atendeu.

Ao ouvir o som da voz da filha, seu coração se apertou no peito.

— Oi, meu amor... É a mamãe.

Sua voz saía do além-túmulo.

Do outro lado, Inès falou com a mãe calorosamente. Ela disse que estava tudo bem, que o pai ainda não tinha voltado para casa, mas que eles estavam com a Mélanie... Ao fundo, Nora ouviu o som da voz da secretária perguntando quem estava no telefone. Inès disse a ela.

"Posso falar com ela?", Nora ouviu distintamente. Mélanie tinha se aproximado de Inès para pegar o telefone.

Inès disse à mãe que estava passando o telefone para Mélanie, que estava feliz de encontrá-la no domingo, mandou um beijo e entregou o aparelho à jovem.

— Senhora Rap... Ahn... Senhora Amrani?

— Oi, Mélanie.

Nora ficou mais tranquila de saber que seus filhos não estavam sozinhos. Por outro lado, ela temia as perguntas da secretária.

— Desculpe envolvê-la nisso, mas o senhor Raposo tinha me prometido que voltaria há mais de uma hora e... Eu não posso ficar aqui a noite toda, tenho outro compromisso. Estou tentando falar com ele, mas ele não atende ao celular. Se não tiver notícias dele dentro de meia hora, será que eu posso... que eu posso te ligar para você vir ficar no meu lugar?

Nora ficou surpresa. Ela revirou os olhos para Mathilde, completamente em pânico. A urgência de dar uma resposta à sua interlocutora a fez gaguejar.

— Sim... Mas é claro... É... É óbvio...

Mathilde a questionou com um olhar intrigado.

— O que é óbvio? — sussurrou ela, rangendo os dentes.

— Ou eu posso levá-los até a sua casa se você preferir — sugeriu Mélanie, um pouco constrangida de pedir um favor daqueles à ex-mulher do seu chefe.

Mas, afinal de contas, eles também eram filhos dela.

— Não! — exclamou Nora, apavorada. — Eu vou buscá-los.

— Combinado! Se ele não voltar em meia hora, eu ligo de volta.

Nora concordou e desligou. Então lançou um olhar perturbado para Mathilde.

— Nós temos meia hora.

— Meia hora para fazer o quê? — perguntou Mathilde, confusa.

— Para nos livrarmos do corpo!

O sangue de Mathilde ferveu. Aquela recusa final de encarar a realidade provocou nela uma onda de raiva e de ressentimentos. Ela tinha a sensação de que Nora, quando a chamara para acudi-la, havia simplesmente tentado se livrar de um problema que estava além da alçada dela. Ela a usara como muleta e a arrastara para o abismo da culpa. A raiva apertou sua barriga com mais violência do que teria feito um golpe de uma martelada bem no meio do abdômen. Ela reprimiu a vontade de se jogar sobre ela e arrancar seus olhos.

— Se nós duas nos empenharmos, a gente pode conseguir! — acrescentou Nora quase em transe.

Tinha sido a gota d'água: Mathilde deu um belo tapa na amiga. Se as palavras não haviam conseguido convencê-la, talvez uma dor física a acordasse.

O rosto de Nora virou com violência, e seu cabelo açoitou a janela ao lado. O assombro reinou no carro por alguns momentos, depois, lentamente, ela se voltou para Mathilde, com os olhos banhados em lágrimas.

Só então ela começou a chorar. Torrentes de lágrimas que carregavam consigo a ilusão de poder escapar da punição, dos efeitos devastadores do tormento e do suplício da culpa. Nora caiu de uma vez com os pés no chão e sua queda causou um choque elétrico doloroso, no corpo, na cabeça, na alma... Uma descida interminável aos infernos. Marcada para sempre com o selo da culpa, aquela bruxa que se insinuou por toda parte, deixando atrás de si um longo rastro de veneno.

Mathilde suspirou de desespero tanto quanto de compaixão. Nora parecia estar caindo em si. Chorar lhe faria bem: ela a deixou saciar sua dor por longos minutos.

— Mas que droga, Nora! Em que confusão você meteu a gente! — gemeu ela por sua vez, levando as duas mãos à cabeça.

E agora? O que ela iria fazer? Daria para voltar atrás, para agir como se não soubesse de nada, voltar para sua casa e continuar sua existência exaustiva de mulher ativa, mãe e esposa, às vezes até tudo isso ao mesmo tempo? Já não era tarde demais?

Ela sabia.

Ela sabia que Alexis havia morrido ao cair do alto da escada porque Nora o empurrara tentando escapar dele.

Ela já era cúmplice.

Ela já era culpada.

A isso se somava exatamente Nora. Que estava de todo fora do ar. Fora da realidade. Como confiar nela? Como ter certeza de que, se fosse interrogada pela polícia, o que estava prestes a acontecer, ela não iria ceder à pressão e revelar toda a história para aliviar a consciência, arrastando Mathilde em sua queda?

Havia duas soluções: ou ela ajudava Nora a se livrar do cadáver antes de retomar o curso de sua vida, com frio no estômago, com medo de que a autópsia, uma vez que o corpo fosse descoberto, revelasse a verdadeira causa da morte de Alexis e que uma investigação policial fosse instaurada.

Ou...

Ou ela dava um jeito de convencer Nora a chamar a polícia. De explicar a eles o que havia acontecido. Afinal de contas, Alexis não tinha nada que estar na casa dela, muito menos no segundo andar. A versão dela era plausível, desde que ela se entregasse. Caso contrário, se ela tentasse fugir da justiça ao se livrar do corpo, estaria assinando sua sentença de morte. Ninguém jamais conseguiria acreditar na história dela.

Mathilde soltou um suspiro profundo e ergueu a cabeça.

— Nora... — começou ela com uma voz que não reconheceu, de tão sombria e desprovida de energia. — Não vou poder te ajudar desta vez...

Nora arregalou os olhos.

— Não me olhe assim, eu imploro — gemeu Mathilde, de cabeça baixa. — Eu não posso, Nora. Pelos meus filhos, pelo Philippe...

— Mathilde!

— Mas que droga, Nora! — ela ficou com raiva, sentindo uma angústia surda invadi-la por inteiro e tomar posse de seus sentidos. — Você está me pedindo para ser nada mais nada menos do que cúmplice de um assassinato. E você perdeu completamente a noção! Eu não posso correr o risco de...

— Você não pode me deixar de lado assim! — retrucou Nora. — Não agora! Daqui a vinte minutos eu tenho que pegar meus filhos e o cadáver do pai deles está na minha sala! Mathilde, eu imploro!

Ela suplicou com o olhar, buscando as palavras para convencê-la.

— E, depois, você está se esquecendo do Milo — acrescentou ela com mais firmeza, como se tivesse acabado de encontrar o argumento implacável. — Ele viu você chegando na minha casa!

Mathilde a encarou, completamente perdida. Nora tinha razão, ela não podia voltar atrás. Ela estava completamente envolvida.

— Mas se você chamar a polícia e contar o que aconteceu...

Desta vez, Nora entrou em pânico. O corpo dela sacudia por causa dos espasmos, seus olhos atormentados e banhados em lágrimas não viam mais nada, ela soluçava, suplicando à amiga, balbuciando intermináveis rezas e desculpas. Abalada, Mathilde a abraçou.

Ao apertar junto de si a angústia de Nora, ela soube que seria incapaz de obrigá-la a chamar a polícia. Mas também entendeu que não teria forças para ir mais longe. Sua tomada de consciência havia roubado toda a sua energia, e agora ela se sentia tão indefesa quanto a amiga. Envergonhada, aterrorizada, destruída, ela afrouxou o abraço.

— Eu sinto muito, Nora... Eu não posso. Não vou contar para ninguém, mas também não vou te ajudar. É arriscado demais. Você tem que entender... Eu...

As palavras travavam em sua garganta, o pânico paralisou seus pensamentos, o remorso fazia o resto. Se ela fosse embora naquela hora, ainda poderia salvar sua pele. Dizer à polícia que ela tinha aconselhado a amiga a ligar para eles e contar a verdade. Que Nora havia prometido que faria isso. Depois, independentemente do que Nora fizesse de fato, Mathilde estaria protegida devido à força dos laços que compartilhavam: ninguém poderia incriminá-la por não a ter denunciado. Ela se agarrava ao seu raciocínio, às suas responsabilidades para com a sua família, à legitimidade de sua escolha. Com os olhos fixos no painel do carro, onde as fotos de seus três filhos a provocavam com seus sorrisos persuasivos, ela se concentrou na necessidade vital de sair correndo da frente do rosto inundado de reprovações de Nora. De seus olhos suplicantes. De seus lábios trêmulos.

— Mathilde... — implorou ela.

Um gemido quase inaudível, um gemido cheio de agonia. Mathilde mantinha a cabeça baixa, incapaz de enfrentar o desespero da amiga.

— Sinto muito... — respondeu ela em uma voz sem tom.

Diante de uma rendição tão lamentável, as lágrimas de Nora secaram. Ela olhou para Mathilde com uma tristeza carregada de decepção, depois, engolindo os soluços, assentiu devagar com a cabeça.

— Eu entendo.

Ela não acrescentou mais nada. O tempo parecia ter parado dentro do carro, afundado no silêncio do terror. Um silêncio mortal. As duas mulheres, sentadas lado a lado, se evitavam mutuamente, Mathilde tomada pela vergonha e pela confusão, Nora encurralada entre o pânico e o rancor. Ela teria que sair daquela sozinha. Agora ela só podia confiar em si mesma.

Então, lançando mão de uma reserva inesperada de força de vontade, ela enxugou as lágrimas que ainda molhavam suas bochechas e respirou fundo. Do lado de fora, uma chuva fina de verão começou a cair, marcando o para-brisa com regatos finos e paralelos. Nora seguiu com o olhar uma gota que, apesar do avanço de suas companheiras, parecia querer traçar seu próprio caminho na superfície úmida do vidro. Assim como aquela ideia completamente maluca, um minúsculo ponto de luz que, de repente, começou a luzir lá longe, na escuridão de seu futuro, uma corda que apareceu não se sabe de onde, milagrosamente ou em plena queda. Um projeto possível, um esquema inconcebível cavou seu sulco em sua mente. Uma solução que talvez resolvesse tudo. Sua última saída. Uma ideia terrível, sórdida e cruel, um plano diabólico, mas de uma simplicidade tão assustadora, que ela estremeceu ao tê-lo imaginado. Será que seria capaz de colocá-lo em prática? Será que teria os nervos fortes o suficiente para encarar sua consciência?

No painel do carro, o relógio digital indicava que ela tinha apenas quinze minutos antes de Mélanie telefonar para ela.

Quinze minutos para tomar uma decisão.

Para fazer uma escolha.

E para salvar a sua pele.

38

NA CASA AO LADO, o dia terminava sobre as migalhas de uma história entre as quais os contornos contrastantes de um casamento agora moribundo reluziam um brilho cruel, quando dois seres que antigamente se amaram só viam um no outro uma ameaça, uma prova, um perigo.

Eles jantaram em silêncio, porque cada palavra escondia entre sons e letras a possibilidade de novas feridas, e as deles já escorriam de tanta podridão. A infecção de um passado que se recusou a se desenvolver. Naquela noite, os mortos tinham sido convidados para jantar, aqueles cuja ausência invadia os corações e as consciências.

Um garotinho com um corpo quebrantado cujo olhar vazio se recusava obstinadamente a encontrar o da mãe.

Um homem velho com traços congelados pela violência de uma vida que foge de sua prisão corpórea.

Uma jovem de pele lívida, corroída por dentro pelo veneno da suspeita.

Um homem com o pescoço quebrado, asfixiado pelos laços da amizade.

Todos os quatro haviam se sentado ao redor da mesa e simulavam os gestos de quem come, levando à boca talheres invisíveis guarnecidos de alimentos não existentes. Tiphaine os observou, o olhar perdido com o contorno evanescente de seu remorso, de sua dor e de sua culpa.

— Mas olha só que climão aqui! — murmurou Maxime com sua voz de menino de seis anos.

— Está tudo bem, Milo, não piore as coisas — retorquiu Sylvain sem tirar os olhos do prato.

Atordoada, Tiphaine encarou o adolescente que estava diante dela, estupefata pelo milagre de uma metamorfose impossível. Maxime e Milo se confundiam diante de seus olhos, o sorriso de um, o olhar do outro, os anos que os separavam hoje e suas vozes que ressoavam nela em um concerto alucinado...

— Você está bem, Tiphaine? — perguntou Milo olhando para ela preocupado.

Ela se encolheu.

— Você está falando comigo?

— Estou — respondeu o adolescente, surpreso com a pergunta.

— Por que você está me chamando de Tiphaine?

Milo lançou um olhar chocado para Sylvain. Ele observou a esposa sem esconder sua exasperação.

— E como é que você quer que eu te chame? — perguntou Milo.

— De mamãe. Eu quero que você me chame de mamãe.

— Já chega, Tiphaine — interveio Sylvain na mesma hora.

Ela se voltou para ele com um olhar cheio de tristeza.

— E por que é que já chega? Todas as crianças chamam a mãe de "mamãe"!

— Ah, pronto! — exclamou Milo, na defensiva de imediato. — Só que você não é a minha mãe.

Tiphaine estremeceu perante o ataque, devastada pelo tormento que se dissolvia sobre ela, aquelas palavras assassinas tantas vezes botadas para fora, lançadas na aversão de um rancor tenaz. Por que ele a detestava tanto?

Ela não tinha feito nada de errado...

Ela só havia se esquecido de fechar uma janela.

Assim que terminou de comer, Milo subiu para o seu quarto e não desceu mais. O ambiente ficou sufocante entre aqueles dois que não paravam de estragar a vida um do outro. Obviamente, eles haviam brigado de novo, mas desta vez parecia ser sério... E depois tinha acontecido aquela visita, aquele cara que provavelmente havia sido a última pessoa a ver seu pai vivo... O pai de Inès... Como era bizarra a vida às vezes. Milo tirou o cartão de visita do advogado do bolso de trás da calça jeans e girou-o na mão, pensativo... Ele tinha sido idiota de ir tocar a campainha da casa de Nora para falar com Inès. O que ela poderia ter dito de novo a ele? Ela provavelmente nem deveria estar a par da história dele. Além do mais, ele não devia ter mais contato com Inès, ele tinha prometido a si mesmo. Para protegê-la. Para blindá-la dos sentimentos que ele tinha por ela. E que a colocavam em perigo. Um pouco como os outros dois, lá embaixo, que não paravam de acabar um com o outro, consumidos por uma união nefasta, o veneno dos anos que passavam e a lembrança de Maxime.

Tóxico.

Milo riu por dentro. Não ceder ao canto da sereia. A felicidade no amor era uma isca, uma mentira que contavam às crianças para não assustá-las.

O amor só gerava tormentos, tristeza e desolação.

O amor machucava.

No térreo, Sylvain tinha tirado a mesa, botado os pratos e os talheres sujos na lava-louça, lavado as panelas. Tiphaine ficara muito tempo à mesa, os olhos perdidos no vazio enquanto, em sua mente, os caminhos furtivos de uma solução eventual desenrolavam diante dela seu caminho tortuoso. Segurar a espada de Dâmocles sobre a cabeça para decapitar o problema. De uma vez por todas. Com um golpe seco, sem deslizes. Fechar o bico daquele advogado desprezível da maneira mais terrível possível. Recobrar a paz. Mas primeiro se divertir um pouco. Só por prazer. Um sentimento que ela não sentia havia muito tempo.

— Vou para a cama — disse Sylvain em voz baixa.

Ela não respondeu, não fez perguntas, embora ainda fosse cedo. Sylvain a encarou por alguns segundos com desolação e depois saiu da sala de jantar. Tiphaine voltou imediatamente para as agonias de seu delírio. Aliviar sua dor elaborando uma ou outra possibilidade de machucar. Entrever o fim de seu pesadelo. Ele não deveria tê-la atacado, ameaçado revelar tudo para Milo, enfiado seu nariz detestável de advogado de merda nos assuntos dela. Não deveria mesmo.

Ela iria machucá-lo.

Ele ainda não sabia do que ela era capaz.

O que ela estava tramando iria aniquilar todos os dois, ele e a vagabunda da mulher dele!

No meio da noite, Sylvain acordou sobressaltado, transpirando. Seu coração estava batendo rápido demais, de uma maneira anormal, e ele estava com falta de ar... Tateando, encontrou o interruptor do abajur sobre a mesa de cabeceira... Ele o ligou...

Ao lado dele, o lugar estava vazio. Tiphaine não havia subido para o quarto. Sylvain suspirou, saiu de baixo das cobertas e foi até o térreo, encontrando a esposa deitada no sofá com um cobertor sobre o corpo.

A mensagem era clara: a partir de agora, eles não dormiriam no mesmo quarto.

39

SÁBADO DE MANHÃ. Nora abriu os olhos, rechaçada de um sono atormentado. Um sono sem descanso, repleto de espectros malignos. Dor. Moral e física. O pescoço dolorido, os ombros e as costas travados, o eco de uma noite de pesadelo... Ela gemeu. Queria voltar a mergulhar no vazio de um torpor inconsciente. Se libertar das agonias do pavor. Não se mexer mais. Ela tentou se virar de lado, se enrodilhar como para se proteger dos abusos que sua própria memória lhe infligia... Cada um desses gestos provocava em seu corpo um sofrimento fantasma, lembrança dos acontecimentos e da tensão por que passara na noite anterior.

O pior de sua existência hoje devastada.

Ela levou uns bons minutos para voltar a si, para arranjar forças para se levantar. Ao longe, ouviu as vozes abafadas dos filhos, que vinham do térreo, comprovando que já estavam acordados... O suspiro que ela soltou parecia conter toda a aflição do mundo.

Por fim, ela conseguiu sair da cama. Seus braços estavam doloridos, ela achou que suas costas iriam se deslocar a cada movimento, enquanto os músculos, extenuados pelo excesso de esforço de ter deslocado o corpo de Alexis, pareciam estar em carne viva... Meu Deus! Ela tinha mesmo feito aquilo?

Nora cambaleou até o banheiro e se apoiou na beira da pia, com o coração na boca. Quando ergueu a cabeça, mal reconheceu o olhar que o reflexo do espelho lhe devolvia, testemunha impiedosa das horas sórdidas que tinha acabado de viver.

Sim, ela tinha feito.

Tinha ido até o fim.

Tinha saído do carro de Mathilde como um autômato, sem nem sequer lançar um olhar para a amiga. Depois caminhara até sua casa, com o olhar fixo, indo buscar em sua linha de pensamento uma determinação de que ela não se sabia capaz. Diante da porta, ela parou, talvez para se dar uma última chance de mudar de ideia, de não cometer o irreparável. De não fazer *aquilo*.

Confrontando sua aversão, ela empurrou a porta e entrou no hall. Alexis ainda jazia ao pé da escadaria, cujos ladrilhos agora estavam em parte cobertos por uma poça de sangue. A vista do líquido escuro e pegajoso quase acabou com sua resolução: ela não havia pensado no sangue! Precisava agir rápido, pois não tinha pensado na limpeza.

Nora se recompôs, deu uma olhada no relógio de pulso e foi para o porão. Lá, ela também perdeu segundos preciosos para achar a lona que devia ter pertencido à senhora Coustenoble, a antiga proprietária, e que ela avistara havia algum tempo. Era azul e estava amarrotada. Assim que a encontrou, apanhou-a e logo subiu as escadas. Então, ela começou o processo de enrolar o cadáver de Alexis. Abrir a lona. Não era fácil, o hall não era muito largo e o cadáver já tomava um bom espaço. Ela teve que começar de novo várias vezes, se forçando a controlar seu nervosismo e sua falta de jeito, mas terminou conseguindo. Agora era preciso arrastar o corpo até a lona para poder enrolá-lo. Tocar o morto a perturbava. Juntando toda a coragem que tinha, ela o agarrou pelo paletó e o empurrou com um solavanco em direção à lona plástica. Nojo. Não pensar. Não respirar. Se concentrar no objetivo e se mexer. Seguir rumo ao fim do pesadelo.

Uma vez feito isso, ela o arrastou pelos pés até a cozinha, virou para a direita em direção à sala de jantar para finalmente chegar à varanda. Tirou o corpo pela porta francesa e o arrastou ao longo da fachada até o recesso no final da casa. Bem longe da iluminação externa, o lugar estava mergulhado na penumbra do sol poente. A noite logo iria cair. Alexis não estava muito escondido, mas era preciso escrutinar aquele exato lugar para descobrir sua presença. Por enquanto, aquilo serviria.

Sem perder tempo, Nora voltou para dentro da casa, passou pela cozinha, onde parou para pegar luvas de borracha, um esfregão, um produto para limpar o piso e um balde pela metade de água quente. Quando ela entrou no hall, seu celular tocou na bolsa.

Nora teve um sobressalto. Ela xingou dando um gemido e ficou um pouco mais nervosa.

Depois de deixar seu material de limpeza no chão, ela voltou para a cozinha, onde sua bolsa estava, e fuçou para achar o celular. Era Mélanie, como ela esperava. Nora atendeu à ligação e, interrompendo as reclamações da secretária, prometeu ir buscá-los o mais rápido possível.

Ela nunca tinha feito uma faxina com tanta eficiência. Superando a náusea, limpou o sangue com uma esponja, esfregou as lajotas sem deixar de lado as juntas, lavou, enxaguou, areou até não restar nenhum traço da queda de Alexis. Depois, ela fez a mesma coisa na escada. Quando terminou, guardou o material de limpeza, deu um pulo no banheiro para voltar a deixar o rosto apresentável e, sem perder mais tempo, saiu de casa e se enfiou no carro.

Dez minutos depois, ela estacionava diante de sua antiga casa.

Nora desligou o motor e reservou alguns segundos para se recuperar. A parte mais difícil ainda não tinha sido feita: primeiro enfrentar os filhos sem deixar nada transparecer, o que, no estado em que estava, não seria nada fácil. Depois, quando eles já estivessem na cama, colocar a segunda parte do seu plano em prática. Por um momento, ela sentiu um cansaço esmagador e teve que se obrigar a superar o desânimo. Não era hora de hesitar.

Mélanie a recebeu aliviada. Já eram quase nove da noite, fazia uma boa hora que ela era esperada na casa de uma amiga e aquele infeliz contratempo fez com que perdesse o aperitivo. Seus filhos também a receberam calorosamente, questionando sobre a ausência do pai, perguntando se ela tinha tido notícias dele... Nora os abraçou, fingiu não saber de nada e mandou os dois arrumarem suas coisas.

— A gente vai para a sua casa? — Nassim se surpreendeu. — Como é que a gente vai ficar sabendo quando o papai voltar para casa?

— A gente telefona para ele — respondeu Nora.

De repente, um suor frio a inundou da cabeça aos pés. O telefone! O telefone de Alexis que ela deixara no bolso do paletó. Se tocasse, não teria jeito melhor de chamar a atenção para onde o cadáver estava. Como poderia ter se esquecido dele? Ela tentou apaziguar o pânico que a tomava, se forçou a raciocinar... Se o telefone tocasse antes de ela chegar em casa, quais seriam os riscos de chamar a atenção de alguém, de um vizinho, por exemplo? O som de um celular tocando era tão banal, será que seria o suficiente para intrigar alguém? Precisava voltar o mais rápido possível para resolver aquele detalhe penoso.

— Vamos logo, gente! — disse ela, irritada. — Já está tarde!

— E daí? — respondeu Inès, dando de ombros. — Amanhã é sábado, não tem aula...

Nora olhou a filha com uma mistura de perplexidade e desespero.

— Pode ser, mas, se não se importar, eu gostaria de ir para a minha casa — replicou ela, nervosa. — Eu ainda não comi, acredita?!

— Tá bom... Não precisa ficar nervosa...

Inès subiu para o seu quarto para pegar suas coisas. A partir de então, Nora ficou batendo o pé onde estava, sem conseguir tirar a cabeça do verdadeiro chamariz que tinha deixado no paletó de Alexis. Se ela tivesse desejado deixar o mundo inteiro saber que estava escondendo um cadáver no seu jardim, não teria feito outra coisa. Conhecia bem o ex-marido: ele recebia telefonemas com muita frequência, até à noite, e se alguém estivesse tentando falar com ele... O pior dos cenários se materializou em sua mente: ela se viu voltando para casa e encontrando vários carros de polícia diante de sua porta, com as luzes ligadas, enquanto levavam o cadáver em uma maca... Os vizinhos na porta de casa, observando consternados a cena... E ela no carro, com os filhos no banco de trás perguntando incessantemente por que a polícia estava na casa deles, o que os policiais estariam fazendo, se aquele ali na maca seria...

— Vocês estão prontos? — gritou Nora para que eles se apressassem.

— Nós vamos voltar para passar o fim de semana com o papai? — perguntou Inès do alto da escada.

Nora quase respondeu que não, mas se conteve no último momento.

— Imagino que sim. Assim que ele voltar, eu trago vocês de volta. Mas agora já está tarde, vocês vão dormir lá em casa.

— A gente tem que levar a mochila da escola? — perguntou Nassim, por sua vez.

— Pode levar, nunca se sabe — respondeu Nora, sem conseguir esconder muito bem sua impaciência.

Por fim, eles ficaram prontos.

— Como o papai vai saber onde a gente está? — perguntou Nassim enquanto Nora abria a porta da frente.

— Pois é! — acrescentou Inès. — Vamos deixar um bilhete para que ele não fique preocupado.

— Mas é o cúmulo! — Nora ficou irritada, se perguntando como ela poderia ser tão cínica. — É ele que deixa a gente na mão, e nós é que temos que tomar cuidado para ele não ficar preocupado?

— Mãe! — repreendeu Inès. — Vai que ele tem uma boa desculpa.

— O seu pai tem sempre uma boa desculpa — murmurou Nora, pensando que daquela vez ele havia se superado.

Ela tirou um pedaço de papel da bolsa e rascunhou um bilhete seco cujo único objetivo era informar Alexis sobre onde os filhos estavam. Então ela o colocou em cima do móvel do hall de entrada e se preparou para sair.

— Não é um bilhete lá muito simpático — observou Inès depois de dar uma olhada.

— Ah, mas vai ser esse mesmo! — Nora se irritou. — Agora vamos! Quero chegar logo em casa.

A adolescente lançou um olhar de desdém para a mãe e seguiu para a porta. Saindo de casa, com a mochila no ombro, ela ligou o telefone e começou a digitar.

— O que você está fazendo? — perguntou Nora.

— Estou ligando para o papai, para o caso de...

— Desligue esse telefone — mandou Nora, seca.

Ignorando a ordem da mãe, Inès levou o celular ao ouvido. Nora arrancou o aparelho das mãos dela.

— Ei! — protestou a filha. — Mas o que é isso? O que tem de errado com você?

— Abaixe o tom, Inès.

— Devolve o meu telefone!

— Você tem que aprender a me obedecer!
— Mas eu tenho o direito de ligar para o meu pai!
— Eu acabei de fazer isso, ele não está atendendo.
— Era só me dizer isso com educação... Você não está cem por cento hoje!

Nora quis responder, mas estava tão no limite de seus nervos, que preferiu não piorar a situação. A jovem deixou claro que estava contrariada, murmurou algumas palavras indistintas, sem dúvida bastante desagradáveis, então os três entraram no carro. Nora deu partida em alta velocidade.

Durante o trajeto, o clima estava carregado no carro. Preocupada, Nora encarava o caminho à sua frente, concentrada na direção, com o pé no acelerador. Ao lado dela, Inès fazia bico e, no banco de trás, Nassim olhava pela janela. Quando despontaram na rua Edmond-Petit, Nora soltou um suspiro aliviada: tudo estava tranquilo, como de costume.

Assim que chegaram em casa, e apesar de seus princípios mais básicos, ela deixou que os filhos se anestesiassem na frente de alguma tela. Surpresa de início, Inès então lançou um olhar triunfante para a mãe, convencida de que aquela generosidade indulgente refletia a vergonha de ter sido injusta com ela. Já Nassim não procurou sondar os motivos da boa surpresa e correu para o seu PlayStation. Nora aproveitou para dar um pulo na varanda e ir até o corpo que havia escondido nos fundos.

Pegar o celular do paletó do cadáver quase pôs fim à sua paciência e à sua razão; envolto na lona, o corpo estava dobrado no meio. Ela teria que endireitá-lo mais ou menos na vertical e, com a ajuda de seus ombros e do quadril, conseguir mantê-lo reto o bastante para enfiar o braço debaixo da lona. Aquele contato tão próximo com a morte a deixava angustiada. Ela virou o rosto para longe de Alexis, ao mesmo tempo arrasada e enojada enquanto apalpava o torso do ex-marido. Um cheiro acre pairou no ar, o que aumentou sua repulsa. Ela soltou um gemido quando se deu conta de que o telefone não estava no bolso de cima e que teria que explorar mais abaixo, o que a obrigaria a ficar ainda mais perto do cadáver. Desta vez, ela estava quase encostando na bochecha dele. Sua mão continuou a exploração cega até conseguir chegar ao bolso esquerdo. Vazio. Se ele não estivesse no direito, seria uma catástrofe. Repugnada pela tamanha proximidade de Alexis, Nora teve dificuldade em controlar sua repulsa. Com o braço estendido, ela alcançou o terceiro bolso e, por fim, sentiu em seus dedos exaltados o formato do celular. Ela o agarrou e soltou o corpo no mesmo instante. Alexis despencou como uma massa. Um peso morto.

Nora desligou o celular imediatamente. Então, com o aparelho na mão, ela não sabia o que fazer com ele. Seria arriscado levá-lo para dentro de casa, as crianças poderiam encontrá-lo e tentariam entender o que o telefone do pai deles estava fazendo na casa da mãe. À beira de um ataque de nervos, ela o colocou dentro da lona, junto da cabeça de Alexis. Depois voltou para dentro de casa.

A noite parecia não acabar. Pela primeira vez em muito tempo, ela não via a hora de os filhos irem para a cama, mas, como Inès muito bem lembrara, o dia seguinte era um sábado, não havia razão alguma para dormirem cedo.

Meia-noite. Por fim, todo mundo estava dormindo. Com os nervos por um fio, Nora saiu na varanda e voltou para junto do cadáver. Depois de pegar o celular, que ela colocou no bolso, inclinou o corpo para a frente para conseguir pegá-lo pelos pés. Depois o arrastou até o fundo do jardim, ao longo da cerca viva que separava a sua casa da dos Geniot. O peso do morto tornava mais difícil avançar, mas a adrenalina aumentava muito sua força. O medo também. O de perder tudo. Um instinto de sobrevivência mais potente do que tudo, os princípios, a moral e a consciência. Ela seria capaz de matar para salvar o que ainda podia ser salvo. Matar de verdade.

Quando chegou ao fim da cerca viva, Nora soltou os pés de Alexis antes de se permitir alguns segundos de descanso para recuperar o fôlego. Ela suava muito, estava ofegante e aterrorizada. Queria poder se descolar de seu corpo, de tão cruel era a opressão que sentia.

Diante dela, o muro dos fundos de seu terreno.

À sua direita, a cerca viva que o separava do jardim vizinho.

O de Tiphaine e Sylvain.

E era aí que a operação ficava complicada. A última parte do plano de Nora, infelizmente para ela, se mostrava a mais perigosa: a cerca viva era quase tão alta quanto ela, e erguer o corpo para jogá-lo para o outro lado exigia mais forças do que tinha.

40

Depois de jogar água fria no rosto, Nora decidiu descer. As crianças haviam almoçado, Nassim já estava plantado em frente ao PlayStation, enquanto Inès, num grande papo com Lola — ou será que era a Emma? —, não parava um segundo de falar em seu BlackBerry. A indiferença com que Nora foi recebida foi edificante para ela: quanto menos demandassem dela, melhor. Ela deu um beijo nos filhos, que mal a notaram, depois seguiu para a porta francesa que abria para a varanda.

Ela deu alguns passos do lado de fora, escrutinando o fundo do jardim para tentar detectar se restava algum vestígio de suas atividades noturnas. Ainda dava para ver o rastro do corpo em trechos do gramado, e ela já sabia que passaria a manhã cortando a grama. Mais adiante, o fim da cerca viva não parecia ter sido muito danificado, mas Nora não teve coragem de ir até lá olhar de perto: se Tiphaine, Sylvain ou Milo a vissem de suas janelas, ela não queria de jeito nenhum chamar a atenção para aquela área específica do jardim.

Voltando pelo mesmo caminho, ela entrou em casa e fez uma xícara de café. Em seguida, sem perder tempo, subiu para trocar de roupa. Dez minutos depois, ela começou a passar o cortador na grama com um cuidado todo especial. Quando chegou no final do jardim, observou a passagem entre a cerca viva e o muro pela qual ela conseguira passar o corpo de Alexis... Havia alguns galhos quebrados no chão, os quais ela espalhou com o pé, misturando-os com a grama cortada.

Na noite anterior, quando entendera que não conseguiria nunca erguer sozinha o corpo de Alexis para passá-lo por sobre a cerca viva, Nora quase se rendeu ao desespero. Mas, tateando com uma das mãos os desníveis do arbusto, notou o espaço vazio entre a extremidade da cerca viva e o muro que dividia os dois jardins... Um intervalo à primeira vista estreito demais para que um corpo pudesse passar, mas, fazendo um jogo com os galhos, que eram flexíveis, quem sabe nem tudo estivesse perdido. Mais uma vez, a adrenalina, o medo e o nervosismo lhe deram uma energia renovada: segurando o morto pelas axilas, ela o puxou com toda a força que tinha para o mais próximo possível do lugar e o recostou na parede, de perfil em relação à cerca viva. Então, dando a volta ao redor dele, com o pé ela o empurrou com violência por entre os galhos. Foi lamentável como Alexis despencou por entre a sebe.

Nora engoliu um grito de vitória. Só faltava passar por sobre o corpo, entrar no jardim vizinho e puxar o cadáver para junto de si, o que ela fez, recuperando a coragem. Agarrou a ponta da lona e a rebocou aos solavancos, quase caindo para trás a cada centímetro. Nora, prestes a peder as forças, teve que ir atrás de recursos que não imaginava que tivesse para não desistir e se deixar abater.

Pendurar-se no vão da escada.

Por um segundo, a imagem de um homem enforcado surgiu em sua mente, e as palavras de Alexis voltaram à sua memória: "Os policiais não tinham de fato nenhuma prova contra o cara e ele pôde sair na mesma noite. Eu o acompanhei até em casa. E era aqui. No dia seguinte, ele foi encontrado enforcado na escada".

Então um homem havia se enforcado ali, ou na casa ao lado, porque fora acusado de um crime que dizia não ter cometido. E ela, Nora, por sua vez, queria se enforcar para expiar um crime pelo qual era responsável de fato.

A vida lhe parecia de uma ironia tão dolorosa, que ela quis desistir de tudo. Deixar que os acontecimentos seguissem o seu curso. Parar de lutar, para quê? Tudo aquilo acabaria muito mal de qualquer jeito.

Mais uma vez, seus filhos a forçaram a recuperar a vantagem. Ela sentiu toda a determinação que o amor de uma mãe pelos seus era capaz de produzir no coração... Como largar de mão? A simples imagem de Nassim e Inês abismados pela tragédia que os atingiria em cheio, a mãe ter matado o pai antes de se enforcar, ou a ideia de ser levada pela polícia — das duas possibilidades, ela não sabia qual seria a pior — voltaram a lhe dar um pouco de energia, como uma maldição de que você não consegue se livrar. Ela fora forçada a continuar. Não tinha outra escolha. Enquanto lhe restasse um sopro de vida, ela devia fazer de tudo para proteger os filhos.

Por fim, Nora conseguiu arrastar o cadáver para o outro lado da cerca viva e entreviu o fim de seu pesadelo: a caixa de compostagem estava apenas a alguns metros de distância. A fila de arbustos que Tiphaine plantara para proteger o jardim do cheiro nauseante que emanava do composto escondia também a casa. Ninguém conseguia vê-la.

Ela ainda tinha que arrastar o morto até lá. Depois, juntando suas últimas forças, tratou de esvaziar o conteúdo do recipiente, o qual foi pegando primeiro aos punhadinhos, depois com as duas mãos cheias e, finalmente, às braçadas, sem se preocupar com o fedor ou com a sujeira. Ela agia de maneira frenética, como se o contato físico com a imundície misturada com turfa permitisse que esvaziasse a alma da baixeza que a poluía. Se besuntar de lixo para ela mesma não se transformar em um. Uma lastimável tentativa de apaziguamento. Ela se sentia suja. Corrompida. Um detrito no meio da merda que a cercava.

Nora terminou seu trabalho sujo como se estivesse fora de si. Quando o recipiente estava vazio, ela desenrolou o corpo de Alexis da lona antes de jogá-lo lá dentro, sem se esquecer de recolocar o celular no bolso de seu paletó. Então, continuou a operação no sentido contrário, escondendo o cadáver sob o composto.

Enterrado debaixo do refugo.

Enterrado em meio ao lodo.

DESCANSE EM PAZ.

— Mãe, você teve notícias do papai?

Inês havia ido para o jardim depois de claramente esgotar todos os assuntos que tinha para falar com Emma — ou será que era Lola? Arrancada, de repente, do horror de suas memórias, Nora deu um pulo.

— Não — respondeu ela.

— Você já tentou ligar para ele?
— Ainda não.

Consciente de que era estranho que ela ainda não tivesse tentado saber do ex-marido, que era quem deveria estar com seus filhos e de quem ela não tinha tido notícias desde o dia anterior, ela logo procurou uma razão plausível para sua omissão.

— Confesso que não estou com muita vontade de fazer isso — declarou ela, fingindo descontentamento. — É ele que deve me ligar! Eu estou furiosa! É bom ele ter uma ótima desculpa para justificar esse comportamento!

— Mas, mãe... Não está certo... Pode ter acontecido alguma coisa com ele...

— Até parece! Ele está com o nariz enfiado no trabalho, não viu o tempo passar e quando, por fim, se deu conta de que horas eram, foi correndo para casa. Mas, quando viu o meu bilhete, preferiu ter uma boa noite de sono antes de me confrontar.

Inès observou a mãe com certo ceticismo.

— Está bem! — Nora se rendeu. — Vou terminar de cortar a grama e ligo para ele.

— Faz isso agora, mãe — implorou a adolescente.

— Depois que eu cortar a grama, Inès! — retrucou a mãe.

A garota comprimiu os lábios e a fuzilou com o olhar. Depois deu meia-volta.

— Eu mesma vou ligar! — resmungou ela enquanto se afastava.

Nora a viu desaparecer dentro de casa, depois, preocupada, correu para terminar logo de cortar a grama. Alguns minutos mais tarde, Inès voltou.

— Mãe, ainda está dando caixa postal. Não é normal!

— Liga para a Mélanie e pergunta se ela teve alguma notícia.

— Mãe! Mas o que é que você tem? Por que Mélanie teria mais notícias do que a gente? Não é para a Mélanie que você tem que ligar, é para a polícia. O papai sumiu, e a gente não faz a menor ideia de onde ele está.

Inès demonstrava sua raiva e sua incompreensão ao se dar conta da tamanha indiferença que sua mãe sentia em relação ao paradeiro de seu pai. Ela tinha razão, Nora teve que admitir. E a recente separação de forma alguma justificaria aquela indiferença condenável.

— Ontem à noite, antes de a Mélanie me telefonar para reclamar da ausência do seu pai, o Milo tocou a campainha aqui de casa — disse Nora como se tivesse se lembrado de um detalhe que poderia ser importante. — Ao que parece, o Alexis havia passado na casa dele no final da tarde.

— O papai foi na casa dos Geniot? — perguntou Inès. — Fazer o que lá?

— Não faço a menor ideia — mentiu Nora.

— E você só diz isso agora? Você tem que ir falar com eles, saber que horas exatamente ele foi embora!

Ir tocar a campainha dos Geniot? Ficar cara a cara com Tiphaine? Sem chance! Ao mesmo tempo, se ela se negasse a dar a Inès aquela informação preciosa, a adolescente começaria a fazer perguntas sérias sobre a falta de atitude da mãe.

— Tudo bem, vou ligar para o Sylvain — disse ela em um tom grave.

As duas voltaram para dentro de casa e Nora telefonou. Depois de três toques, deu caixa postal. Era óbvio que Sylvain não iria querer atender à ligação dela. Nora experimentou certo ressentimento: claramente, seu futuro ex-amante não queria correr o risco de entrar em contato com ela.

— Deu caixa postal — disse a Inès sem esconder sua decepção.

— Vou ligar para o Milo! — decidiu a jovem.

Ela, por sua vez, mexeu em seu BlackBerry antes de levá-lo ao ouvido. Tocou uma vez, depois duas... Antes do terceiro toque monótono, deu caixa postal.

— Ele acabou de silenciar a chamada! — Inès exclamou, bastante chocada.

"É de família", pensou Nora, mortificada. Será que Tiphaine havia colocado Milo a par da situação, fazendo com que o adolescente sentisse rancor dela e, consequentemente, de Inès? Ela sabia que a filha tinha uma quedinha pelo jovem e se sentiu culpada por ter interferido, mesmo que involuntariamente, em suas histórias de paixão. Perplexa, ela encarou Inès, entendendo ao mesmo tempo que não poderia adiar muito mais o início das hostilidades.

— Tudo bem, vou ligar para a polícia — disse ela.

41

Depois de apresentar os motivos de sua ligação e resumir a situação familiar, Nora ouviu o oficial de plantão dizer que, se ela considerasse aquela falta de notícias inquietante ou até mesmo inusitada, deveria ir à delegacia mais próxima para dar queixa do desaparecimento de Alexis. Depois, ela contou para a filha o que era preciso fazer. Na opinião de Inès, elas não deveriam perder nem mais um segundo e começar logo os trâmites.

— Fique aqui com o Nassim, eu me encarrego — Nora disse a ela.

Inès quis discordar, mas a mãe cortou a discussão logo no início: não queria deixar o filho nervoso ao fazer com que se envolvesse em uma perturbadora queixa de desaparecimento do pai. Inès se rendeu. Então Nora foi sozinha à delegacia.

No trajeto, ela repetiu em voz alta a versão que iria contar a eles. O que iria dizer e o que não iria mencionar. O que ela poderia saber e o que ela não tinha como saber. Os momentos seguintes seriam complicados, ela já sentia uma tensão interior que deixava seus nervos à flor da pele. Depois da noite que acabara de passar, esperava algumas horas de descanso. Por outro lado, estava aliviada por ter conseguido convencer Inès a ficar em casa com Nassim: Nora teria ficado ainda mais apavorada de ter que mentir na frente dos filhos.

Quando estacionou diante da delegacia, fez um esforço sobre-humano para controlar a angústia. Ela não tinha o direito de errar. Seu depoimento tinha que ser irrefutável, e ela tinha que prestá-lo com a segurança de quem tem a consciência limpa. O que absolutamente não era o seu caso. A mulher deu uma olhada no espelho retrovisor para ver como estava sua aparência, criar um olhar sem qualquer vestígio de angústia, que mostrasse apenas como estava consternada com a ausência do ex-marido... Depois, saiu do carro e percorreu os poucos metros que a separavam da delegacia com um passo rápido e nervoso. Nora entrou no prédio e foi à recepção, onde lhe perguntaram o motivo da sua presença.

— Desde ontem estou sem notícias do meu marido — resumiu ela.

Indicaram-lhe um lugar para se sentar, assegurando que ela seria recebida muito em breve. Depois de vinte minutos de espera, foi conduzida a uma sala grande onde havia três mesas. Ela se sentou diante de um policial que lhe disse para tomar a palavra enquanto ele anotava seu depoimento.

Os fatos eram simples: Alexis Raposo, seu marido, de quem estava separada, não tinha dado mais nenhum sinal de vida desde o dia anterior, quando ele estava com a guarda dos filhos. Segundo a secretária dele, Alexis havia saído do escritório por volta das cinco e meia da tarde. Ela estava encarregada de buscar o filho deles na escola e de olhar os dois, ele e sua irmã mais velha, até que o pai voltasse. Pouco antes das oito horas da noite, o jovem vizinho de Nora bateu em sua porta alegando que Alexis Raposo havia passado na casa de seus pais no início da noite. Uma visita no mínimo surpreendente, cujo motivo ela não sabia. Um pouco mais tarde, quando ligou para os filhos para desejar boa-noite, como costumava fazer, ela soube que o ex-marido não havia voltado para casa. Ele não estava atendendo ao celular e ninguém o vira desde então.

O policial fez algumas perguntas sobre a rotina de Alexis, sua personalidade e sobre a natureza do relacionamento que eles mantinham desde a separação. Ele costumava fazer aquele tipo de coisa? Nora admitiu que muitas vezes ele se atrasava, mas daí a desaparecer por uma noite inteira não era do seu feitio.

— A senhora considera este desaparecimento alarmante e que poderia ter sido cometido algum crime contra ele? — perguntou o homem como se recitasse um texto decorado, o que era o caso.

Nora encarou o agente com um olhar perturbado, com a sensação aterradora de que ele estava sondando sua alma. Um crime tinha sido cometido contra Alexis Raposo? A imagem de seu cadáver enterrado debaixo de um metro de adubo se impôs sem que ela pudesse fazer nada para tirá-la de sua memória. Mas, que droga, não naquele momento! Ela sentiu o ritmo cardíaco acelerar, a boca ficar seca, um caroço no estômago... Com um suspiro contido, afugentou aquela imagem odiosa.

— Eu não faço ideia — disse ela por fim. — Tudo o que sei é que o meu marido está desaparecido desde ontem e que isso não é normal.

— Seu marido ou seu ex-marido?

— Nós estamos separados, mas continuamos casados.

O policial olhou para ela por um momento, como se procurasse detectar o nível de hostilidade que ela nutria por Alexis. Nora não conseguiu sustentar seu olhar. E, enquanto voltava o rosto para a janela, se maldizia por sua fraqueza.

— Tudo bem! Vamos começar as buscas. Eu vou precisar de três fotos do senhor... — Ele deu uma olhada no depoimento que tinha acabado de transcrever. — Alexis Raposo, o endereço dele e o seu, bem como o contato das diversas pessoas que poderiam ter estado com ele: amigos, colegas, familiares... Ah, e também o nome e o endereço dos seus vizinhos, os que ele visitou ontem no fim do dia.

Nora assentiu. Ela forneceu tudo o que lhe foi pedido, menos as fotografias; já fazia algumas semanas que ela não andava com a foto de Alexis na carteira. O agente lhe deu um endereço de e-mail para enviar as fotos assim que voltasse para casa para que dessem início ao procedimento o mais rápido possível. Então, ela deu o endereço de Tiphaine e Sylvain Geniot.

Ao pronunciar os nomes deles, Nora sentiu uma pontada de remorso. Uma dor implacável bem no meio do plexo solar que, ela já sabia, nunca iria embora. Agarrou-se à lembrança do telefonema que fizera para Sylvain, de como ele havia se recusado a atender à ligação. O jeito dele de impor distância, sem nem sequer lhe dizer algumas palavras. A história deles havia morrido ainda prematura, não tivera tido tempo de desabrochar. Aliás, alguma coisa havia mesmo acontecido entre eles? Será que Nora não tinha fantasiado tudo aquilo, tão ávida por romance e paixão, que dera a um casinho o caráter de uma verdadeira adoração? Uma paixão fulminante! Como, aos quarenta e quatro anos, ela poderia ter acreditado naquela ilusão, na qual nem as adolescentes de hoje em dia acreditam mais? Nora, meu Deus! Onde você estava com a cabeça?

Então, envergonhada por ter se deixado enganar, mas também por achar na vingança o único álibi para justificar o que estava fazendo, cheia de ressentimento e raiva, ela baixou a cabeça.

Pronto, ela tinha feito aquilo. Só lhe restava deixar os acontecimentos seguirem seu curso.

42

Inès não entendia mais nada. Com o coração apertado, ela zapeava no Facebook atrás de um rastro de Milo. Nada de novo em seu perfil havia três dias. Nenhuma reação dele também nos poucos links que ela tinha postado: mas qual era o problema? Quando eles se viam, era como se estivesse claro, a simplicidade de uma interação que se impunha, inegável, quase legítima. Ela se sentia bem junto dele e ela sabia — sim, ela sabia! — que ele sentia a mesma coisa. E então, sem razão alguma, ele começou a chamar a atenção por sua ausência e sua indiferença. Chamar era bem o termo, chamava seus pensamentos, seus sonhos e suas esperanças. Desde a primeira noite que tinham passado juntos, e principalmente desde o primeiro beijo, seu coração só batia por ele, numa cadência etérea que dava ritmo aos seus dias, o galope de uma agitação cujo inebriamento a fazia viajar rumo a regiões distantes e desconhecidas.

Mesmo que se recusasse a admitir, a adolescente estava se apaixonando.

Por que ele não estava nem atendendo às suas ligações nem respondendo às suas mensagens? O que se passava com aquele garoto? Ela não tinha sonhado: os olhares dos dois, o entendimento, a cumplicidade, o beijo... Tudo isso tinha de fato existido! Será que ele só tinha agido por educação, porque não podia fazer outra coisa, com medo de deixá-la magoada, e ela, levada pelo desejo, tinha imaginado um romance que só existia na sua cabeça? Inès se sentiu perdida. Entre a raiva e a desolação. A falta estava sendo pesada para ela. Sentia como que uma queimação difusa, mas constante, no peito, como se seus pulmões estivessem pegando fogo. Ela não sabia o que pensar. Estava com vontade de lotá-lo de mensagens, no Facebook e também no e-mail, mas se conteve, sabendo que só provocaria a reação oposta à que esperava.

— Cadê você, Milo? — sussurrou ela, rolando o *feed* do Facebook em busca de notícias dele.

As coisas não estavam bem, sem dúvida. O feitiço se lançava sobre ela. Seu pai também não atendia às suas ligações. Nenhum sinal de vida.

Se fingindo de morto.

E, a cada vez, a mesma pergunta voltava a surgir, uma palavra que se repetia incessantemente, como um eco lancinante batendo dentro de sua cabeça: por quê?

O que estava acontecendo? Os dois estavam agindo assim porque queriam ou por pressão? Se pelo menos ela pudesse se encostar no ombro de um deles... Milo... Se aconchegar nele. Se abandonar em seus braços sabendo que ele nunca lhe faria mal. Que ela podia contar com ele.

Mas não, impossível. Ele não estava ali, e mesmo assim ela precisava tanto dele. Então, a dúvida tomava conta dela, outras perguntas surgiam na sua cabeça, e a dança dos dois soava como um escárnio: você tem mesmo certeza de que não imaginou tudo?

Vocês se entendiam? Você o viu duas vezes!

Vocês tinham coisas em comum? Algumas piadinhas idiotas sobre o burburinho do momento!

O beijo? Foi você que teve que dar o primeiro passo!

Nada daquilo podia garantir que ele sentisse a mesma coisa por ela! Abra os olhos, mocinha! Esse cara não está mesmo nem aí para você. Você o chateia. Ela tinha visto com clareza aquele brilho de aborrecimento, aquela ansiedade preocupada se estampar em sua fisionomia quando, por duas vezes, foi tocar a campainha dele. E em nenhuma delas ela havia sido bem recebida. Da primeira vez, ele tinha conseguido se livrar dela. Da segunda, ele não teve tempo de arranjar uma desculpa, e então ela tinha se imposto.

Desça do seu pedestal, sua bobinha! Nem todos os homens estão aos seus pés... Eis a prova!

Os olhos de Inès se encheram de lágrimas, e grandes soluços se precipitaram em sua garganta, empurrando, comprimidos uns contra os outros, prontos para forçar a barragem do orgulho a se chocar de uma vez contra o ar.

Então, ela se desfez em lágrimas e soluçou, ávida para derramar a desolação transbordante que a corroía por dentro. E, por longos minutos, ela derramou sua dor.

43

Os dois policiais que se apresentaram na porta dos Geniot poderiam ser sósias da inesquecível dupla Laurel e Hardy. O primeiro, todo rechonchudo, à primeira vista dava a impressão de ser descontraído, mesmo que fosse perceptível a capacidade que seus olhos escuros tinham de brilhar de forma ameaçadora. O segundo era alto e magro, e a suavidade de seus traços contrastava com uma atitude que tencionava ser exageradamente imponente.

Sylvain abriu a porta para eles.

Ao ver o uniforme, e apesar da óbvia semelhança com a famosa dupla de comediantes, ele franziu a testa, já sentindo o peso da angústia apertar sua garganta... O que mais faltava acontecer?

— Senhor Geniot? — perguntou Laurel.

Ele hesitou antes de aquiescer: por um breve momento, ele teria dado tudo para não ser o senhor Geniot.

— Temos algumas perguntas a fazer a respeito deste homem — continuou Hardy, lhe mostrando uma foto do marido de Nora. — O senhor Raposo, Alexis Raposo. Você conhece essa pessoa?

Por alguns décimos de segundo, o coração de Sylvain parou de bater no peito. Ele observou a foto sem pressa enquanto, em sua mente, as suposições sobre o motivo daquela visita disparavam, e ele não sabia o que responder ou que atitude adotar.

— Eu o conheço de vista — respondeu com cautela. — É o ex-marido da minha vizinha.

— De fato — confirmou Laurel. — Podemos entrar um pouquinho?

Relutante, Sylvain abriu espaço para deixá-los passar. Os dois policiais entraram na casa, então ele os conduziu até a sala. Tiphaine e Milo, na cozinha, terminavam de tomar o café da manhã. Sylvain foi até lá.

— Você pode vir aqui, Tiphaine?

Ela o questionou com o olhar, ao qual ele respondeu com uma olhada autoritária. Ela colocou o sanduíche no prato e se levantou. Tiphaine estava com a fisionomia cansada, revelando a noite mal dormida que acabara de passar. Quando se deparou com os dois homens na sala de estar, ela franziu a testa e se virou para Sylvain em busca de uma explicação.

— Eles querem nos fazer perguntas sobre o marido da Nora — anunciou ele, observando a reação de Tiphaine.

Ela parecia genuinamente surpresa.

— O marido da Nora?

— O senhor Alexis Raposo — esclareceu Laurel.

— E o que vocês querem saber? — perguntou ela, um pouco agressiva demais para o gosto de Sylvain.

Desta vez foi Hardy quem tomou a palavra.

— É verdade que ele esteve aqui ontem, no final do dia?

Tiphaine e Sylvain trocaram um olhar brevemente.

— Sim — respondeu Sylvain de imediato para não deixar que Tiphaine respondesse.

— Por que você quer saber a respeito disso? — perguntou ela.

— A que horas ele foi embora? — continuou Hardy, ignorando a pergunta de Tiphaine.

— Eu diria que mais ou menos seis e meia, seis e quarenta e cinco da tarde, no máximo — respondeu Sylvain, um pouco preocupado com as reações da esposa.

— Qual foi o motivo da visita dele? — perguntou Laurel, por sua vez.

— E o da de vocês? — insistiu Tiphaine com certa veemência. — Qual é o motivo da visita de vocês?

— Tiphaine, por favor... — tentou Sylvain.

— Alexis Raposo não deu mais nenhum sinal de vida desde que saiu da casa de vocês — explicou Laurel em tom neutro. — Vocês são, até que se prove o contrário, as últimas pessoas que tiveram contato com ele.

Sylvain perdeu o chão. Ele voltou o rosto para a esposa e a encarou com uma expressão de horror e incredulidade. Já Tiphaine ficou perplexa, olhando para os policiais como se tentasse entender uma piada, desfazer uma farsa. Mas aquela franqueza demasiada fez o alarme interior de Sylvain soar ainda mais alto: ela havia feito!

Ela não tinha ido dormir no quarto deles naquela noite.

Ele pensara que ela estava lhe mandando uma mensagem potente, o sinal evidente de uma ruptura total, física e psicológica ao mesmo tempo — se é que ainda havia alguma coisa a ser rompida... Mas nunca houvera mensagem! Ela não havia ido se deitar tão somente porque estava fazendo outra coisa além de dormir. E, desalentado, Sylvain começou a vislumbrar o que poderia ser. Ele teve dificuldade para conter sua raiva. E mais ainda para não demonstrá-la. No fundo, Tiphaine estava em ebulição.

Laurel retomou:

— Qual foi o motivo da visita dele?

Mais uma vez, Tiphaine e Sylvain se olharam, mas agora com uma espécie de falsa cortesia, além de uma óbvia intenção de esperar que o outro falasse. Como nenhum deles tomava a palavra, Hardy escolheu por eles:

— Senhora Geniot, poderia responder à pergunta?

Tiphaine se voltou para Hardy e se permitiu mais cinco segundos de reflexão. Depois, ela respondeu com uma voz vacilante, mas digna:

— Alexis Raposo veio quebrar a cara do meu marido porque ele está indo para a cama com a mulher dele. Ou melhor, a ex-mulher. Enfim, a nossa vizinha.

A resposta deixou os dois comediantes sem resposta. Sylvain teve a sensação de que conseguia, por fim, inalar o ar depois de um interminável momento de apneia. Um silêncio cheio de constrangimento pairou na sala por um momento, o qual Laurel quebrou para mudar o rumo para recuperar o controle. Mas foi pior:

— Ele parecia estar em um estado peculiar?

— Ah, sim, mas sem dúvida! — exclamou Tiphaine como se ele tivesse tocado em um aspecto importante do mistério. — Ele estava nervoso. Podemos dizer assim.

— Quero dizer... Para além do desentendimento entre ele e seu marido — Laurel voltou a tentar, piorando cada vez mais as coisas.

— Ele só estava interessado nisso, seu guarda. Ele estava completamente tomado de ódio pelo meu marido. Eu também tive que me segurar para não dar uma mãozinha a ele! Mas posso garantir que ele foi embora daqui em perfeita saúde.

Hardy, por fim, decidiu intervir.

— Vocês têm um filho, não é?

— Sim.

— Ele estava presente durante a visita do senhor Raposo?

— Ele chegou bem quando ele estava saindo.

— Podemos fazer algumas poucas perguntas a ele?

— Podem fazer todas as perguntas que quiserem. Mas peço que não mencionem o motivo da visita. Nosso filho não está sabendo. Vou chamá-lo agora mesmo.

E, sem esperar uma resposta deles, ela chamou Milo, que, nesse meio-tempo, havia subido para o seu quarto.

O adolescente desceu para a sala de estar. Ele lançou um olhar desolado para os policiais e então, notando as silhuetas inconfundíveis, abriu um sorriso malicioso. Hardy lhe fez três perguntas: se ele já tinha visto o homem da foto que ele lhe mostrou, se o tinha visto ali no dia anterior e a que horas ele havia saído. Milo respondeu com facilidade, já que dizia rigorosamente a verdade. Seu depoimento corroborou o de seus pais. Além do mais, a falta de emoção com que evocava os fatos aumentava a credibilidade da versão de todos.

Tiphaine não tirou os olhos dos dois homens, com os braços cruzados, exibindo um sorriso quase vitorioso. Assim que Milo terminou de falar, ela os desafiou de novo:

— Pois eu também tenho uma pergunta para vocês, senhores, se não se importam: se é verdade que nós fomos as últimas pessoas a ter contato com Alexis Raposo, como vocês sabem que ele veio aqui?

— Pergunte ao seu filho — respondeu Hardy.

Tiphaine e Sylvain se voltaram ao mesmo tempo para Milo. Este, sentindo-se de repente no centro de todas as atenções, e sem saber do que se tratava, adotou na hora uma atitude ofensiva:

— Ei! Está tudo bem, eu não fiz nada de errado. Só fui tocar a campainha da casa da Nora.

— O que você queria fazer na casa da Nora?

— Eu queria ver a Inès. Quando ela me disse que a Inès estava na casa do pai dela, eu disse para ela que ele tinha vindo aqui em casa.

— E por que você queria ver a Inès? — perguntou Tiphaine, sabendo muito bem que não teria resposta.

— E o que você tem a ver com isso?

— Abaixe o tom, Milo! — mandou Sylvain.

— Bem! — Hardy interveio, seguindo para o hall de entrada. — Vamos deixar vocês resolverem tudo em família.

Laurel seguiu em seu encalço sem pensar duas vezes.

— Por favor, fiquem à disposição da polícia até segunda ordem — acrescentou antes de se despedir. — E, se tiverem alguma notícia do senhor Raposo, não hesitem em nos ligar neste número.

Ele entregou um cartão para Tiphaine, que o pegou. Depois, foram embora da casa.

Assim que a porta se fechou, Milo exigiu uma explicação:

— O que está acontecendo? Por que eles me fizeram essas perguntas sobre o pai da Inès?

— Ele sumiu — respondeu Sylvain, em um tom sombrio. Então, olhando para Tiphaine de forma acusadora, acrescentou: — Ninguém teve notícias de Alexis desde que ele saiu daqui.

O subentendido, embora claro, deixou Tiphaine indiferente. Ela se contentou em sustentar o olhar frio de Sylvain. Já Milo sentiu o golpe.

— Como assim sumiu?

— Sumiu, desapareceu! — confirmou Sylvain com certa irritação. — Não voltou para casa. Evaporou no ar. Escafedeu-se o pai da Inès.

— Mas... Como isso é possível?

— Ah, isso! Essa é a pergunta que todos estão se fazendo — retrucou ele, se voltando de novo para Tiphaine.

— Por que você queria ver a Inès? — perguntou ela mais uma vez sem se dar conta da insinuação de Sylvain.

— Não é da sua conta.

Então, ele deu meia-volta e subiu na mesma hora para o quarto, de quatro em quatro degraus por vez. Tiphaine e Sylvain continuaram imóveis por alguns momentos. Então Sylvain se virou para a esposa.

Ela não deu nem sequer tempo para ele abrir a boca.

— Ah, eu sei muito bem o que você está achando. E não estou nem aí. Se alguma coisa aconteceu com aquele puto daquele advogado, eu não tive nada a ver com isso. Mas não vou perder nem um segundo tentando te convencer disso.

E ela voltou para a cozinha, deixando-o plantado ali na sala.

Sozinho, Sylvain se sentou na beira do sofá e escondeu o rosto nas mãos. Será que Tiphaine tinha algo a ver com o desaparecimento de Alexis Raposo? Ela parecera de fato surpresa quando soubera que não havia notícias dele desde que o advogado tinha ido embora da casa deles no dia anterior.

Mas ele conhecia a esposa.

E sabia do que ela era capaz.

44

À TARDE, O TEMPO PIOROU e choveu o fim de semana inteiro. Os Geniot passaram o domingo com a família de Tiphaine, fingindo a rotina de um casal sem problemas. Desde a época em que não demonstravam mais nenhum sinal de afeto em público — havia oito anos exatamente —, ninguém notara a extrema frieza que imperava entre eles.

Tiphaine parecia ter recobrado suas forças. Tinha abandonado a atitude de prostração em que ficara mergulhada por toda a noite de sexta-feira. Durante o sábado, ela foi se animando aos poucos, sobretudo depois da visita da polícia. No domingo, parecia estar totalmente recuperada, mas de uma forma que não deixava Sylvain despreocupado. Dura. Fria. Como que determinada. A quê? Era impossível saber. Uma guerreira prestes a partir para a ofensiva. Disso tinha certeza. De vez em quando, ele surpreendia o olhar dela pousado nele, e o brilho que via em seus olhos lhe dava arrepios na espinha. Ele a conhecia de cor, sabia que estava tramando alguma coisa.

Durante a tarde, chamando-a de lado, fez a pergunta sem rodeios:

— Você está com algo em mente. Eu sei disso. Presta atenção, Tiphaine: nós saímos impunes uma vez, não vamos ter tanta sorte da próxima. Então, agora me responde com franqueza: você está envolvida no desaparecimento de Alexis Raposo?

Como única resposta, ela o encarou com uma mistura de desprezo e pena antes de dar as costas e se juntar aos outros na sala de estar.

***

Já Nora passou o domingo enclausurada em casa, com o nariz colado às janelas do andar de cima que davam para os dois jardins geminados. Com um caroço no estômago. A garganta fechada de nervoso, o que não deixava o oxigênio fluir naturalmente. Ela se arrastava de um cômodo para o outro, ofegante, atormentada por aquela imobilidade forçada, aquela apatia insuportável... E se um dos Geniot encontrasse o corpo antes da polícia? O que aconteceria? Por que os policiais não haviam revistado a casa, o porão, o sótão? O jardim?

Além disso, o silêncio de Alexis deixava as crianças cada vez mais ansiosas. A atmosfera tinha ficado elétrica. Várias discussões estouravam entre eles, com as quais Nora, já com os nervos à flor da pele, tinha dificuldades de lidar. A angústia latente que eles botavam para fora em ondas de agressividade uns em relação aos outros a torturava, todos os três esmagados pela espera interminável. A da volta do pai para Inès e Nassim, pelo menos um sinal de vida, uma resposta, uma explicação... E ela, sem poder lhes dar o menor reconforto, lhes tranquilizar, antecipando a tragédia que iria cair sobre seus jovens ombros, a tristeza, a dor. Sua responsabilidade intolerável no caso. O peso de um segredo inconfessável.

E o cúmulo da desilusão: ela não teve notícia alguma de Mathilde. O silêncio de sua amiga a mergulhara na agonia de um misto de ressentimento com arrependimento e culpa. Entre decepção e incompreensão, Nora sentiu o peso da solidão caindo sobre ela. Ninguém para ajudar a aliviar o fardo que pressionava seus ombros, para apaziguar o pavor que tomava conta de sua mente em ondas. E, quando ela se deu conta de que a única pessoa que teria tido força, amor e sangue-frio o bastante para ajudá-la a passar por aquela provação terrível era o próprio Alexis, ela ficou tentada a afundar no desespero.

A única coisa que a ajudava a aguentar os tormentos de sua consciência era a total falta de manifestação por parte de Sylvain. Nem sequer uma palavra, nem um e-mail, nem mesmo a menor mensagem de texto, só para dizer a ela que voltaria a entrar em contato assim que as coisas se acalmassem. Nora estava ressentida. Ela se censurava ainda mais por ter acreditado naquelas historinhas, por ter matado Alexis, mesmo que sem querer, e por ter escondido o cadáver no jardim dos Geniot. Mas não podia voltar atrás.

Perdida em seus pensamentos, com a testa encostada na janela do quarto, Nora foi arrancada de repente de seu torpor pelos gritos das crianças: no térreo, uma nova briga havia começado. Ela fechou os olhos, sentiu vontade de continuar ali, sem se mexer, se afundando em uma imobilidade desprovida de qualquer emoção. De qualquer dor... Por fim, ela suspirou e se obrigou a se mexer. Um gesto depois do outro, esboçar um movimento e completá-lo, sair de seu posto de observação e se afastar da janela. Sair do quarto.

No corredor, Nassim acusou a irmã de ter roubado seu estojo.

— Você acha que eu dou a mínima para o seu estojo? — se defendeu ela, demonstrando todo o desprezo de que era capaz.

— Estava na minha mochila da escola, e agora não está mais! — respondeu o menino, balançando a mochila aberta diante do rosto de Inès como se tivesse provas irrefutáveis de que ela era a culpada.

— Não é culpa minha se você não sabe onde coloca suas coisas!

— Eu não mexi nele! — se defendeu Nassim, irado.

— Nem eu! — irritou-se ainda mais a adolescente, irada por ser incomodada com um detalhe com o qual não se importava absolutamente.

— O que está acontecendo? — perguntou Nora, descendo as escadas.

— Ela roubou meu estojo! — declarou Nassim, apontando um dedo acusador para a irmã.

— Até parece!

Nora foi até eles, pegou a mochila do filho e examinou o conteúdo.

— Não está aí! — insistiu Nassim.

— Posso olhar? Você deixa?

Em seguida, comprovando que o objeto procurado não estava lá, colocou a mochila no chão.

— Foi você, Inès?

— Mas que inferno! — ladrou ela, no limite. — O que você acha que eu iria querer com a droga do estojo dele?!

— Não fala comigo nesse tom, hein! — mandou Nora, levantando a voz.

Mas eram palavras vazias. Nora queria dizer a Nassim que ninguém estava nem aí para o estojo dele e que ele fosse brincar mais longe.

— Você pode ter deixado na casa do seu pai...
— Não! Eu peguei, tenho certeza! Eu coloquei na minha mochila!
— Pode ter caído em algum lugar... Você procurou em todos os lugares?
— Procurei!

Dando uma olhada em volta, Nora verificou tudo, o pé do porta-casacos, perto da sapateira, embaixo da cômoda...

Quando ela encontrou a pasta de Alexis, que havia escorregado para debaixo do móvel quando ela lhe dera um tapa, seu sangue parou de correr nas veias. Ela era igual às pastas que o advogado usava no trabalho: uma pasta verde-clara de plástico, que se destacava entre outras. Nora se ergueu na hora, tentando controlar o terror que a havia dominado e esconder o pânico repentino que, sem dúvida, estava estampado no seu rosto...

— Você olhou em seu quarto? — perguntou ela, assumindo o tom mais trivial possível.

Felizmente, Nassim estava tão obcecado por seu estojo que não notou nada. Inês já havia saído do hall e ido para a cozinha.

— Eu não o tirei da minha mochila desde que a gente chegou aqui!
— Mas ele tem que estar em algum lugar... Vá olhar no seu quarto enquanto eu continuo procurando aqui.
— Mas já falei que...
— Chega, Nassim! Você já viu que ele não está aqui! Faça o que estou te dizendo!

O menino obedeceu, melindrado, subindo as escadas arrastando os pés, claramente contrariado. Assim que ficou sozinha no hall de entrada, Nora se abaixou e apanhou a pasta. Ela a abriu, deu uma olhada rápida no conteúdo, descobriu que se tratava de um caso em que figurava diversas vezes o nome "Geniot". Com a mão trêmula, ela fechou a pasta e procurou um lugar para escondê-la. Barulhos vindos da cozinha a obrigaram a se apressar. Logo antes de Inês aparecer, ela enfiou a pasta no alto do porta-casacos, onde eles guardavam cachecóis e gorros no inverno.

— E aí? Achou? — perguntou a jovem, indiferente.
— Achei o quê?
— O estojo!
— Não... Ainda não encontramos.

— Tenho certeza de que ele ficou na casa do papai.

Com a mente ainda tomada pelo objeto que encontrara, seu conteúdo, que ela estava ansiosa para explorar, e as consequências de sua presença na casa, Nora não reagiu. A volta rápida de Nassim, cada vez mais aborrecido pelo estojo perdido, a obrigou a interromper suas reflexões tortuosas e continuar as buscas.

Depois de uns bons vinte minutos de revista obstinada, finalmente chegaram ao objeto em questão. No bolso da frente da mochila, naquele em que nunca se pensa em olhar. Quando o incidente foi resolvido, cada um voltou para as suas atividades, e Nora, por fim, conseguiu matar a curiosidade que a atormentava desde que encontrara a pasta. Ela a apanhou e, com o coração disparado, foi se trancar no banheiro.

O arquivo não era muito extenso, mas o que ela ficou sabendo por meio dele a deixou profundamente perturbada. Ela leu o relatório do caso Brunelle, redigido oito anos antes, no qual o advogado registrara minuciosamente as acusações feitas contra seu cliente, a maneira como a custódia policial tinha se dado, bem como as suspeitas que o acusado alimentava em relação à sua vizinha.

Em seguida, havia uma cópia do conselho tutelar que dizia respeito à tutela de Milo Brunelle, na qual constava o endereço de Tiphaine e Sylvain Geniot. Era o de sua própria casa, a que Nora alugava havia algumas semanas.

Portanto, Tiphaine era vizinha de David Brunelle na época do ocorrido. Aquela que ele acusara de ser a responsável pela morte de Ernest Wilmot. Por outro lado, Sylvain parecia estar fora de qualquer suspeita. Por quê?

E por que seus vizinhos nunca lhe contaram que já tinham morado na casa dela?

O documento seguinte a fez estremecer de horror. Tratava-se de um artigo de jornal impresso da internet, na seção de variedades, que mencionava a morte de Maxime Geniot, de seis anos. O menino faleceu depois de cair da janela de seu quarto. Um acidente doméstico como muitas vezes infelizmente acontece. A responsabilidade da mãe era evocada em meias-palavras, pelo menos sua imprudência de ter deixado o filho de seis anos sozinho no quarto com a janela aberta.

Nora pausou sua leitura por alguns instantes. Tiphaine e Sylvain tinham perdido um filho! A tragédia mais terrível que pode acontecer com pais. E daquilo também eles nunca haviam falado. Nem sequer mencionado. Como se não tivesse acontecido. Como se Maxime nunca tivesse existido. Como se...

Como se Milo tivesse assumido o lugar de Maxime.

Nora engoliu em seco, enquanto um terror retrospectivo a tomava de todo, oprimindo seu peito a ponto de ela, por longos minutos, ficar com dificuldades para respirar. Era possível se recuperar da morte de um filho? Em que precipício de dor e remorso Tiphaine e Sylvain tiveram que mergulhar? Que via-crúcis tiveram que percorrer para encarar um sofrimento como nenhum outro, sem descanso nem redenção? Aquele que leva aos limites de uma mente titubeante, único refúgio para conseguir passar pelo presente, para continuar a seguir em frente, ou pelo menos tentar. Quando sua razão de viver deixa de existir, que outra escolha há senão viver sem razão? Abandonar-se, de corpo e alma, nas delícias da insanidade. Desistir. A própria Nora acabara de matar por acidente, e por pouco ela quase cedera ao desvario. Por causa de um homem, um adulto, que já não morava em seu coração. Como sobreviver à morte de um filho, que se ama mais do que tudo?

Insuperável.

Nora compreendeu que o único elo que ainda ligava Tiphaine à razão era Milo. Que ela quase não tinha limites. Que os dois haviam caído na varanda com Maxime.

E era isso que a tornava perigosa.

Agora aquela mulher tinha se tornado sua inimiga. Ao cair no charme de Sylvain, Nora havia abalado o frágil equilíbrio de um espírito vulnerável. Ela rompera a fina camada de normalidade que impedia o grande salto para outros recantos psíquicos. Lá onde não existiam consequências. Pelo menos lá onde elas eram insignificantes quando comparadas à morte de um filho.

E, então, de que adiantava? Por que se controlar?

E ela havia deixado seu filho sob os cuidados daquela mulher!

Ela a deixara entrar em sua casa. Ela até lhe dera as chaves de sua casa! As chaves!

Tiphaine ainda tinha com ela um jogo de chaves da porta da frente! Nora tinha que pegá-las de volta a todo custo! Mas talvez a vizinha tivesse mandado fazer uma cópia no chaveiro. Nora decidiu não arriscar: ela ia trocar a fechadura. Era domingo... Ela avaliou o risco de não esperar até o dia seguinte, pagando provavelmente um preço excessivo... Suas finanças já estavam tão desfalcadas... Só que a segurança não tinha preço... Seria a primeira coisa que faria no dia seguinte. E, para se tranquilizar de fato, ela enfiou sua própria chave na fechadura para que ninguém conseguisse abrir a porta pelo outro lado.

Em seguida, ela repassou as anotações, as perguntas e as suposições que Alexis escrevera à mão, tudo o que ele tinha tentado avisá-la antes de morrer: a responsabilidade dos Geniot pela morte de Ernest Wilmot e até pela dos pais biológicos de Milo, um duplo suicídio cujas razões permaneciam obscuras.

O que tinha acontecido na famigerada noite da custódia policial? Fora alguns documentos oficiais, Alexis tinha se baseado, sobretudo, em suposições sem qualquer prova material para amparar suas suspeitas.

— Mãe!

Do outro lado da porta do banheiro, Inès reclamava, com a voz estridente, que precisava se aliviar. Nora fechou a pasta apressadamente antes de procurar um esconderijo para o objeto. Ela deu uma olhada nos móveis, sem encontrar nada discreto o bastante para escapar da curiosidade da filha.

— Mãe! Me deixa entrar! O que você está fazendo?

— Já estou acabando! — respondeu Nora, dando a descarga.

Então, sem ideias, ela colocou a pasta debaixo do suéter e fechou o colete por cima. Uma última olhada no espelho para ver se não dava para notar nada...

— Pronto! Não adianta ficar irritada.

Nora destrancou a porta. A jovem a fuzilou com o olhar e entrou no local como uma rainha em seus aposentos. Para variar, Nora louvou a arrogância um tanto ridícula dos adolescentes.

Ela foi para o térreo. Era preciso se livrar daquela pasta. Se alguém a encontrasse na sua casa, ela estaria perdida. Ao mesmo tempo, era uma arma admirável para dominar Tiphaine, para apaziguar eventuais desejos de vingança, ou até para alimentar as suspeitas que pesariam sobre a vizinha se, um dia, um daqueles policiais estúpidos acabasse encontrando o corpo de Alexis. Talvez, pelo contrário, não fosse necessário se livrar dela com tanta rapidez! Aqueles documentos, pensando bem, eram sua única proteção contra as maquinações de uma mulher que já não tinha limites. O que lhe permitiria jogar no último ponto fraco de um ser que não tinha mais nada a perder.

Era melhor guardá-la um pouco mais.

Só por garantia.

Procurando se convencer de que estava tomando a decisão certa, Nora começou a buscar um lugar para esconder a pasta. Ela foi até a cozinha, pensou por um momento em escondê-la em uma gaveta, mas desistiu da ideia: Inès costumava vasculhar os armários em busca de comida ou utensílios que Nora não fazia ideia do uso que a filha daria. O mesmo valia para o banheiro. Tiphaine passou para a sala de jantar... Poucos móveis, poucas possibilidades. Já na sala de estar, ela encarou a estante. Que esconderijo melhor para um livro — ou pelo menos uma pasta que tinha o formato de um — do que entre outros livros? Ela inspecionou as prateleiras, hesitou entre a localização antes de inserir a pasta de Alexis em meio a dois romances grandes.

45

O FIM DE SEMANA CHEGOU AO FIM sem nenhum outro evento notável. A chuva havia lavado os jardins de todos os indícios de sua passagem, o que tranquilizou Nora um pouco. Por fim, as crianças tinham ido para a cama e ela pôde se ver sozinha com sua pena e sua angústia.

A noite foi terrível, um sono agitado entrecortado por imagens de corpos desmantelados, pelo som de membros se quebrando, por ondas de sangue jorrando... Lágrimas também, as de seus filhos, que, com os olhos colados nela, acusadores e repletos de ódio, a lançaram em um abatimento do qual ela sabia que nunca se recuperaria. De manhã bem cedo, Nora acordou sobressaltada, suando frio, ainda mais esgotada do que quando tinha ido para a cama. Ela se forçou a se levantar e tentou afogar seu tormento debaixo de uma longa ducha quente.

Não adiantou.

Os segundos passavam com uma lentidão esmagadora, o tempo parecia ter congelado na miséria que entravava seus movimentos, suas emoções e seus pensamentos. Ela desceu para fazer o café da manhã, para se perder na engrenagem tão tranquilizadora do cotidiano. De outrora. Mas o comum não apareceu. Cada gesto ainda tão inofensivo dois dias antes agora era tomado por uma gravidade insuportável, arrastando-a para uma lenta e dolorosa descida aos infernos. Uma queda interminável.

Ela precisava se mexer.

Forçar o destino.

Dar um fim àquele pesadelo.

Por fim, as crianças acordaram. Ela se concentrou nas tarefas que devia cumprir: fazer os dois comerem, orientar que se lavassem, deixá-los prontos para a escola... Tranquilizá-los também, prometer que, se tivesse alguma notícia do pai deles durante o dia, ela os avisaria na mesma hora. Levá-los para a escola, cada um para a sua, e dar um abraço bem apertado em cada um.

Depois ela foi trabalhar.

A manhã foi menos penosa do que ela esperava: as demandas incessantes dos alunos a mantiveram ocupada o bastante para distrair seus pensamentos e acalmar seu pânico. Quando ela saiu do maternal por volta do meio-dia, foi para a delegacia, bem determinada a manobrar a polícia para o jardim de Tiphaine e Sylvain. Ela contaria a eles que tinha presenciado sem querer um comportamento estranho na madrugada de sexta para sábado, exatamente aquela em que Alexis havia desaparecido. Que a falta de notícias dele a mantivera acordada parte da noite e que, quando ela se levantou para ir à cozinha tomar um ar, viu uma silhueta no jardim ao lado arrastando uma massa escura e comprida em direção ao muro dos fundos.

Só que, à medida que se aproximava da delegacia, a dúvida tomava conta dela. Em vez de lançar suspeitas sobre a vizinha, talvez ela fosse voltá-las para si mesma. Se o que havia visto pela janela do quarto naquela noite a tivesse intrigado tanto, por que ela não tinha mencionado o incidente quando denunciara o desaparecimento de Alexis à polícia na sexta-feira anterior?

Quando avistou o prédio, Nora já não sabia o que fazer. Ela sentiu uma vontade irreprimível de telefonar para Mathilde, contra a qual teve de lutar com todas as suas forças: Nora não podia mais contar com ela. O silêncio da amiga mostrara que ela não queria se envolver naquela história sombria.

Então, ela decidiu esperar um pouco mais, aguentar pelo menos até o dia seguinte, em seguida decidiria. Melhor não cutucar a onça com a vara curta. Deixar as coisas seguirem seu curso. Ela já tinha causado bastante dano daquele jeito.

A tarde passou meio que apática. Ela não se sentia bem em lugar nenhum, sonhava em ficar sozinha quando havia gente por perto e ansiava por qualquer companhia quando estava sozinha. Ela esperou pacientemente que desse quatro e meia da tarde para ir buscar Nassim na escola.

Às quatro e vinte, ela já estava zanzando na frente do portão.

Quando o sinal tocou no fim da aula, ela entrou na escola e seguiu para a sala do filho. No final do segundo corredor, avistou a fila que levava os alunos da série dele ao pequeno refeitório onde alguns deles lanchariam antes de voltar para a classe. Ela se aproximou da fileira e passou pela professora de Nassim, que a encarou surpresa. Nora a cumprimentou com cortesia.

— Senhora Raposo! — espantou-se a professora. — O que está fazendo aqui?

Perplexa com a pergunta absurda, Nora ergueu as sobrancelhas, sem entender.

— Eu vim buscar o Nassim...

— Mas... O Nassim não está mais aqui! Ele foi embora há meia hora!

Nora continuou surpresa, sem entender direito o que as palavras da professora queriam dizer.

— Como assim foi embora? — perguntou ela, já sentindo o aperto da angústia. — Foi embora para onde? Com quem?

— Não sei! — exclamou a pobre professora, que começava a perceber que havia confiado uma criança que estava aos seus cuidados a uma pessoa de quem a mãe nada sabia. — Alguém veio buscá-lo explicando que você mesma não poderia. Ela se desculpou por ter aparecido tão cedo, alegando que tinha que fazer alguma coisa e... Segundo a responsável pela creche, ela já tinha vindo buscá-lo com o seu consentimento. Parece que ela é sua vizinha.

46

— Cadê a minha mãe? — Nassim perguntou assim que entrou na casa de Nora com Tiphaine. — Por que ela não foi me buscar?
 — Ela não podia. Mas não se preocupe, ela vai chegar logo.
 Sem nem se dar ao trabalho de tirar o casaco, ela foi para a cozinha e colocou a bolsa na mesa junto com uma sacola de supermercado. Depois, começou a abrir as gavetas, uma atrás da outra. Logo ela encontrou aquela em que Nora guardava os utensílios de cozinha e recolheu todas as facas. A de pão, a de carne, as compridas, as pequenas, as largas, com ou sem serra... colocou-as uma ao lado da outra no balcão... não se apressou para escolher uma delas, uma com lâmina de mais ou menos vinte centímetros, bem afiada, quase tão fina quanto papel seda para enrolar cigarros, bem pontiaguda, afiada... Perfeita. Ela a guardou na sua bolsa e colocou as outras de volta no lugar. Então, fechou a gaveta.
 — Nassim, quer vir lanchar?
 O menino apareceu na porta, com a carinha amuada, meio indeciso.
 — Vamos, não faça essa cara... Qual é o problema?
 — Eu quero a minha mãe.
 Tiphaine abriu um sorriso compreensivo. Ela se aproximou do menino e se abaixou para ficar da sua altura.
 — Sabe de uma coisa? Enquanto a gente espera ela chegar, vamos fazer uma brincadeira.

— Mas que brincadeira?

— Você está com saudade da sua mãe, e eu estou com saudade do meu filhinho. Então vamos fazer como se eu fosse a sua mãe e como se você fosse o meu filho. Combinado?

Nassim franziu a testa. Ele olhou gravemente para o rosto de Tiphaine, que estava a poucos centímetros do seu, observando aquele estranho sorriso que cobria seus traços com uma máscara de bondade forçada, mas desprovida de calor. O olhar dela, por mais amigável que fosse, tinha alguma coisa de assustador, como o reflexo de uma barreira rompida, um acesso direto para um abismo sem fundo no qual sem dúvida deveriam se esconder coisas aterrorizantes.

— Não estou com vontade de brincar — declarou ele, desconfiado.

— Ah, vamos sim. Você vai ver, vai ser divertido! Olha só, eu comprei um monte de coisas gostosas para você comer.

Ela se ergueu e foi até a mesa onde estava a sacola de compras. Enquanto a esvaziava, mostrava ao menino pacotes de bolacha, um pote de creme de baunilha, outro de iogurte e uma garrafa de suco de frutas que ela comprara para ele.

— E aí? Está com fome?

Ela agia com um entusiasmo meio grotesco, como se desempenhasse um papel sem sutileza. Seu rosto agora exprimia tanta euforia, que tinha algo de ridículo.

Mesmo com o cenho ainda franzido, Nassim olhou de soslaio para o pote de creme de baunilha. Então voltou a olhar para Tiphaine.

— Eu queria um pouco de creme de baunilha...

— E a palavrinha mágica?

— Por favor...

— Por favor, quem?

— Tiphaine.

Tiphaine revirou os olhos e balançou a cabeça, exagerando uma refutação cheia de indulgência.

— Não, Nassim! A gente está brincando de mamãe e filhinho, esqueceu? Então, por favor, quem?

O menino sentiu como se estivesse com uma pedra no estômago. Ele sabia o que Tiphaine estava esperando dele. Só que seu instinto lhe dizia para não entrar naquela brincadeira estranha.

— Vamos lá! — insistiu Tiphaine em tom de ensinamento exaltado. — Por favor, quem?

— Hum... não sei.

— Mas é claro que você sabe!

Nassim não respondeu. Ele a encarou com um olhar cético enquanto a pedra pesava em seu estômago, esmagando pouco a pouco suas tripas e entranhas. Tiphaine agitava o pote na frente dele sem apagar o sorriso falso.

Como a criança estava obstinada a não responder, ela começou a ajudá-lo.

— Por favor... M... Ma...

Silêncio. O sorriso de Tiphaine foi congelando em seu rosto, em uma expressão cada vez mais preocupante.

— Ma... — ela repetiu enquanto incentivava Nassim com pequenos acenos que beiravam a paródia.

— ...mãe — respondeu ele.

— Viu só! — exclamou ela, como se o menino tivesse acabado de fazer um exercício complicado. — Não foi tão difícil assim! Agora repete a frase toda.

Mais um silêncio. Nassim se sentia cada vez pior. A pedra agora tinha subido para a garganta e ele não estava conseguindo respirar direito.

— Por favor, mamãe... — ele finalmente disse com uma vozinha vacilante.

— Agora mesmo, meu querido! — respondeu ela, já preparando um lanche gostoso para ele.

Quando terminou, incentivou o garoto a se sentar à mesa.

— Não, aí não! — disse ela para Nassim, que estava se sentando na cadeira de frente para a janela. — Aqui! — acrescentou, apontando para a que dava as costas para ela.

— Não é aí que eu sento — protestou ele. — Esse é o lugar da Inès.

— É por causa da brincadeira, coração... — explicou Tiphaine em tom didático. — Vamos, seja bonzinho e faça o que estou dizendo.

Nassim obedeceu sem protestar. A atitude ridícula da vizinha reforçou seu constrangimento; ele pressentia que qualquer resistência poderia desencadear reações extremas que ele temia terrivelmente. Tiphaine serviu uma generosa tigela de creme de baunilha, um copo de suco de laranja e algumas bolachas em uma travessa. Um lanche digno de um rei!

— E, agora, me conte! — disse ela se sentando ao lado dele.

— O quê?

— Do seu dia. Me conta o que você fez, com quem você brincou, como é a sua professora, quem são os seus melhores amigos, de quem você não gosta, o que...

Ela foi interrompida pelo celular tocando. Tiphaine se levantou, revirou a bolsa e pegou o telefone. Então, dando uma olhada, esboçou um sorriso satisfeito.

— A Nora já vai chegar.

Ela silenciou o aparelho afundando imperiosamente o polegar antes de voltar a se acomodar diante do menino.

— Estou te ouvindo! — disse ela como se retomasse uma lição.

— Eu... eu estudei...

— Sim, não tenho dúvidas! Você estudou, brincou, comeu e até fez xixi. Mas me conta sobre o resto. E não esquece de comer!

Uma pedra se forçava pesada na garganta de Nassim, ele estava com uma dificuldade terrível para engolir. O menino mergulhou a colher no creme e levou à boca. Nunca um creme de baunilha teve tanta dificuldade para descer.

— Eu... eu brinquei com o Jonathan.

— Quem é o Jonathan?

— Um amigo.

— O seu melhor amigo?

— Não, só um amigo.

— E quem é seu melhor amigo?

— O Alexandre.

— E por que você não brincou com o Alexandre se ele é o seu melhor amigo?

— Porque ele estava doente hoje.

— Entendi. Pode continuar. Você brincou de que com o Jonathan?

— De esconde-esconde.

Tiphaine esperou uma continuação que não veio. Ela soltou um suspiro reprovador, mas de uma maneira muito magnânima, quase benevolente.

— Vamos lá, Maxime, eu não vou ter que arrancar cada informação de você, não é mesmo?!

— O meu nome não é Maxime!

Ela fez uma careta ao ouvir a observação. Sua mandíbula cerrou, suas feições se crisparam e um brilho maligno cortou seus olhos, o que não passou despercebido ao garoto.

— É parte da brincadeira — explicou ela sem conseguir de fato esconder seu aborrecimento.

Ela se recuperou bem rapidamente, como uma atriz de segunda categoria, cuja interpretação fora perturbada por um incidente infeliz e que, desajeitada, tenta retomar sua personagem.

As lágrimas de Nassim começaram a escorrer. A pedra estava ainda mais pesada em sua garganta, uma bigorna no seu estômago, e o creme de baunilha não descia mais de jeito nenhum.

— O que houve, amorzinho? — ela se inquietou, sinceramente perplexa em ver o menino aos prantos. — Por que você está chorando?

— Eu quero a minha mãe... — ele tentou de novo, se agarrando à gentileza superestimada de Tiphaine.

— Eu estou aqui, meu anjo. Venha no meu colo!

Sua voz fluía como um licor enjoativo, um suco viscoso e fedorento que se incrusta por toda parte e deixa para sempre um rastro pegajoso. Ela estendeu os braços para ele sem duvidar por um segundo de que ele iria se lançar e se aconchegaria neles.

Nassim limpou as bochechas molhadas e esboçou um sorriso fraco.

— Não, agora já está tudo bem...

— Vamos, não se preocupe! Venha aqui me dar um abraço.

— É que eu prefiro ler uma história em quadrinhos — sugeriu ele, se lembrando de que ela havia dito que queria fazer isso da última vez que fora cuidar dele.

O olhar de Tiphaine brilhou surpreso e cheio de satisfação. Seu rosto se iluminou com um sorriso agradecido.

— Boa ideia! — declarou ela, radiante. — Vá buscar uma revista em quadrinhos e venha se juntar a mim na sala de estar.

Ele saiu voando como uma flecha.

Sozinha, Tiphaine foi até a sala, se sentou no sofá e esperou. De frente para a estante de livros, ela se perdeu contemplando a sala e olhou sem de fato ver um conjunto de formas, materiais e cores. Perdida em seus pensamentos. Perdida em outros tempos de sua vida. Em outros lugares que já não existiam. Mergulhada no passado para escapar melhor do presente.

Com os olhos colados nas prateleiras, ela começou a decifrar automaticamente os títulos nas lombadas dos livros, como uma mensagem codificada, uma espécie de percurso iniciático e subliminar em resposta bastante irônica aos acontecimentos que marcaram sua existência. *L'Étrange vérité*, de Vera Caspary. *A vizinha*, de Barbara Delinsky. *O estrangeiro*, de Albert Camus. *O grande segredo*, de René Barjavel. *Les Regrets*, de Joachim du Bellay. *Ilusões perdidas*, de Honoré de Balzac. *Viagem ao fim da noite*, de Louis-Ferdinand Céline.

Seu olhar, então, parou em uma lombada sem título. Um livro com dimensões que não eram exatamente padrão. Verde-claro. Entre *Le Bonheur dans le crime*, de Jacqueline Harpman, e *Le Jour du jugement*, de Sue Grafton. Tiphaine franziu a testa. Um flash. O luzir de uma memória. Uma imagem indistinta. Uma sensação de opressão. Intrigada, ela se levantou e percorreu em duas passadas a distância que a separava da estante. Agarrou o volume e o puxou.

Uma pasta. Incomodamente familiar. Onde ela havia visto uma de cor idêntica?

Tiphaine abriu a pasta e examinou os documentos que ela guardava.

47

No segundo em que ficou sabendo que a vizinha tinha levado seu filho, Nora chamou a polícia. Como se tratava de uma criança que havia desaparecido, o caso foi levado muito a sério. Dois investigadores apareceram na entrada da escola dez minutos depois. O primeiro era careca; o segundo, barbudo. Nora já havia tentado falar com Tiphaine pelo celular, sem sucesso: a ligação tinha sido cortada deliberadamente antes que caísse no correio de voz. Ela estava em um estado de pânico e de abatimento que beirava a histeria.

Não era mais hora de segredos. Ela resumiu a situação para os dois investigadores, sem omitir nada: as relações amistosas que mantinha com os vizinhos, os favores que Tiphaine fizera quando ela precisou de alguém para buscar seu filho na escola, depois sua atração por Sylvain. Em seguida, o ciúme do ex-marido e suas consequências: Tiphaine, ciente da situação e, sem dúvida, movida por más intenções voltadas para Nora e sua família, razão pela qual ela ficara tão perturbada ao saber que seu filho estava sozinho com a vizinha. Por fim, o sumiço inexplicável de Alexis desde a sexta-feira anterior, depois de ter saído da casa dos Geniot.

Assim que a história da mãe arrasada chegou ao fim, os policiais consideraram a situação grave o bastante para dar um chamado de pessoa desaparecida. Eles pediram fotos da criança e qualquer informação útil, perguntaram, por exemplo, como ele estava vestido, o que Nora indicou, com a ajuda da diretora da escola, arrasada com o rumo dos acontecimentos.

Os dois investigadores, então, passaram as informações para a delegacia central. Em seguida, eles seguiram para a rua Edmond-Petit; Nora, na frente, assim que chegou na rua logo avistou o carro de Tiphaine. Ela estacionou na calçada em frente, onde é proibido estacionar, e correu para a porta dos Geniot, com o coração disparado, pronta para se lançar sobre a vizinha e arrancar seus cabelos.

Os policiais sugeriram que se acalmasse e deixasse que eles tomassem a frente.

Tocaram a campainha... Ninguém atendeu. Perdendo a paciência, Nora se jogou sobre a porta, a qual esmurrou com toda a força, gritando o nome de Tiphaine e implorando para que ela abrisse. Barbudo mandou que ela se calasse enquanto Careca a arrastava para afastá-la da casa.

— Temos que arrombar a porta! — berrou ela para os policiais.

— Calma! — Careca ordenou. — Vamos fazer o que for preciso. Mas não adianta ficar nervosa. Precisamos de um mandado de busca e...

— Você está brincando com a minha cara? A gente não tem tempo para papelada! Eu quero meu filho de volta agora!

— É exatamente o que estamos tentando fazer, senhora! Mas seguindo o procedimento — respondeu Barbudo de imediato enquanto o colega digitava no celular e o levava ao ouvido.

Nora pensou que fosse perder a cabeça. O filho dela estava ali, a poucos metros dela, nas garras daquela mulher que buscava vingança pela infidelidade do marido... Só Deus sabe do que ela era capaz, o que ela diria para ele, o que faria com ele, o que o faria passar...

— Quanto tempo vai demorar? — gemeu ela, zanzando pelo lugar.

— O processo já está na mesa do juiz de instrução. Estamos pedindo urgência para que possamos agir de imediato. Não vai demorar.

Em um movimento de desespero, Nora deu meia-volta com as mãos na cabeça em sinal de impotência. Seu olhar recaiu sobre o carro de Tiphaine, estacionado um pouco mais adiante. Uma ideia surgiu em sua mente ao mesmo tempo que no coração...

— Espera!

Ela correu para a sua casa, vasculhando a bolsa atrás das chaves, que ela enfiou na fechadura, exaltada. Ao entrar no hall, seguida de perto pelos dois investigadores, ela gritou o nome do filho. Quando ouviram a vozinha de Nassim respondendo aos chamados da mãe, os três congelaram.

Um segundo depois, furiosa, Nora irrompeu na sala. Careca e Barbudo foram atrás dela.

Assim que a viu, Nassim correu para seus braços. Ela o abraçou como se tivessem ficado separados por muitos anos.

— Nassim! — exclamou ela, apalpando-o com nervosismo.

Parecia que ela estava se certificando de que nada faltava no menino.

Então, se voltando para Tiphaine:

— Sua doente mental! — ela lançou. — Da próxima vez que você chegar perto do meu filho, eu vou acabar com você!

Tiphaine arregalou os olhos, perplexa, parecendo pasma com a aparição intempestiva e tempestuosa de Nora.

— Nora! O que é que você tem? Eu... — Então, parecendo se dar conta da presença dos dois policiais: — Mas... O que está acontecendo?

— Senhora Tiphaine Geniot? — perguntou Barbudo.

— Sou eu...

— Parece que a senhora não estava autorizada a buscar Nassim na escola hoje...

— Mas... Que história é essa? — Depois, se voltando para Nora: — Puxa, Nora! Ficou acertado entre nós que...

— Nós não acertamos nada! — berrou Nora à beira da histeria.

— Mentira! — se defendeu Tiphaine, bancando com perfeição a surpresa indignada. — Nassim! Não era eu que deveria ter ido te buscar?

Ainda nos braços da mãe, o menino começou a chorar.

— O que ela fez com você, meu amor? — perguntou Nora, entre a fúria e o medo.

— Eu não fiz absolutamente nada com ele! — exclamou Tiphaine, que parecia cada vez mais perplexa com o rumo que os acontecimentos estavam tomando. — Foi você quem o aterrorizou com os seus gritos! — E ajoelhando-se na altura da criança: — Nassim... Ficou combinado que eu ia buscar você, não foi?

Ela fixou o olhar no do menininho, frio, duro, implacável. A própria expressão do ódio e do perigo. Uma ameaça mal disfarçada que apavorou o garoto. Pela primeira vez na vida, Nassim se sentiu em perigo.

Aterrada, a criança apenas assentiu.

— Não chora, Nassim — continuou Tiphaine com uma voz de repente tão doce, que parecia um carinho. — É só um mal-entendido entre a sua mãe e mim. Vai ficar tudo bem, eu prometo para você!

— Mentira! — rugiu Nora, curvando-se, por sua vez, à altura do filho. — O que aconteceu com você, Nassim? Afinal de contas, você sabe que era eu que ia te buscar!

Com os olhos banhados em lágrimas, a criança encarava a mãe com angústia, o corpo tremendo com os soluços.

— Calma, senhora — interveio Careca. — Você está assustando o seu filho.

— Nassim, me responde, por favor! — continuou Nora, indiferente ao conselho do policial. — Nunca houve essa história de a Tiphaine ir te buscar na escola hoje! Não é mesmo?

— Mas o que é isso, Nora, que absurdo! — exclamou Tiphaine, não deixando a criança responder. — O que é que você tem?

— Deixe ele falar — ela urrou, perdendo todo o controle. Voltando-se para o filho, ela o agarrou pelos ombros, pronta para sacudi-lo como um pé de ameixa. — Mas que droga, fala logo que era eu que ia te buscar! O gato comeu a sua língua, por acaso?

— Senhora! — interveio Barbudo por sua vez. — Não adianta ficar nervosa desse jeito. Seu filho foi encontrado, ele está bem de saúde... Vamos dar a busca por encerrada.

Nora pareceu se dar conta de que em menos de cinco minutos a situação tinha se voltado contra ela. Ela estava perdendo toda a credibilidade. Como se ela própria desse prova da boa-fé de Tiphaine. Agora ela era o monstro. Nassim diante dela, claramente apavorado com seu comportamento... Não era para ela protegê-lo e tranquilizá-lo? Ela congelou, pareceu perceber a provação pela qual o filho estava passando e sentiu toda a raiva ir embora. Ela se ergueu antes de pegar o menino no colo e abraçá-lo com força contra si.

— Me desculpe, querido... eu estava tão preocupada! Você não estava mais na escola e eu nunca acertei nada com ninguém! E sem dúvida não com a Tiphaine! Eu é que ia buscar você, entendeu?

Nassim se agarrou à mãe como um afogado a uma tábua de salvação. Ele sacudia com grandes soluços e escondeu o rosto no pescoço dela.

— Nassim, você está bem? — perguntou ela, preocupada.

O garotinho continuou chorando, o rosto enterrado no vão do ombro da mãe.

— Nassim, responde, meu querido...

Careca balançou a cabeça e franziu os lábios.

— Bom! Acho que vamos deixar vocês...

Nora reagiu na mesma hora.

— E ela? — perguntou, em tom de desprezo, acenando com a cabeça em direção a Tiphaine.

Careca deu de ombros, o que parecia transmitir toda a sua impotência.

— Não temos muito do que repreendê-la... Encontramos o menino na sua casa, em boa saúde... Não vejo realmente do que podemos acusá-la.

Nora pareceu receber um choque elétrico. Ela colocou Nassim no chão com uma pressa um tanto desajeitada e percorreu a distância que a separava dos investigadores.

— Vocês não vão fazer nada? Vão deixá-la sair dessa assim?

— Meu colega explicou que não temos muito pelo que repreender a senhora Geniot — retrucou Barbudo em um tom muito mais firme do que antes.

Nora se sentia como um inseto preso em uma teia de aranha: quanto mais lutava, mais se enredava nos meandros de uma emboscada psicológica.

Ao se dar conta de que ainda perdia pontos, ela se virou para Tiphaine e a desafiou com um olhar maligno.

— Nunca mais chegue perto de mim. Nem dos meus filhos.

— Vai ser difícil, eu moro bem aqui do lado — respondeu Tiphaine de imediato, sem nem procurar esconder certa ironia.

— Isso não é problema meu — respondeu Nora, por sua vez, com uma segurança que surpreendeu a si mesma. — E, a propósito, me devolva minhas chaves!

Tiphaine ergueu as sobrancelhas com um sorriso de desdém. Então, sem dizer uma palavra, ela seguiu para a sala de jantar, onde havia deixado sua jaqueta, enfiou a mão em um dos dois bolsos e tirou um molho de chaves. Ela o destravou antes de tirar uma delas, que entregou a Nora, que a apanhou com um gesto rígido enquanto suas pupilas brilhavam com um lampejo de ódio.

— Fique na sua casa, Tiphaine. Vai ser melhor para todo mundo!

— É você que está me dizendo isso? Mas é o cúmulo!

— Calma, senhoras — interveio Careca. — Às vezes, nos arrependemos das coisas que dizemos.

As duas mulheres se encararam por mais alguns segundos, cada uma sustentando o olhar da rival, prontas para aguentar até o fim, para obrigar o inimigo a baixar os olhos primeiro. E então, contra todas as probabilidades, Tiphaine desistiu e virou a cabeça. Nora ficou surpresa, sentindo um imenso alívio. O que Alexis lhe dissera — logo antes de morrer! — e o que ela havia lido no arquivo a congelaram de pavor. Sua vizinha a apavorava agora. Ela não se sentia mais em segurança naquele ambiente.

Seu alívio durou pouco. De repente, a presença de Tiphaine em sua casa, assim como os sentimentos que ela lhe inspirava, fez com que ela voltasse a pensar nos documentos de Alexis. A possibilidade de que sua vizinha pudesse ter encontrado o precioso documento — tendo assim uma prova de que Alexis havia ido à sua casa depois de sair da casa dos Geniot e todas as consequências que viriam em seguida — a petrificou. O pânico nublou seu raciocínio, ela precisava garantir que a pasta ainda estava no lugar. Mas ela não podia de jeito nenhum chamar a atenção de Tiphaine, nem a da polícia, para a sala de estar, muito menos para a estante de livros.

Nora ansiava agora que todo mundo fosse embora. Exaltada, ela se voltou para os policiais e agradeceu a intervenção. Eles perguntaram como ela estava, querendo se certificar de que estivesse bem antes de deixarem o local. Nora os tranquilizou.

Tiphaine também se preparou para ir embora. Ela já havia vestido a jaqueta e seguia em direção à entrada atrás dos dois investigadores. Os três saíram de casa ao mesmo tempo. Assim que Nora fechou a porta, Tiphaine os cumprimentou acenando com a cabeça antes de se dirigir para sua casa.

Quando colocou a chave na fechadura, se virou para os policiais, cujo carro estava estacionado em frente à sua porta.

— Não sei o que ela falou para vocês, mas ela está completamente fora de controle. E não estou certa se é capaz de cuidar dos filhos. Viram só em que estado ela deixou o menino?!

Eles assentiram com a cabeça antes de entrar no carro.

Assim que a porta fechou, Nora saiu correndo para a sala. Quando, por fim, entrou, deu um suspiro de alívio: a pasta ainda estava no lugar. Um terror tomou conta dela, que não sabia onde estava com a cabeça ao deixar aquela prova condenatória tão à vista! Tiphaine não havia percebido nada... Uma sorte! Ela tinha que ser mais cuidadosa no futuro, encontrar um lugar mais escondido...

Sem perder tempo, Nora apanhou a pasta para escondê-la em um lugar mais seguro... Quando estava em suas mãos, logo percebeu como ela estava estranhamente leve e a falta do som do atrito das folhas no interior... Um novo choque, desta vez mais violento. Porque era inevitável. Ela soube imediatamente. Ela sentiu, ali entre as suas mãos, o vazio, o nada, a ausência...

Foi difícil a prova se materializar em sua mente, como uma teoria tão absurda, que não poderia se tornar tangível. Exaltada, tremendo da cabeça aos pés, Nora quase arrancou a capa da pasta antes de dar uma olhada no que havia dentro...

Seu corpo logo virou um envelope vazio, assim como a pasta que ela segurava na mão.

48

Foi Inès quem viu Milo primeiro. Seu coração deu um pulo no peito. Ela o reconheceu de longe, por causa de sua silhueta, de seu jeito de se movimentar, como alguém que tinha crescido rápido demais e ainda não dominava de fato aquela massa repentina e um tanto embaraçosa. Também o seu jeito. Lento, mas marcante. Ponderado. Quase pensativo. Por um instante, ela hesitou: dar meia-volta ou fingir que não o tinha visto? Pareceu mais prudente dar a ele a oportunidade de vê-la. Aguardar a reação dele. Se ele não quisesse mesmo ter contato com ela, seguiria seu caminho e ela saberia de uma vez por todas qual era a dele. E, se ele decidisse ir falar com ela, ela fingiria surpresa.

A garota seguiu seu caminho com o rosto voltado para o lado oposto ao de Milo. Ela sentiu o coração batendo forte no peito: em alguns instantes, ele não teria como não vê-la. Se ele não reagisse, era porque ela não lhe interessava. Ela continuou avançando, indo mais devagar sem se dar conta. Suas têmporas latejavam, sua respiração estava ficando mais curta e mais rápida. Ela quase se obrigava a dar um passo depois do outro, queria que a terra a engolisse, porque ele não a chamava, porque ele iria ignorá-la.

— Oi, Inès.

A jovem achou que fosse desmaiar. Com a cabeça ainda virada para o outro lado, ela fechou os olhos e se forçou a respirar. Então, reuniu o que restava de sua arrogância e se voltou para ele.

— Ah! Olá, Milo! Eu não tinha te visto!

Ela ficou na ponta dos pés e lhe deu um beijo em cada bochecha. Dois beijinhos anônimos, o mais indiferentes possível.

Ele pareceu decepcionado e olhou para ela circunspecto, procurando em seu olhar um modo de interpretar aquele cumprimento frio.

— Tudo bem? — perguntou ele em seguida, em tom amigável.

— Estou legal — mentiu ela com uma firmeza que estava longe de sentir.

— Você teve alguma notícia do seu pai?

A adolescente ficou congelada de surpresa.

— Quem foi que te disse que ele desapareceu?

— Os policiais foram à nossa casa. Eles nos fizeram perguntas e disseram que vocês ainda não tinham tido notícias.

— Então, você sabia... — disse ela mais para si mesma do que para Milo.

Inês achou que suas entranhas haviam se afastado e deixado um vácuo enorme no meio da sua barriga.

— Hum... sim, eu sabia — confirmou Milo com uma franqueza desesperada.

— E você não me ligou? Você nem atendeu à minha ligação!

— Hum... eu não quis te incomodar.

— Mas, se fui eu que te telefonei, é porque você não ia me incomodar! — exclamou Inês, sentindo a raiva varrer sua dor com uma impulsividade violenta.

A virulência da jovem deixou Milo atônito. Ele se deu conta de toda a angústia por que a amiga estava passando, sentindo o remorso queimá-lo por dentro.

— Eu... eu achei que...

Ele se calou, sem argumentos. Seria impossível confessar seus temores e suas apreensões sem que ela o tomasse por um louco.

— Deixa para lá — soltou Inês, cheia de rancor.

Ela apertou o passo e seguiu na frente dele. Milo mordeu o lábio inferior, dividido entre seu desejo de buscar uma relação de cumplicidade e o tormento insistente que não largava suas entranhas, convencido de que sua atração por ela a colocava em risco de vida. Ele queria se apressar, alcançá-la, se desculpar, confessar seu problema, explicar para ela...

Explicar o que para ela? "Se eu demonstrar que te amo, você vai morrer"? Mas que ridículo! Sua razão desdenhava de suas apreensões; ele imaginava como suas angústias eram risíveis, a irracionalidade de uma convicção daquelas, e ainda assim era incapaz de se livrar do fardo de suas preocupações. Ao vê-la indo ali, na frente dele, Milo sabia que a perderia se não reagisse. E provavelmente seria melhor assim... Meu Deus, como machucava! Ele sentiu a opressão do remorso e a mordida da dor, se desprezou por sua fraqueza...

— Inès!

Ele a alcançou, procurou as palavras para apaziguar o rancor da adolescente, não achou nada sensato para dizer, ficou com raiva de si mesmo por estar tão desarmado, entre a dúvida e a certeza, aflito pela luta interior que se desencadeava dentro dele, que partia seu coração, queimava seus pulmões, rasgava suas entranhas.

— Qual é a sua, hein? — ela o parou com raiva. — Você é meu amigo ou não?

— Hum... Sim...

— Só amigo, é isso?

— Hum... Não...

— Hum, sim, hum, não! É só isso que você consegue dizer?

— Não é isso...

— Então, é o quê?

Ela parou e o encarou, de braços cruzados sobre o peito, esperando uma explicação. Milo se deparou com seu olhar acusador.

— Olha, é complicado. Você não sabe tudo da minha vida e...

— Você está com outra pessoa, não é? — ela exclamou arregalando os olhos, nos quais era possível ler tanto espanto como fúria.

— Não!

— Porque, se for isso, é melhor me contar de uma vez! — gritou ela, sentindo que não conseguiria conter as lágrimas por muito mais tempo.

E, para esconder sua dor, ela o deixou ali plantado na calçada e saiu correndo.

Devastado por essa reviravolta, Milo a viu se afastar, petrificado. Ele tinha a sensação de que, quanto mais procurava acertar as coisas, suavizá--las, tentava chegar a um meio-termo entre suas superstições e suas emoções, pior ficava a situação. Inès estava sofrendo por causa dele, e isso acabou por devastá-lo.

— Inès! — gritou ele, correndo atrás dela.

Ele a alcançou mais uma vez e a segurou pelo braço, obrigando-a a parar. Ele a viu, então, aos prantos, com o rosto banhado em lágrimas. Suas últimas defesas foram pulverizadas diante daquele espetáculo tão avassalador. Ele a puxou para junto de si e a abraçou, muito forte, como se quisesse arrebentar sua dor, esmagá-la com a força de seu abraço. Os soluços da jovem dobraram de intensidade, mas, desta vez, ela se deixou levar, agarrando-se a ele com toda a firmeza de sua angústia. Milo fechou os olhos, enterrou o rosto nos cabelos bastos da amiga e mandou para o espaço todas as ameaças que seus sentimentos representavam para ela.

— Me desculpe — ele sussurrou no ouvido dela. — É tudo culpa minha. Por favor, não chore... Eu... Eu sinto um monte de coisas por você e... eu gosto de você! Eu gosto muito de você. De verdade!

Surpresa, Inès ergueu o rosto e encarou Milo. As lágrimas deixavam seus olhos escuros ainda mais intensos, ela era ao mesmo tempo bonita e tocante.

— É verdade? — perguntou ela com uma voz vacilante.

— É — afirmou ele sem nenhuma hesitação.

— Mas então... Por que é que você...

— Deixa pra lá! Porque eu sou idiota. Mas já acabou! Prometo que, de agora em diante, nada vai me afastar de você. Nunca.

Ela o observou com um resquício de desconfiança no fundo dos olhos, tentou desmascarar alguma mentira neles, parecia ler no olhar de Milo toda a sinceridade de suas promessas.

Então, ela sorriu. Um sorriso que, apesar dos vestígios de dor que ainda marcavam suas feições, iluminou o seu rosto inteiro.

49

TIPHAINE ENTROU EM CASA ao mesmo tempo satisfeita e perplexa. Satisfeita com o modo como as coisas haviam se dado: Nora fora perfeita, para além do que ela esperava, mergulhando de cabeça onde quer que a conduzisse, passando de vítima a carrasco. Perplexa por causa da presença da pasta de Alexis Raposo na casa da vizinha. A qual, ela acabara de verificar, continha informações comprometedoras o bastante sobre ela e Sylvain para reabrir o caso de Ernest Wilmot, assim como o do suicídio dos pais de Milo.

A qual não deveria de jeito nenhum ir parar nas mãos do adolescente.

Era preciso pensar rápido. E muito bem. Nora agora era uma real ameaça. Mesmo que não estivesse mais com os documentos, ela ainda assim sabia muito sobre eles. E com certeza se beneficiaria deles, visto que Tiphaine havia usado o menino para fragilizar a mãe. Aquilo mudava alguma coisa em seus próprios planos? Para dizer a verdade, não exatamente, a não ser a questão do tempo: ela não podia deixar a rival agir antes que a armadilha se fechasse sobre ela.

Não podia lhe dar a menor chance de se safar.

Desarmá-la completamente.

A segunda parte de sua reflexão: o que a pasta de Alexis Raposo estava fazendo na casa de Nora? Tiphaine se lembrava de ter visto o homem sair de sua casa com a pasta debaixo do braço. A presença do objeto na casa da vizinha era uma prova de que ela e Sylvain, ao contrário do que dizia a polícia, não haviam sido as últimas pessoas a verem o advogado antes de seu desaparecimento. Estava ficando claro que Nora sabia mais do que queria admitir. E o que ela não falava representava um trunfo que precisava ser levado em conta.

Não subestimar o adversário. Entre suspeitas e certezas, a fronteira era às vezes tênue, e a situação poderia ir de um extremo ao outro ao menor passo em falso. Nora tinha nas mãos informações altamente nocivas para os vizinhos, mas o próprio fato de possuí-las a colocava em uma posição complicada.

O tempo estava passando. Não havia chance para riscos. Era proibido improvisar. Era preciso agir rápido. Provavelmente naquela noite. Se Nora não havia contado aos policiais sobre as informações da pasta, tinha outra coisa em mente. Ataque ou defesa? Tiphaine podia olhar a situação de todos os ângulos, mas não conseguia prever as reações da vizinha. E aquela incapacidade de prever o contra-ataque deixou seus nervos à flor da pele.

Milo chegou e pôs fim a seus devaneios. O jovem jogou a mochila ao pé da escada, lançou seu "oi" costumeiro destinado a Tiphaine e foi para a cozinha estudar o conteúdo da geladeira.

— Quer que eu faça alguma coisa para você comer? — perguntou ela, como de costume.

— Não.

— Você teve um bom dia?

— Sim.

— Você tem dever de casa?

— Não sei.

Um diálogo cuja monotonia tinha algo de tranquilizador. Tiphaine deitou um olhar sofrido na silhueta esguia do adolescente, sentiu uma vontade irreprimível de dar um abraço forte nele. De niná-lo com carinho. De enchê-lo de beijos. De dizer a ele o quanto ela o amava.

De pedir perdão a ele.

Depois do que pareceu uma longa procrastinação, Milo pegou na geladeira um pote de iogurte e a garrafa de leite. Depois, abriu o armário em cima da pia, pegou uma tigela, passou para o armário ao lado, do qual pegou uma caixa de cereal e um pouco de açúcar, desceu para a gaveta de baixo e apanhou uma colher. Sentou-se à mesa da cozinha e preparou um lanche copioso.

Ela se sentou ao lado dele e o observou enquanto ele comia. Ela gostaria que aquele instante não acabasse, que o tempo parasse na banalidade de um momento cujo valor atingia de repente alturas inestimáveis. Dividir com ele um vínculo cuja lembrança a machucava, o ardor do arrependimento, a eternidade do remorso. Ela levaria isso para sempre, sabia, ela sempre soube, mas, até então, o pequeno vislumbre de uma possível redenção mantivera dentro dela a chama acesa de esperança, bruxuleante talvez, mas ainda morna. Será que ela ainda podia reclamar a afeição de alguém? Um olhar amigável, um sorriso benevolente? Um carinho, por mais fugaz que fosse, ou, quem sabe, só uma palavra amável. A doçura de um elogio. A ternura de uma emoção. Fazia tanto tempo que ela não sentia indulgência em relação a ele.

— Milo... — começou ela.

— Hum?

— Você... Você ainda pensa nos seus pais?

Se a pergunta o surpreendeu, ele não deixou transparecer. Continuou devorando seu cereal, olhando para frente sem encarar nada específico. Ele não respondeu na mesma hora.

— Não — disse ele por fim, sem paixão ou má vontade.

— Nunca?

— Nunca.

— Por quê?

Outro silêncio. A tigela de cereal agora estava vazia. Ele aproveitou para abrir o pote de iogurte, colocar açúcar e misturar.

— Eles por acaso pensaram em mim quando se mataram?

Tiphaine fechou os olhos para o tsunami que a varreu, devastando seu coração e a afogando nas ondas amargas da traição. Ondas de espuma a corroeram por dentro, arrastando sua alma para o abismo sem fundo do naufrágio de sua vida. Os elementos foram se desencadeando dentro dela, e, quando abriu os olhos, uma única lágrima rolou por sua bochecha. Salgada. Como a soma de tudo. Uma lágrima pequena que guardava a torrente de seus tormentos. A última. A final.

Pronto. Agora ela estava seca. Árida. Como uma pedra. Daquelas que não são capazes de chorar.

Havia chegado a hora de atacar.

50

Como todas as segundas-feiras, Sylvain chegou mais cedo em casa por causa do treino de basquete. Engoliu um sanduíche às pressas, só para aguentar até o momento em que ele e Milo, por fim, devorariam o prato do dia no Ranch. Alguns instantes depois, Tiphaine se juntou a ele na cozinha. Ela se recostou no balcão e, de braços cruzados, o observou sem dizer uma palavra. Em seus olhos, doçura e lassitude se misturavam em uma expressão um pouco perdida. Uma certa ternura desiludida. Um tipo de vulnerabilidade tocante.

A princípio surpreso, depois intrigado, Sylvain parou de mastigar.

— Você está bem?

Como única resposta, ela deu de ombros e lhe ofereceu uma xícara de café. Cada vez mais surpreso, Sylvain aceitou, acenando com a cabeça.

— Tem certeza de que está tudo bem?

— Por quê? — perguntou ela entre benevolência e irritação.

— Por nada... É só que faz muito tempo que você não me olhava sem aversão.

— Isso te deixa surpreso?

— Não — admitiu ele, num sussurro.

Eles se encararam por um momento antes de Tiphaine desviar o olhar, voltando a atenção para o café que estava fazendo.

— O Milo está pronto? — perguntou Sylvain, terminando o sanduíche.

— Ele está arrumando as coisas dele...

Sylvain deu uma olhada no relógio, guardou os poucos ingredientes que havia usado para fazer o sanduíche e lavou o prato. A atmosfera estava estranhamente calma, ou pelo menos serena, sem qualquer tensão, quase sem desconfiança. Até o silêncio não tinha nada de malicioso.

Quando o café ficou pronto, Tiphaine tirou do armário duas xícaras, que encheu generosamente. Então ela entregou uma para Sylvain.

— Obrigado.

Ela acenou rapidamente com a cabeça como que dizendo "de nada" e levou a sua própria aos lábios. Eles beberam o café, cada um mergulhado em seus próprios pensamentos. Um momento surpreendentemente pacífico, como um parêntese no meio do caos que assolava suas vidas...

Milo quebrou o fino encanto daquela trégua improvisada. Desceu as escadas com a graça de um cavalo galopando e irrompeu na cozinha, a mochila do basquete pendurada no ombro.

— Tô pronto!

— Eu também — respondeu Sylvain, colocando sua xícara na pia. — Vamos.

O adolescente deu meia-volta e seguiu para o hall, onde vestiu a jaqueta. Sylvain o seguiu; fez o mesmo e rumou para a porta da frente. Tiphaine se juntou a eles.

— Você não vai se despedir de mim, Milo?

— A gente vai se ver daqui a pouco, não?

— Talvez não... Estou cansada, acho que vou dormir cedo esta noite.

Milo se virou e deu um beijo rápido no rosto de Tiphaine. Ele já estava se afastando quando ela o agarrou pelo braço e o puxou para junto de si. Surpreso, ele não teve o reflexo de se esquivar do abraço e se enrijeceu sem querer. Tiphaine o abraçou por um bom tempo, alheia ao óbvio constrangimento do jovem, um embaraço muito claro, já que ele não respondia às suas expressões de afeto.

— Tiphaine! — Sylvain interveio. — A gente vai se atrasar.

Relutante, ela deu fim ao abraço, mas sem soltar o braço de Milo. Ele fez como se fosse sair, ela o deteve apertando a mão. Então Tiphaine fincou os olhos nos do adolescente, um olhar febril carregado de uma tristeza infinita.

— Jogue bem, garoto. Seja forte.

— Pode deixar — retrucou ele, apressado.

— A gente pode ir? — perguntou Sylvain, impaciente.

Por fim, ela o soltou. Milo acelerou em direção à porta, passando por Sylvain, que a manteve aberta, antes de desaparecer na rua. Sylvain, por sua vez, estava pronto para sair.

— Tchau, Sylvain — disse ela simplesmente.

Ele se virou e olhou para ela por um breve momento, franzindo a testa hesitante, como quem tem uma pergunta pendente.

— Vejo você mais tarde, Tiphaine.

Ela não respondeu e a porta se fechou.

51

— O QUE FOI QUE ELA te disse exatamente?

Nora acariciava os cabelos de Nassim com ternura, tentando saber precisamente o que tinha acontecido com Tiphaine. Avaliar a ameaça. O menino, que havia se acalmado, começou a contar à mãe sobre os momentos penosos por que havia passado.

— Ela queria brincar... Ela dizia que era a minha mamãe e que eu era o filhinho dela.

Ela olhou para o filho preocupada.

— Brincar como?

— Ela fazia de conta que era a minha mãe e eu tinha que chamar ela de mamãe.

Nora fechou os olhos e suspirou. Uma doente mental. Seu menino tinha ficado um bom tempo sozinho com uma louca. Ela já estava pensando em dar queixa, sem duvidar de que o depoimento de Nassim, por si só, já comprovaria o perigo que Tiphaine representava para ela e seus filhos.

— E depois? O que foi que ela fez?

— Ela fez um lanche para mim.

— E depois?

— Ela queria me dar um abraço.

— Um abraço? Um abraço como?

— Um abraço no colo dela.

— E você deixou?

— Não. Eu não quis.

Ainda preocupada, Nora estava pensando. Acusar Tiphaine de ter brincado, preparado um lanche e oferecido um abraço ao filho não era uma verdadeira prova de ameaça por si só.

— Ela foi malvada com você?

— Não, na verdade, não...

— Então por que você estava com medo dela?

— Porque eu não gosto dela.

Desta vez, ela suspirou de abatimento. Ela não tinha nada para usar contra Tiphaine. Se desse queixa por maus-tratos ao filho e ele contasse as coisas como tinha acabado de fazer, a polícia riria na cara dela. Ela se sentia ainda mais desamparada porque não estava em posse de mais nenhum documento contra a vizinha. Sua única defesa havia passado para o campo adversário. Tiphaine estava no controle: ela sabia que Alexis tinha passado na casa de Nora antes de desaparecer.

Por outro lado, aqueles documentos eram uma faca de dois gumes para sua vizinha, do mesmo modo como o eram para ela. Fingir que ela estava com eles muito antes da ida de Alexis à casa dos Geniot não tinha cabimento: como as anotações profissionais do ex-marido poderiam ter ido parar em sua sala de estar? Se Nora não podia oferecer uma prova do perigo representado pelos vizinhos sem revelar a presença da pasta de Alexis Raposo em sua casa, Tiphaine não poderia acusar a vizinha de ter visto o advogado depois dela sem apresentar os documentos que a incriminariam de outros casos.

Aqueles documentos eram uma espécie de tampa de panela de pressão, o pino de uma granada que estava prestes a explodir.

E era melhor que fosse ela a decidir qual seria o momento oportuno de se livrar daquela bomba.

O único problema era que, por ora, era Tiphaine quem mantinha o pino no lugar.

52

Sozinha, Tiphaine afundou no silêncio da casa, desfrutando mais alguns segundos o eco da partida de Sylvain e de Milo. O som da solidão com o medo como único companheiro. De um modo que ela nunca sentira, nem mesmo oito anos antes. Naquele dia, o risco tinha passado de uma ameaça para um pesadelo.

Ela ficou por um bom tempo com os olhos cravados na porta, pela qual os dois seres que ela mais amava no mundo tinham acabado de sair. A casa ecoava barulhos estranhos, quase cristalinos, como se ela estivesse no meio de um palácio. Estava calor, de repente ela sentiu o peso do tempo se espalhar sobre si em uma camada melada e um tanto pegajosa, também inebriante, um odor rançoso e enjoativo. Um gosto ruim na boca. Soluços nauseantes.

E ali, logo acima de sua cabeça, a sombra de um homem que se balançava de uma corda.

Como ela poderia ter acreditado que conseguiria fugir dos demônios de sua consciência?

Então, de repente, ela se mexeu. Foi para a sala de estar com um passo determinado, seguiu até a estante de livros, apanhou as folhas da pasta de Alexis Raposo escondidas atrás de uma fileira de livros... O conjunto dos documentos que acusavam os dois, Sylvain e ela, de terem sido, se não os instigadores, pelo menos envolvidos em três mortes, uma dissimulada de ataque cardíaco, as outras duas, de suicídio. E, enquanto voltava rumo ao hall de entrada, ela acariciava a superfície lisa dos documentos com um gesto um tanto automático. Lá, ela começou a subir as escadas para o quarto de Milo, entrou e deu uma olhada em todos os móveis. Escolheu a cama.

Colocou a pilha de folhas sobre o travesseiro. Bem à vista.

Era como um vício que, por algum milagre, afrouxou. Um nó de forca que se rompe. Como uma lufada de oxigênio nos pulmões de um homem que está se afogando. Um volume pesado demais que quebra. Tiphaine deu um passo para trás, depois outro, começou a girar sobre si mesma para sair do quarto, quase perdendo o equilíbrio de tão leve que se sentia. Ela cambaleou até a porta e saiu quase correndo, descendo as escadas agarrada ao corrimão para não tropeçar.

Quando chegou ao térreo, ela se permitiu alguns instantes de trégua para se recompor. Não era hora de perder o controle. Ela voltou toda a sua vigilância para a sequência, o encadeamento dos movimentos, o modo perfeito como as coisas se desenrolariam. O passo seguinte.

O telefone.

Tiphaine encontrou o número de Nora na agenda e fez a chamada. Ela contou cinco toques até a vizinha atender. O primeiro e o segundo para achar e pegar o telefone, o terceiro para ver o número de Tiphaine, o quarto para hesitar, o quinto para tomar uma decisão.

— Pois não, Tiphaine?

A voz de Nora tinha a intenção de ser seca, ofensiva, segura.

— A gente tem que conversar.

— Pode falar.

— Pelo telefone, não. Tem que ser pessoalmente. Tem que ser cara a cara. Vamos cortar o mal pela raiz. Não vamos conseguir morar uma do lado da outra nestas condições. É melhor resolver isso de uma vez por todas.

— O que você quer dizer com "de uma vez por todas"? — perguntou Nora ironicamente.

Do outro lado da linha, Tiphaine suspirou.

— Escuta, Nora... Eu não sei o que o seu ex-marido estava pensando, mas esses papéis não passam de um monte de invenções.

Nora respondeu apenas com um silêncio duvidoso.

— Se você olhar bem, se você analisar um pouco tudo o que ele alega, as coisas não se sustentam — continuou Tiphaine em um tom um tanto cansado.

— E o Maxime?

Desta vez, foi Tiphaine quem ficou em silêncio.

— Quanto ao Maxime, isso só diz respeito ao Sylvain e a mim — disse ela por fim. — Bom! Vamos arrancar esse mal pela raiz ou não?

Do outro lado da linha, silêncio. Claramente, a proposta de Tiphaine dera o que pensar. Nora pesou os prós e os contras, dividida entre o desejo de acertar uma situação insustentável e a apreensão de confrontar a vizinha.

— Você não vai colocar os pés na minha casa de novo de jeito nenhum.

— Eu não estava contando com isso — retrucou Tiphaine. — Você é que tem que vir à minha casa.

Nora não conseguiu reprimir uma exclamação de zombaria.

— Você acha que eu sou idiota o bastante para ir sozinha à sua casa? — provocou ela com desdém.

— Do que você tem medo, Nora? De que eu te mate?

Tiphaine soltou uma gargalhada cheia de desdém.

— Mas que absurdo! — continuou ela na mesma hora. — Se acontecer alguma coisa com você hoje, depois da nossa ceninha de amor na frente dos policiais, você pode imaginar que eu vou ser a primeira suspeita.

Do outro lado da linha, a confusão era palpável: o argumento tinha acertado em cheio. Tiphaine aproveitou para incrementar:

— Para mim, seria melhor que nada acontecesse com você nos próximos dias!

Mais um silêncio. Tiphaine esperava, já saboreando a vitória. Ela se deliciava com as hesitações de Nora. Com a sua confusão.

— O Sylvain não está aqui — acrescentou ela. — Nem o Milo, aliás. Vamos estar sozinhas.

— Eu não posso ir agora. Tenho que colocar o Nassim na cama.

— Eu te espero às oito e meia.

Outro silêncio, mais curto desta vez.

— Tudo bem.

Tiphaine desligou. Sorriu e olhou para o relógio. Eram sete e quarenta e cinco da noite. Ela enfiou o celular no bolso, voltou para a cozinha, abriu o armário embaixo da pia onde guardava os produtos de limpeza e alcançou, atrás dos detergentes, um saco plástico escondido com um objeto comprido dentro. Ela o tirou com cuidado e o colocou na mesa da cozinha. A faca de Nora. A que ela escolhera na gaveta da cozinha da vizinha. Então ela pegou sua chaira e meticulosamente passou a lâmina já afiada de um lado e do outro sobre a superfície dura e áspera do utensílio. Testou a borda várias vezes, acariciando-a cautelosamente com a ponta do polegar... Logo se sentiu satisfeita com o resultado e colocou a faca afiada em cima da mesa.

Feito isso, Tiphaine foi para a sala de jantar, onde abriu a porta francesa que dava para a varanda. Depois voltou em direção ao hall e foi até o quarto para vestir o pijama. A casa fazia seus passos ecoarem pelos cômodos, como um coração que batia ao ritmo inelutável do destino. Ela colocou o telefone na mesa de cabeceira antes de ir para o banheiro, onde fez a toalete. Então, voltou para o quarto e se deitou na cama. Deixou o tempo correr gota a gota no poço das reminiscências, umedecer cada pedra, cada patamar, encharcar de lágrimas os andares de sua vida, inundar até as imagens proibidas, aquelas havia muito banidas de sua memória. Fechou os olhos e imergiu completamente no banho de suas lembranças.

Às oito e quarenta da noite a campainha da porta de entrada tocou. Tiphaine parecia sair de um sonho ruim, coberta de suor frio. Ela se sentou na cama, o coração batendo forte. Voltou a botar os pés na realidade...

O passo seguinte.

Pegou o telefone e ligou para a polícia.

Depois do primeiro toque, Didier Parmentier, o policial de plantão, atendeu.

— Delegacia de polícia, pois não?!

53

Quando ela abriu a porta, Nora estava parada diante dela, usando um colete de lã, com os braços cruzados diante do peito, o olhar sombrio. Mesmo surpresa ao se deparar com Tiphaine de pijama, ela não fez nenhum comentário: as vestimentas da vizinha eram a menor de suas preocupações. Ela acenou brevemente com a cabeça como quem diz um boa-noite e entrou na casa. Tiphaine se afastou para deixá-la passar antes de fechar a porta.

Já no hall, Nora se virou para ela e fez de cara a pergunta que não queria calar:

— O que você pretende fazer com a pasta do Alexis? — disse ela, sem conseguir esconder a angústia que a corroía.

Tiphaine não disfarçou sua impaciência: a pasta era para ela um caso encerrado, um problema resolvido que não queria retomar, um detalhe que não tinha mais papel a desempenhar nos passos seguintes de sua vingança. Mas a preocupação de Nora a divertiu.

— O que aquela pasta estava fazendo na sua casa? — respondeu ela com um sorriso.

— Aqueles não são os documentos originais — mentiu Nora com desenvoltura. — São cópias. Pelo menos, uma das várias cópias que existem. Alexis passou na minha casa e a deixou antes de vir tocar na casa de vocês. Para ter uma garantia.

— Mas olha só! — zombou Tiphaine, que não acreditava em uma palavra do que Nora dizia.

— O Alexis sempre guarda várias cópias dos documentos — continuou ela, agarrada à sua mentira.

— Mas é claro! — provocou Tiphaine, se divertindo cada vez mais. — Só que ninguém sabe onde o Alexis está.

— Pode ser... Mas todo mundo sabe onde a secretária dele está. E ela sabe de todos os casos em andamento.

Se a hora não fosse tão séria, Tiphaine teria caído na gargalhada de tanta pena que sentia de Nora. Mas, mesmo diante de uma ingenuidade daquelas, ela se sentia vazia, devastada pelo vazio que engolia até as últimas migalhas de emoções perdidas. No peito, seu coração batia em um ritmo estranhamente lento. Como se, a cada batida, ele hesitasse em dar início à próxima. Como se fosse cair no sono aos poucos para não mais se mexer. Um torpor afetivo. Uma letargia sensorial.

Tiphaine se sacudiu. O tempo estava passando, ela já tinha perdido segundos preciosos e a polícia não demoraria a chegar.

— Vamos para a cozinha — sugeriu ela, cortando a discussão infrutífera.

Ela seguiu na frente da vizinha e se dirigiu para o final do corredor. Nora a seguiu, nada tranquila: claramente, Tiphaine não tinha dado muito crédito à sua história da pasta.

Elas entraram na cozinha e Tiphaine foi até a mesa em que havia deixado a faca de Nora, brilhando com sua lâmina extremamente afiada. Ela parou junto do utensílio e se virou para a vizinha, que ainda levou um ou dois segundos antes de vê-lo. Ela franziu a testa, reconheceu sua faca, olhou para Tiphaine sem nada compreender.

— Mas essa faca... essa faca é minha!

— Sim, eu a peguei emprestada outro dia quando estava cuidando do Nassim na sua casa... Eu estava planejando devolvê-la a você.

Ela falava com certo cansaço, como que repetindo um texto para decorá-lo. À meia-voz. De cor e sem alma. E parecia-lhe que já não tinha mesmo.

Cada uma das mulheres estava de um lado da faca. Tiphaine não tirava os olhos dela. Em seu olhar, nenhuma ameaça brilhava, só um pouco de aversão, e ainda... Ela parecia exangue, como se eviscerada, quase ausente, já não mais ali...

— Toma, pode pegar de volta! — disse ela empurrando a faca para Nora.

Assim que Tiphaine levou o braço em direção à arma branca, Nora sentiu o medo apertar. Ela recuou, o que fez Tiphaine contorcer o rosto, dar um sorriso sombrio, um desdém entre o absurdo e o cômico. E, enquanto Nora a observava com uma desconfiança crescente, Tiphaine deu um passo para trás para tranquilizar a vizinha em relação a suas intenções.

— Pega logo, droga! — ela se irritou. — Não vamos passar a noite inteira olhando para essa faca! Estou só devolvendo o que é seu!

Nora procurou dominar a situação para não cometer erros nem dar passos em falso. Alguns momentos antes, ela temia ver aquela faca nas mãos de Tiphaine, e, agora que ela a estava devolvendo, parecia-lhe que segurá-la era a última coisa que ela deveria fazer. O que estava se passando na cabeça dela? Por que dar à sua rival uma arma capaz de feri-la?

Lá fora na rua, luzes fortes e azuladas se refletiam até na cozinha através da claraboia que ficava sobre a porta de entrada. Nora não teria prestado atenção se Tiphaine não tivesse erguido o rosto. Nos olhos dela, de repente, um brilho de alerta se acendeu. Ela lançou um olhar feroz para Nora, então se voltou para a faca. Alguma coisa estranha estava acontecendo. A situação estava ficando absurda. Tiphaine insistiu para que Nora pegasse a faca, e sua teimosia não a deixava obedecer.

As luzes ficaram ainda mais fortes. As duas mulheres ouviram sons de portas batendo ao longe, de vozes se aproximando. Tiphaine de repente ficou nervosa, agitada. Como se seu corpo tivesse recebido subitamente uma descarga de emoções desagradáveis.

Agressiva.

— Você vai pegar essa porra dessa faca, agora!

E de forma repentina Nora entendeu que Tiphaine queria se livrar dela alegando legítima defesa! Ela a incitara a pegar a faca para provar que Nora a estava ameaçando. Tudo se encaixava! Ela estava na casa de Tiphaine, prova de que tinha sido ela quem estabelecera o contato, e não o contrário. A faca pertencia a ela, como se tivesse levado de casa para a da vizinha! E Tiphaine estava de pijama, o que mostrava que ela não estava esperando ninguém. Ela era a intrusa! O perigo, a ameaça! Ao ir até ali, a própria Nora havia se jogado na boca do lobo! Na verdade, ela fez tudo o que Tiphaine esperava dela.

A não ser pegar a faca.

Nora deu um passo para trás, o que fez com que Tiphaine mudasse de humor. Então, tudo aconteceu muito rápido. Ela mal teve tempo de entender. A campainha tocou, estraçalhando o silêncio apático que reinava na casa... Como um sinal de largada.

Tiphaine a fuzilou com o olhar. Um quarto de segundo. A fugacidade de um momento em que tudo sai do controle. No segundo seguinte, ela avançou em direção à mesa, pegou a faca pelo cabo e a afundou em Nora, na altura do coração. Em um reflexo de sobrevivência, Nora protegeu o peito com os braços.

Lá fora, atrás da porta da frente, vozes reverberaram. Injunções. Ordens. Em seguida, golpes, batidas na porta. Altas e repetidas.

Nora antecipa a dor de uma lâmina se cravando brutalmente em sua carne. Ela quis soltar um grito de pânico, quis se mexer, fugir... E não conseguiu. O terror paralisara seu corpo, a incompreensão, sua mente. Lá estava Tiphaine, com uma faca na mão, cuja lâmina estava apenas a alguns centímetros de seu peito... Havia os ruídos, as vozes dos policiais do outro lado da porta, tão perto, mas incapazes de intervir, de salvá-la... Havia a luz que rodopiava lancinante, azul, forte, fria... A instabilidade pontuando as pulsões de um delírio obsessivo... Nora se via perdida, sentia o corpo perder toda a substância vital, já pronta para sofrer.

Já pronta para morrer.

— Polícia, abra!

E então...

E então nada. Nenhuma dor. Nenhuma sensação aterrorizante, a não ser as causadas por sua mente devastada pela angústia... Apenas uma percepção desagradável, os dedos gelados de Tiphaine que agarravam seus pulsos, forçando-a a abrir as mãos... O que ela estava fazendo? Por que ela não a estava matando?

Lá fora, as batidas da polícia na porta martelavam seus pensamentos com perguntas vãs. Tiphaine estava tão perto que Nora sentia sua respiração no rosto.

— Abra ou vamos arrombar a porta!

Nora por fim sentiu o toque da faca. Mas ela esperava pelo choque frio da lâmina em sua pele, e não o cabo, que ela sentiu deslizando em suas mãos, e Tiphaine a forçando a fechar os dedos ao redor dele. Ela estava incapaz de reagir, paralisada pelos ruídos, pelos golpes, pelos flashes, pelo rosto da rival, e seu olhar mergulhado no dela, prendendo toda a sua atenção, até o último reflexo do raciocínio... Como para distraí-la das mãos. Da faca... Que estava agora voltada contra Tiphaine... Apontada para o coração dela...

De repente, a porta sacudiu com um belo estrondo no momento em que Nora, ainda com a faca nas mãos, via Tiphaine se lançar sobre ela. Uma resistência a princípio, como um obstáculo atravancado entre o corpo das duas, depois o de sua vizinha em um movimento impetuoso, que de repente despenca com todo o seu peso contra ela... Uma sensação de calor se espalha sobre suas mãos, meio viscosa, meio pegajosa...

Uma segunda batida, ainda mais violenta, fez a casa tremer...

Tiphaine, completamente junto a ela, soltou um gemido. Ela virava um pouco os olhos, sem, no entanto, tirá-los de Nora, agarrada ao seu terror, saciada com sua incompreensão... Ela esboçou um sorriso pacífico, mas, aos lábios, só saiu um fluxo de sangue...

No hall, a porta se abriu de uma vez com um estrondo infernal. Nora virou a cabeça em direção ao barulho, viu os dois policiais entrando na casa, se voltou mais uma vez para Tiphaine, que já escorregava aos poucos para o chão, sustentada apenas pela faca que Nora continuava segurando, plantada no peito da vizinha, bem no meio de suas costelas... E, enquanto a vida se esvaía dela por meio de uma respiração entrecortada, Tiphaine continuava agarrada ao olhar de Nora, cujo terror ainda lhe dava forças para um último sorriso, apesar do sangue, apesar da dor...

— Finalmente! — sussurrou ela com o rosto distorcido por uma espécie de êxtase repugnante.

— Mãos ao alto! — gritou um policial, apontando a arma para Nora.

Apavorada, ela largou a faca e obedeceu.

Tiphaine despencou a seus pés.

A polícia correu até ela, dominou com brutalidade, mãos atrás das costas, algemada, depois a levou para longe do corpo caído no chão.

Logo antes de sair da sala, levada à força pela polícia, Nora deu uma última olhada em Tiphaine. A máscara de ódio abandonara suas feições, enquanto seu rosto, apesar dos olhos abertos para o nada, parecia ter encontrado a paz.

Epílogo

UM BAIRRO NOS SUBÚRBIOS DE PARIS. Uma rua calma, ladeada de casas de família, refúgios de paz onde as pessoas se encontram à noite, depois do trabalho ou depois da escola. Um abrigo onde a vida é boa. Pouca circulação, pouco barulho, nada de problemas. Um refúgio.

Uma janela para a felicidade.

E então, às vezes, em uma daquelas casas de aparência tão serena, uma tragédia estoura, rachando a fachada do bem-estar. O destino bate em uma daquelas portas, sem ter sido convidado, acabando com a tranquilidade do lugar que, no dia anterior, parecia imutável. Um golpe do destino cuja brutalidade pasma, de tão irreal. Impossível.

Então, alertados pelo barulho inusitado das sirenes da polícia e pela luz trágica do giroflex, os vizinhos saem de casa. Se postam diante das fachadas, como que para protegê-las das emanações da má sorte que se espalha pelas redondezas. Como se pudessem proibi-las de entrar. Acreditando que a adversidade é contagiosa. Eles observam, curiosos, tentam entender, descobrir o que aconteceu... Depois, tranquilizados pela presença da polícia, se aproximam cautelosamente do local. Se reúnem em torno do desastre. Comentam o flagelo, julgam o responsável, que já não faz mais parte do seu mundo.

Dos números 26 e 28 da rua Edmond-Petit se desprende o eco do drama. Portas abertas, vaivém dos policiais, cordão de isolamento... Passa-se de casa em casa para tentar desvendar os mistérios daquela história sombria.

Na primeira, o corpo ensanguentado de uma mulher jaz nos ladrilhos da cozinha.

Na segunda, outra mulher com as mãos cobertas de sangue berra que é inocente.

Entre a vítima e a culpada, um muro. O do silêncio, do sofrimento e da mentira. E também o da traição.

Do lado de fora, os vizinhos agora se aglomeram. Eles recolhem e trocam informações, passam os boatos para a frente.

"Foi a vizinha nova do 26 que esfaqueou a senhora Geniot!"

Gritos, exclamações. Incredulidade. Mãos levadas à boca em um movimento de estupor. Olhos arregalados. Feições congeladas em uma expressão de horror.

"Mas não é possível!"

"Meu Deus do céu!"

Alguns fazem o sinal da cruz.

Depois, começam os comentários. Basta uma frase para começar. Para explicar. Porque já se sabe. Já está tudo entendido.

"Está no sangue dessa gente. É da natureza deles..."

Então, o eco vem insuflar um boato que só quer aumentar.

"Eu nunca gostei daquela lá! Ela se achava a rainha de Sabá!"

"Podem falar o que for, mas é sempre com as mesmas pessoas que a gente tem problemas!"

E as palavras têm asas, levam consigo o escândalo cujas migalhas elas vão espalhar algumas ruas adiante.

Logo, um carro estaciona em fila dupla, do qual sai Mathilde, devastada. Ela corre para a casa de Nora e vai até o policial de guarda.

— Me deixa entrar, sou a amiga da Nora Amrani, vim buscar os filhos dela.

— Ah, sim, me avisaram — respondeu o policial, se afastando para deixá-la passar.

Ela entrou na casa, cruzou rapidamente o corredor e foi parada por outro policial. Voltou a se identificar, sendo conduzida para a sala de estar. Inès e Nassim estavam sentados no sofá, com o rosto banhado em lágrimas. Uma mulher lhes fazia companhia, tentava confortá-los. Mathilde correu até eles e os abraçou. Sussurrou palavras doces, apaziguantes e reconfortantes para eles. A mulher se levantou e se apresentou: ela é investigadora e pediu a Mathilde que levasse as crianças.

— E Nora? Onde está ela?

— Por enquanto, na cozinha. Mas logo vamos levá-la para a delegacia.

Na rua, outros vizinhos foram se juntar à multidão. Mãe Broto ainda não havia terminado sua vigília do dia. Sentada no banquinho, ela estava lá desde o início. Ela tinha visto tudo. E ela, sim, tinha coisas para contar...

Mas, de repente, o rumor morreu, como se alguém tivesse baixado o volume de um rádio. Os rostos se voltam, as gargantas se fecham, as pessoas se afastam. Sylvain e Milo caminharam lentamente entre a multidão, seguindo o rastro de uma passagem que se abria quase naturalmente. O silêncio os precedia. Eles observavam aqueles rostos tão familiares que, mais uma vez, se baixavam diante deles. Milo espichava o pescoço para ver por sobre a multidão, atormentado pela vontade de entender e pelo pavor de saber. A porta da casa dele está aberta, um policial controla o acesso. A mesma coisa com a casa ao lado...

... de onde saem Mathilde e Nassim. E, logo atrás deles, Inès, com os olhos desvairados, o corpo sacudindo pelos soluços. O olhar dos dois se cruza. E o que Milo vê no da garota o despedaça. O desintegra. O fragmenta. Ela se agarra a ele com tanto desespero nos olhos, que ele se sente encurralado em seu sofrimento. Ele não entende nada, mas já sabe que o infortúnio o atingiu de novo. Intransigente. Mas bem que ele sabia que não devia amar... Milo estremece, se recusa a parar de devolver o olhar à amiga. Ele gostaria de correr até ela, tomá-la nos braços, abraçá-la com força... Mas entre eles já se ergue o tumulto da provação, como se o chão se abrisse entre as duas casas, revelando o precipício sem fundo de uma queda intransponível.

A noite caiu sobre o pequeno bairro residencial, mergulhando o destino de seus moradores na escuridão. Sylvain ia atrás de Milo, o coração apertado de angústia, também tentando entender: os espectadores encarando, o policial de guarda na frente de sua casa... Os dois chegam à porta, se identificam... Quando estavam prestes a entrar, um clamor se ergueu em meio aos curiosos. Da casa ao lado, flanqueada por dois policiais, surgiu Nora, algemada, antes de ser levada para uma das viaturas sem identificação. Ela estava de cabeça baixa, titubeava, avançava por reflexo... Sylvain ficou imóvel, os olhos cravados na vizinha. Ela não o via, cega de pavor, já esmagada sob o peso da calúnia... Ela passou diante dele... Ele queria estender a mão para ela, dizer seu nome, arrancá-la daquele pesadelo obscuro... Sylvain se sentiu congelado pelo medo, incapaz de esboçar o menor gesto ou de produzir o menor dos sons. Nora já estava mais adiante e se afastava; ela seguia os policiais sem resistir, se deixando arrastar para o abismo de um futuro improvável, de uma vida rompida, devorada pela fatalidade.

— Senhor Geniot?

Sylvain estremeceu. Ele desviou o olhar de Nora, que agora não passava de uma forma incerta, que logo seria engolida pela multidão. Então ele se voltou para a chefe da polícia, a qual, com um olhar cheio de compaixão, o convidou a segui-la. Então ele o fez, abatido, já sabendo que o que encontraria dentro de casa o lançaria mais uma vez nos tormentos do horror.

Aos poucos, a rua foi esvaziando. O corpo de Tiphaine foi levado. A polícia foi embora. Os vizinhos se dispersaram em pequenos grupos, silhuetas anônimas que voltavam para o conforto acolhedor de um cotidiano sem problemas. A calma voltou para aquela tranquila rua residencial dos subúrbios, ladeada de casas de família, refúgios de paz onde as pessoas se encontram à noite, depois do trabalho ou depois da escola. Um abrigo onde a vida é boa. Pouca circulação, pouco barulho, nada de problemas.

Um refúgio.

Milo e Sylvain, então, estavam sozinhos, como afogados no silêncio da casa. Nocauteados pela notícia. O adolescente, encolhido no sofá, mantinha os olhos fixos num ponto imaginário bem à frente, congelado na imensidão do nada. Já Sylvain, diante da porta francesa que dava para a varanda, examinava a escuridão lá fora, corroído pela dor e pela incompreensão. Seus olhos, voando por sobre as sombras da noite, se agarravam aos contornos das árvores e dos arbustos, seguiam o contorno da folhagem imóvel, mal iluminada pelo luar... Sem saber que, a poucos metros de distância, no fundo de seu jardim, atrás da fileira de arbustos, o cadáver de Alexis Raposo se decompunha devagar debaixo de uma pilha de adubo.

***

— Estou com frio — gemeu Milo de repente, logo atrás dele.

O adolescente se levantou, deu alguns passos em direção ao hall de entrada.

— Aonde você vai? — perguntou Sylvain com uma voz fraca.

— Buscar uma blusa de frio no meu quarto...

— Pode deixar que eu vou.

Milo não se fez de rogado. Ele desabou no sofá e se enrodilhou em posição fetal enquanto Sylvain subia as escadas em direção ao quarto do jovem.

Este livro, composto na fonte Fairfield,
foi impresso em papel Lux Cream 60g/m² na Leograf.
São Paulo, Brasil, março de 2024.